Best Time

白马时光

破碎的时光 1

沈肯尼
作品

百花洲文艺出版社
BAIHUAZHOU LITERATURE AND ART PRESS

图书在版编目（CIP）数据

破碎的时光．1 / 沈肯尼著．— 南昌：百花洲文艺出版社，2014.7
ISBN 978-7-5500-0985-1

Ⅰ．①破…　Ⅱ．①沈…　Ⅲ．①长篇小说－中国－当代
Ⅳ．①I247.5

中国版本图书馆 CIP 数据核字 (2014) 第 113051 号

出 版 者　百花洲文艺出版社
社　　址　南昌市红谷滩世贸路 898 号博能中心 9 楼　　　邮编：330038
电　　话　0791-86895108（发行热线）0791-86894790（编辑热线）
网　　址　http:www.bhzwy.com
E-mail　bhz@bhzwy.com

书　　名　破碎的时光 1
作　　者　沈肯尼
出 版 人　姚雪雪
出 品 人　李国靖
特约监制　何亚娟
责任编辑　张　越　龚晴瑜
选题策划　狐　辰
特约编辑　狐　辰　邹　爽
封面设计　郑力珲
内封绘图　杜　芳
经　　销　全国新华书店
印　　刷　三河市兴达印务有限公司
开　　本　1/16　710mm × 980mm
印　　张　14
字　　数　226 千字
版　　次　2014 年 10 月第 1 版
印　　次　2014 年 10 月第 1 次印刷
定　　价　29.80 元
ISBN 978-7-5500-0985-1

赣版权登字：05-2014-145

这本书只送给值得被认真对待的你。

目录 Contents

自序

送给值得被认真对待的你

有一年夏天，我和朋友坐在医院的诊疗室里，她拉着我的手低声哭泣。这里是最好的精神疾病治疗中心，我需要一份权威的定论，我需要弄明白，自己究竟怎么了。

我手里握着手机，斜着眼看着窗外，心被一种类似腐烂的疼痛感给攫住了，但最后我还是平静地接受了自己的病情。医生晃动着手里的钢笔，支着头，上下打量着我。病房里，除了朋友的抽泣声，还回荡着时钟秒针的声音，嘀嗒，嘀嗒，像定时炸弹一样随时都会把我引爆。

那一天，医生告诉我，我一直患有双向情感障碍（躁郁症），所以这些年我时而会自信心爆棚，时而会拉上窗帘，关掉手机，喃喃自语，颓败不堪，连续几周断开与所有人的往来。离开医院的时候，我问医生："我不会疯吧？"他缄默不语，我却笑出声来。让我觉得万幸的是——我还意识得到，我要生活下去。

医生说我的病情比抑郁症复杂，因为抑郁症只要针对"抑郁"用药，那么两周后，这个人的情绪就会得到直接的调整和改善。但我的情况，只能用一些稳定情绪的药物，治疗周期长，效果慢。

那是我人生中最黑暗的时期之一。我六岁开始一个人生活，所谓的独立人格给我带来了近乎毁灭的伤害。我经常在想，可能在某个黑暗、寂静的异度空间里，我会持续地坠落。这不是幻觉，而是一种根深蒂固的自我认知，所以异常难受。

家人和朋友都不理解我，甚至许多人会觉得我在无病呻吟，我也无力再从大脑生物结构层次向他们解释我的情况。因为当我抛出诸如“可的松、多巴胺”等名词和他们解释的时候，他们那种心疼的目光会让我觉得：怎么办，他们好像觉得我疯了。

于是，我又回到了一个人的生活，不呻吟，不伪装，生活似乎开始变得毫无退路。时间久了，隐忍在自己体内的一些东西，便成了自己血肉之躯的一部分。黑暗像是牢笼，全世界都在灯火管制。

但也是在应付这些来者不善的力量的时候，我弄明白了一件事，我需要新生——在经历了无数个潮湿的黑夜之后，全然的、纯粹的新生。

在确定了自救计划后，我给自己列了一张表：

1.我需要一位和我没有利益纷争的心灵伴侣，我需要倾诉；

2.我需要培养爱好，找到特长，继而找到自信和成就感；

3.我需要花大量的时间和精力在一件事情上，这样可以转移我的注意力。

在我写完这个计划后的下一秒，我就想到了写作。

我选择的心灵伴侣是寄生在黑夜里的陌生人群——可能只有他们才能听得懂我描述的黑暗。并且，我的特长和爱好之一就是写作，在这之前，我已经开了自己的博客，每个周末的晚上，都会上传几篇自己写的东西。

那一晚，我开始了暗无天日的写作倾诉。写作时，我从来没有遇到过写不出来的情况，除了键盘声外，在写作期间我还能隐约听到自己轻微的抽泣声，我才知道，原来自己单薄的躯壳里堆积了如此多的伤痕，难怪朋友们不能体会，毕竟经历只属于我一个人。

玛格丽特•杜拉斯说：“写作是自杀性的，是可怕的，是走向死亡的，是身处死亡之中的。”但对于我而言，写作是一种整理，一种自省，一种自我救赎，一种新生。

到现在我还依稀记得那些写作的日夜，在一间宽敞的大房间里，我常常暗无天日地进行超过10个小时的连续写作。

偶尔抬起头，我看到的有时是世界末日般寂寥的黑夜，有时是阳光明媚的午后，有时是刺破天空的一抹白。

我从骄阳似火的盛夏写到了雪花飞扬的隆冬。

一个元旦的清早，许久没联络的朋友给我打来电话，他问我：“××网站新年头条上的人是你吗？”于是我打开电脑搜索自己的名字，原来已经有这么多的人认识我。

后来，渐渐地，我每天都能收到成千上万的留言，或者是鼓励，或者是安慰，再或者仅仅是单纯的喜欢。命运之轮开始反转，马太效应开始发生，越来越多的人开始注意到我，包括出版社。于是，我有了一个决定，写一本正式的长篇，送给所有和我一样值得被认真对待的人。

光阴流转，尘埃落定。

寒冬后，我迎来了人生中的第一个春天。

一个午后，阳光漫漫散散地洒满整座城市，我一个人走在林荫大道上，周围是笑容可掬的人们和干净的风。

繁花盛开不是错觉。

那些心神不宁的日子终于过去了。

如果有一天，你读到了这本书，请你送给我一个鼓励的笑容。

这说明，这个男孩已经正式与这个世界握手言和。

这本书只送给值得被认真对待的你。

英国的春天，山坡上开满了黄色的水仙花。在这个季节，微风轻轻拂过脸颊和发丝，让人心旷神怡。

小镇已经开满了大团大团的粉色樱花，街头的人依然很少，在*North Berwick*这个小镇里，我依然早晨一个人去上班，中午到市中心的咖啡馆喝一杯曼特宁，下午结束工作后回家。我会带着朋友去海边，我以前就相信，一定会有这么一天的——我在海风里找到复原的可能。

最后，那些被黑色恐惧浸泡的日子终于变成了记忆里的星际碎片，飞逝到很远的河外星系里去了。

Chapter

1

爱是一种微妙的滋养

你看，我连这张字条也写不好

书我也不能看

我要说的是：我生活中的全部幸福都归功于你

你对我一直十分耐心，你是难以置信的善良

这一点，我要说——人人也都知道

假如还有任何人能挽救我，那也只有你了

现在，一切都离我而去，剩下的只有确信你的善良

——弗吉尼亚·伍尔芙

飞机滑行过陆家嘴天际线的时候，整个外滩的风景一览无遗，在只有几分钟就落地浦东的此刻，我终于明白“归心似箭”所表达的感觉了。

I'm dying to come back——我现在只想用最直白的口译来表达自己的感受，因为这再合适不过。

两年前，当我拿到英国会议口译硕士*offer*的时候，我曾信誓旦旦地对所有人宣称：两年后，你们将会在欧盟会议、世界经济论坛、联合国大会上找到我的身影，而我定居的城市会是伦敦、纽约、苏黎世或者布鲁塞尔，因为全球各大政经总部和峰会现场基本都设立在这些城市。

我的职业是同声传译，当你看新闻联播，看环球新闻，看到很多政要光鲜地出现在镜头前的时候，我则在会议现场背后的小黑屋里，握着话筒，戴着耳机，语速同步地翻译着会议内容，所以，大多数时候你看不到我。

当然，你也有看得到我的时候，因为我有时会出现在声名赫赫的政要身边，低垂眼睛，小声地做着耳语传译，疯狂地勾画和标记着各类符号。我写的文字叫“纪文”——我姓纪，“纪文”是我自己发明的文字。

这并不是什么稀奇的事儿，每一个口译师都有他自己发明的一套符号，在紧张的大会气氛下，政要们永远不会等你整理好笔记逐字逐句去翻译。所以我常常觉得自己学的不是速记，而是速描——这确实就是天书，除了我，没有任何人看得懂。

不过大多数情况下，像我刚刚说的，我会坐在一个小厢里，戴着耳机，对着话筒，听到翻译源语的瞬间，同时进行翻译，这就像左右手同时写字，听到声音的瞬间，或者同时，甚至超前翻译。

即使你一个人可以单独接一个现场，完成翻译，工作守则也不会允许你这样做，通常一个现场至少会配备三名同声传译，十五分钟换一个人，因为这考验的不光是脑力和体力，更多的是心理承受能力、反应能力和你的其他各项综合素质。所以这个行业薪水很高，行情好的时候，可以拿到上万的时薪。但这样的薪水在我看来并不高，因为一场同传下来，我们都像玩了一次命。

耳边传来机长广播，飞机准备降落浦东机场。我取下耳机，收起身上的毛毯，像长眠后的蛇一样舒展身上的每一个部位，准备好投入祖国母亲的怀抱。

我甚至已经想好今晚去哪儿吃川菜，去哪个酒吧。我实在太想念川菜了，在无数个嚼着海鱼和香肠的日子里，我幻想着自己吃的是水煮鱼、手撕鸡，给自己催眠，想象这是最纯正的川菜。英国不是没有中餐馆，但在英国，我们吃的中餐基本都是粤菜，每次吃完，都挺饱，但依然停留在一种不痛不痒的状态。

这种感觉引用宁致远的描述最为贴切，他说："这就像你找人挠背，结果那人却给你轻轻按摩。"

粤菜对我从小养成的重口味来说，无疑是隔靴搔痒。

宁致远的经典比喻很多，好比我说上海鳞次栉比的高楼一点儿都不比伦敦差，致远却说伦敦的小黄瓜大厦比上海的金茂显得更绅士一些。我不理解他的形容，他的解释是："怎么说呢？可能是地域差异的关系吧，当小黄瓜大厦在格林威治时区散发出浓郁的咖啡香的时候，东八区的金茂大厦里会散发出一种类似水煮肉片的香味。对！就是你最爱的水煮肉片的香味。你去金茂找份工作吧！"

我准备叫宁致远看散发出川菜香味的上海，回过头却发现他还在睡，抱着那只陪伴了他很多年的*Aaron*熊。

看到我这样的描述，你可能觉得宁致远还未成年，应该是口里含着棒棒糖、手里拿着电子书对我说"妈妈再也不用担心我的学习"的小屁孩儿。但事实上，宁致远今年已经二十岁了，我毕业后之所以在英国多待了一年，除了实习，更多的是为了他。

我迄今仍记得与宁致远初见的那个冬日的早晨。

那天是圣诞节，大雪纷飞，街上异常冷清，我跑到学校后山，举着单反哆嗦着拍摄雪景，因为我答应赛凯琳要把银装素裹的英国拍成照片寄给她。

赛凯琳是我最好的朋友，好到我只需要听她说一句话，就知道她感情的近况。

比如她告诉我："我觉得自己是一只朝着蓝色深海不停游动的小蝌蚪。"我就知道，她肯定又和男朋友复合了。

她喜欢用蝌蚪来比喻她的爱情。走动在沙漠里的蝌蚪，象征她的爱情非常煎熬；吃着雪糕的蝌蚪，象征她的爱情在逐渐变冷。你永远不要去追究她这些比喻的依据，比如蝌蚪是生活在淡水里的啊，怎么可能游向大海呢？你也不用去想象一只蝌蚪涂好防晒霜，戴着墨镜走在沙漠里的情形，更不用去追究蝌蚪吃雪糕的科学依据。在她的世界里，她自己就是最伟大的自然法则，就像她一直觉得《物种起源》是一部奇幻小说一样，她曾经告诉我："我觉得《西游记》确实写得比《物种起源》更生动。"

她最大的理想就是能到英国来生活，原因很简单，她觉得这种有城堡、天鹅、历史和黑森林的地方比较适合她的气质。她永远无法想象自己在田里疯狂插秧去争夺"年度插秧公主"的情形——这又是她奇幻比喻的一个，你慢慢会适应的。

回到给赛凯琳拍圣诞雪景的那天早晨，在山丘上，我隐约看到厚厚的雪堆里有个人在蜷动。

我过去一看，真的有个男生倒在雪堆里。让人无法理解的是，这样的寒冬里，他居然上身赤裸。我以为他是被打劫的亚裔学生，所以第一反应就是报警，然后才过去将他从雪堆里扯了出来，拖到我的车里。我把暖气开到最大，不停地搓他的全身，一边搓，一边对神祷告。我甚至在想，我的外国口音苏格兰众神能领会吗？所幸苏格兰众神似乎听懂了我的祈祷，将警察召唤来了。

我看着他们把男生带上了车，心想没我的事儿了吧，谁知悲剧发生了。昏迷的他突然醒了过来，并且指着我好像要说什么。警察们怀疑地看向我，我百口莫辩，这时他却又昏了过去，剩下我不知道怎么办才好。

尽管我拼命对警察叔叔们解释"真的不是我"，却依然被一起带走了。在车上，警察问我们是不是朋友，我说不是，我们是第一次见面。警察眯着眼对我说："撒谎只会让事态更严重。"

后来我们被带到了医院，还好是医院，不是监狱，笔录要等他醒来后才可以录，都说在中国不要多管闲事，那一次我发现，这条简直是宇宙定律，在英国一样成立，所以我想下次躺在雪地里的即使是赤裸着上下身的哈里王子，我也会不管不问的。

那是我到英国的第一年，就因为宁致远，我的圣诞购物计划全部落空了不说，还做了一回嫌疑人。

所以他一醒来，我就立马正襟危坐地盯着他，想先给他一个狠一点儿的脸色。可是我还没来得及开口，这厮就扑了上来，抱着我，号啕大哭，我只能把准备好的一肚子的牢骚和抱怨给吞了回去。

我一边抚摸他的头发，一边在想，他不会失忆了吧？像韩剧那样把我当作他女友的戏码，我可没办法接受。这是大英帝国，不是"小"韩民国啊。谁知我还没来得及开口安慰，他就甩出来一个字："哥。"

他不会傻了吧？性别辨识不清楚？这唱的哪出啊？

接着我听清楚了，他说："哥哥，我要找哥哥，我要回家。"我轻轻拍着他的背，他身体很单薄，他的哭声像一把锋利的匕首，在我的心上狠狠划了很多刀，我突然觉得很心疼，眼泪夺眶而出，我感同身受地轻轻抱住他。

然后，我也跟着他哭得七荤八素的，哽咽着说："姐姐懂，都懂的。"我当时差点就说成"哥哥都懂 "。接着，警察给我递来纸巾，带着鄙夷的眼神，小声地问："你确定你们这是第一次见面吗？"

就这样，我和宁致远就这样极度戏剧化地认识了。

后来我知道了很多他的故事，也知道了为何他会倒在冰天雪地里。我们渐渐变得形影不离，他就像我的亲弟弟一样，让我心疼，且无法舍弃。

飞机安全降落在浦东，致远揉着惺忪的眼睛问："姐姐，我们是转机呢还是到上海了？”

“睡糊涂了吧，我们是从伦敦直飞上海的，飞了十三个小时，已经到上海了。”我对他总是特别温柔，如果有一天你遇到一个让你由衷心疼的人，你也会和我一样。

我打开手机发现一条短信都没有，失望至极，是外星人干扰吗？

下了飞机后，我才反应过来我的手机卡还没换成国内的，果然，一换卡，手机上就飞来很多柏铭哲的短信。

老婆，上海今天天气很冷，记得穿上外套再出机舱，我好想你。

老婆，你是想吃水煮鱼呢，还是水煮肉片呢，还是毛血旺呢？还是去吃川菜呢？想吃什么告诉我，我订位置。我好想你，嘿嘿。

你让我选的不都是川菜吗？你干脆说，我们是去吃川菜呢？川菜呢？还是去吃川菜呢？

老婆，你还有四个小时就到上海了，我现在已经到浦东了，不知道老婆大人现在是否已经安全飞进我国领空了呢？我好想你。

老婆，你现在应该刚开机，我就想告诉你一句，我好想你。

是的，柏铭哲是我男友，或者说是我的准先生。

我从英国打道回府就是为了他，我一直以为自己是典型的独立派，不依赖任何人的同时也不受任何人的左右，但从遇到柏铭哲那天开始，我承认自己在不知不觉中改变着，而这种改变是一种甜蜜的改变，我心甘情愿。

我和致远推着重重的行李车走出机场海关，这趟回国和乔迁没什么区别，加上一大堆给朋友们带的礼物，我加了四个二十三公斤的超重行李，才算把英国的家当拖回国。在英国的两年，购物方面，我绝对是实干家。

我一边走一边用上海话对神祈祷：“请侬伐要查吾饿行李，否则要噶税额（请不要查我的行李，不然要加税的）。”

一出闸，我就看到柏铭哲斜倚在栏杆上，他身着风衣，低着头玩手机，他辨识度很高的地方就在于他的身高，一百九十二厘米，所以在人群里我甚至不需要找他，抬起头，他就在那儿了。

柏铭哲的身高绝对对得起他的山东籍贯，但如果只看脸，你又会觉得他是典型的南方男生，皓齿明眸，鼻子坚挺，双目如潭，双眉俊秀，笑起来，就像软绵绵的阳光。

我走到他前面，站直，然后憋住笑，轻轻地咳嗽，“咳！”

“咳咳！”没反应?

“咳、咳！咳啊、嗯哈！咳！”在我把肺咳出来之前，他终于抬起了头。

“啊？宝？你到了？哈哈。”见是我，他立马瞪大眼，然后又手忙脚乱地把手机收起来，朝我伸出双臂走过来。

“嘿嘿，惊喜吧？”

他兴奋地把我抱起来，不，应该说是端起来，他一边说“让我看看老婆长胖没”，一边端着我死命地打转。

“别转，别转了，你再转我真要吐出来了，我刚下飞机呢。”我死命挣扎。

柏铭哲又悠悠地晃了两圈才把我放到地上，接着致远缓缓走过来，朝柏铭哲和我狡猾地笑笑。这两年来，致远基本参与了我和柏铭哲交往的所有细节，因为在我认识柏铭哲三个月后就认识了致远，而我每次回国基本都带着致远。

说实话，我不放心宁致远一个人待在英国，有些东西他始终不能一个人面对，比如，抑郁、恐惧、绝望、撕裂。这些东西总是萦绕在他的大脑中，他需要在医生的帮助下克服这些灰色情绪——宁致远患有抑郁症。

“过来，让我看看长高没？”柏铭哲拥抱致远。致远也不避讳，直接扑在柏铭哲怀里。

“你这是干吗？才三个月没见，你看你，像阔别了几年一样，我们都没变，倒是你，今天弄这么一身衣服，我还真有点儿不习惯了，你的三叶草、彪马、耐克呢？”我开始调侃他。

“接老婆总得收拾一下吧，你好歹一海归，是吧？我也得像回事儿，嘿嘿。”柏铭哲接过我手上的推车，朝我粲然一笑，致远也跟在后面偷偷乐。

到了车库，柏铭哲打开后备箱，才发现只能塞进两个超大件行李，我们就算把剩下的行李都往车的后座塞也还剩两个箱子塞不下。

“这行李有点儿多，要不，先寄存两个，我先送你们回酒店，之后再来取。”柏铭哲好脾气地笑笑，脸上找不到一点儿为难和不耐烦，他的温柔是我认定我和他合适的主要原因之一。爱情的天平永远不会平衡，总有一方要忍让的。

我正在犯愁的时候，身后传来了清脆的高跟鞋的声音，不用回头，我就知道是赛凯琳这妖孽。我说过，听声音我就能读懂她的一切。

“唉，我说了吧，还不要我来接，就柏铭哲这么一辆破车还装得下你这些家当？”回过头，果然是赛凯琳。

她一边说，一边翻着白眼，像一只危在旦夕的蝌蚪似的，她没准备给我好脸色。我憋住笑，瞪了她一眼，她哼一声把头一转，然后指了指远处的烈火色跑车。

“凯琳，你救了我。”我赶紧朝赛凯琳热乎地扑了过去。

“去去去，少跟我来这套！那个，宁致恒，你上姐姐我的车。柏铭哲，你把你装不下的行李都塞我车里，去哪儿，你带路，我跟上，就这么决定了。上车吧。”赛凯琳推开我，像女将军一样指挥着我身后的两个男人，这两个男人还确实都听她的。

“那个，我是宁致远，宁致恒是我哥。”宁致远支支吾吾地解释。

“啊？不好意思，致远，你和你哥哥名字太像了。不过你不能怪我啊，如果你哥照片没*PS*过，那你哥哥真太帅了，我不是说你不帅，你们不是一个类型。他是我的菜，如果不是我现在要结婚了，我一定倒追他。”赛凯琳一边说，一边继续指挥着行李的分配。

“我要你替我给唐皓宇买的手表，带了吧？”她说这句话的时候，表情和电视荧幕一样，刷刷地换台，之前说我的时候一脸冷艳高贵，就像她是菩提祖师的姐姐，而我就是一妖孽；说到“手表带了吗”的时候，表情又特别诚恳，像圣母玛利亚手里的圣婴一样，说到“唐皓宇”这三个字的时候，她满脸都是幸福。

“能不带吗？姐姐的订婚信物。”

上车后，赛凯琳一边开车，一边拿着购物单问我，这个买了吗，那个可是她结婚要用的，原来接我是有目的的，死丫头！

车并没有开到我家，而是停在了赛凯琳家附近的酒店。我妈还不知道我回上海，我们开了两个房间，一个房间是给致远的，另外一间是给我和柏铭哲的。我暂时不回家的原因很简单，我妈一直反对我回国。如果妈妈知道我把英国的工作给辞了，跑回上海发展，一定又会闹得不可开交；另外一方面，我和妈妈之间有一些隔阂，我记得在我离开家那天，妈妈告诉我，她希望我离她远远的，然后过得很幸福。

赛凯琳把我们送回房间后，第一件事就是翻箱倒柜地把我从英国带回来的东西全核对一遍。核对结束后，满意地朝我点点头，竖起拇指，一副扫雷*clear*的架势。关上箱子前，她看到一个包，立马眼睛放光地说：“这个太不是你的风格了吧，给我买的吧？”

“是啊，给你买的。”我接过柏铭哲递给我的水杯说。

这种长得像饺子一样的包，我欣赏不了，或者说我的时尚神经没敏锐到这种程度。但我知道，我们赛大小姐一定喜欢，她是只看品牌不看设计的，比如你给拖拉机安装一个玛莎拉蒂的标志，她会兴奋地开着拖拉机出没在上海街头。

“这个很贵吧？”她声音又软了一个度，嘟起嘴。

“你心里都乐开花了吧，妖孽。”我在心里说。

其实给她买的包没多少钱，在英国的时候，去打折村，经常能碰到很多所谓的大牌，价格远不如国内般昂贵。何况在我的世界里，这些奢侈品不叫大牌，我心中的大牌永远不是可以用价格衡量的。

赛凯琳兴奋地把包背在身上，不停地对着镜子摆弄，嘴角憋不住地上扬。行，这包的价值就在这儿了，能让朋友开心。说实在的，我这辈子，最大的收获就是有这么一帮朋友。平日里，我们总是互掐，但每次遇到麻烦，他们一定是首先站出来和最后离开的，而赛凯琳就是他们中间最最早出现的那个。

赛凯琳欢喜地放下包，终于舍得给我一个拥抱，接着笑容满面地带着皮包和一大堆我替她买的东西离开了。走之前，她对我和柏铭哲奸诈地笑："你们俩别玩得太过啊，待会儿要一起吃晚饭呢，金刚和唐皓宇也一起过来，我约好了。"

致远也朝我们露出贱贱的微笑，"我要回房间洗澡了。"说完就跟着赛凯琳离开了。

金刚和唐皓宇也是我的发小，加上在西安出差的曾静，我们曾被并称"五朵金花"。但是唐皓宇不认同，因为他是个男的，但无论他怎么不愿意，还是被我们拉下了水，我们之间的感情绝对不输给任何兄弟姐妹。

曾经，我们有个特别无聊的约定：结婚之前，我们谁都不能离开我们生活的那个小区，结婚后就算离开，也得住在方圆一公里的范围内。我那时候还信誓旦旦地说，我纪忆如果违反了约定，就把头砍下来给他们几个当凳子坐，但后来飞得最远的却是我，当时我们都以为最后我会嫁到英国去。

我去英国那天，他们来机场送我，我们说好，不来电视剧里那套煽情的戏码。所以入关前，我只简单地说了一句"拜拜"就潇洒地离开了。

可我还是克制不住地回过头偷偷瞄了他们一眼。金刚和曾静抱着哭，赛凯琳戴着墨镜，依然一副大姐大模样，身体却一直在颤抖，脸上都是泪水。唐皓宇一边朝我挥手，一边牵着赛凯琳，这一眼让我心里更不是滋味。入关后，我立马找到一个咖啡店，打开电脑给他们留言。就是在那个咖啡店，我遇到了柏铭哲。

柏铭哲拿了瓶果汁递给我，打断了我的回忆。他坐到我对面的沙发上，歪着头看我，有些羞涩地笑。

"干吗只给我喝水？"我抬起头瞪他，"快抱我啊，干吗呢这是？还害羞？"

直到现在，我们还是纯洁的男女关系，我们牵手过，接吻过，一起睡过，拥抱过，但没有发生过。

"怎么？你别告诉我你还害羞呢。"我说。

这门一关，突然只剩我和他俩人，我还真有点儿不自在。

"呵呵，坐过来。"他轻轻拍拍身边的位置，示意我坐到他身边。

我直接坐到他腿上，抱着他，特别认真地说："我回来了。"说这句的时候，我心头涌上一阵淡淡的忧伤。

这一路，我和他走得有多辛苦，只有我们两个人明白，我依偎在他肩膀上，真想沉沉地睡下去，不要再分开，我真的有点儿累了。

他轻轻拍着我的后背，特别温柔地说："你终于回来了，这次是真的回来了。"

"嗯，回来了，这次不走了。你想清楚了吗，结婚的事？"我趴在他肩膀上问，依然有一些不安全感，我这次回来可是来结婚的啊。

"当然，这事儿能不想清楚吗？我觉得挺对不住你的，老婆，你因为我把这么好的工作给辞了。不过你放心，我柏铭哲这辈子就一个念想：花一辈子的时间，除了疼你，还是疼你。"然后他抬起头，朝我耳边特别温柔地说，"老婆，真谢谢你给我这个机会。"

"工作没了还可以再找，但不抓牢你，做鬼我也不会瞑目的。不过，你娶到我，也算你走运。我这样条件的也不会常有，对吧？嘿嘿。"说完我就钻进了柏铭哲怀里。

"那是，娶到你是我几辈子修来的福气。"说完柏铭哲低下头亲吻我的额头，一下一下地吻。

"现在英国还是深夜，洗个澡去，睡会儿，晚上你的朋友们不是还得给你接风吗？我过去看看致远，致远的气色看起来好多了。"边吻我，柏铭哲边说。

"嗯，这次好多了，你过去和他聊聊吧，如果他睡觉了就别打扰他，小家伙估计折腾得也够呛了。"宁致远是让所有人都心疼的孩子，他身上有一种干净的忧郁气质。他的眼神像是黑泉眼涌动出来的山泉，清澈却寒冷，而要形成这样的山泉，需要太多机缘巧合。偏偏他身上就是有这么多不幸的巧合，如果不是见到他，我还真不相信，世界上真的有一种男生让你打心眼儿里想去守护和疼惜，他太过纤细，像玻璃一样易碎。柏铭哲对我点点头，轻吻了一下我的额头，去了隔壁宁致远的房间。

我立马鞋袜一脱往床上蹦，不到三分钟，倦意便来袭了。

晚上，我们仨刚到酒店门口，就见到金刚跟一门神似的守在旋转门门口，她穿着超大的网格丝袜，超短的豹纹短裙，金灿灿的卷发，手上捏着一个银亮亮的水钻包，眼睛焦急地四处打转。

我来的路上还在想，这么久没见，说不准金刚已经变得有些收敛了，但从这一身装束看来，她非但没有收敛，反而变本加厉了。

我们叫她金刚，第一是因为她发育迅猛，我的身高还在一米六徘徊的时候，她已经一米七五，我在一米七三定格的时候，她已经是一米八的海拔。从前她总是理个寸头在学校和各种男生厮混，还经常混进男篮队，一次次挥汗在各个球场，所以我们在高中之前，潜意识里一直把她当男孩看待。那时候她每次把手放到赛凯琳肩膀上，赛凯琳就会甩开她的手叫："下流！"曾静在卫生间洗澡的时候，金刚一进去她就会尖叫："啊！色狼！"

第二是因为她保护欲很强，她总习惯性地保护我、赛凯琳还有曾静。

金刚这个雅号是赛凯琳封的，金刚原名金甘若。我们觉得她出生之前，她父母就已经预料到金刚即将成形，所以特别加了一个"若（弱）"字在她名字后面，准备镇住这只女金刚成形。但天不遂人愿，高大魁梧的金甘若还是长成了一个"亭亭玉立"的女金刚。

我们的车还没停好，金刚就已经春风满面地朝我们的方向奔过来，我甚至感觉到地板在剧烈地震动。

我和金刚已经一年没见了，上次回国的时候，她还在宁波念大学。轮到她放假了，我又在英国陪着致远数雪花呢，偶尔一次短期回国的时光又全被柏铭哲霸占了。

我的脚才迈出车门一步，金刚已经热情地弯着双腿依偎到我旁边，我还没来得及送出问候，她又立马弹起头，挤眉弄眼，"刚刚看到一个男的，开的是兰博，我从车窗看进去，他是一个人，刚刚进酒店了，今晚有戏。"

"我好想你，一年没见了吧，金刚，你想我吗？"我拥抱了一下她。

她完全没打算理会我，继续说："还有一个男的，开的是凯迪拉克，虽然低了一个档次，但胜在年轻，最多就二十七八，一看就一富二代。那块表不是百达翡丽，就是江诗丹顿，你相信我！”她说时不停左顾右盼，跟一女间谍一样。

“你真的一点儿都没变，金刚，还是这么有追求。”我轻轻地迈了一步，彻底打消了她会思念我的幻想。

“这不是宁致富吗？我们见过一次，记得吗？一年前，KTV，‘苍茫的天涯是我的爱，绵绵的青山脚下花正开’。”金刚说着说着就唱了起来。

致远尴尬地笑笑说：“记得，你是金刚姐。”金刚估计听到了那个“姐”字，感恩戴德地贴到致远身边继续说：“好弟弟，还是没有女朋友吗？介意姐弟恋吗？你父母是做什么的啊？你开的是什么车啊？”金刚一边说，一边绷直腿，整个人瞬间呈S状。

“你别见个男人就浑身发软，还有，这是宁致远，不是致富。你就知道钱，我怎么从前没发现呢。别闹啊，致远和吊儿郎当的纨绔子弟可不一样。”我立马把她挡回去。

“这不开个玩笑嘛，不过致远长得确实俏，就是年纪小了点儿。”金刚一边说，一边像扫描仪一样地扫描着致远身上的每一个细节，估计她又开始估算别人的资产了，不过致远父母都是开公司的，家境殷实，也经得住女金刚的火眼金睛。

致远腼腆地对金刚笑笑，走到柏铭哲身后，柏铭哲笑得几乎要撒手人寰了。

走进包厢，赛凯琳和唐皓宇正依偎在一起你侬我侬，赛凯琳一见到我马上腾出旁边的位置，示意我坐到她身边。

唐皓宇见到我们，赶紧起身和我握手、拥抱、亲脸，我和致远这样从英国回来的都有点儿不太适应。不过这是他的习惯，从小就是，倒真不是装出来的，加上他这几年开始接触娱乐圈，多少学会了一套。柏铭哲也明白，唐皓宇跟我亲哥哥似的。

“丫头又变漂亮了啊，快坐，别客气，都见过的，想喝点儿什么只管点。菜我点了一些，你们看还需要加什么，千万别和我客气。”唐皓宇这么一说，我觉得客气的反倒是他。

“皓宇啊，我真觉得你不做公关浪费了，我这可是说真的，公关也是正当职业，我以前做口译时见过一些。你这长相，这气质，这谈吐，以后绝对是个人物啊。”我半开玩笑地逗唐皓宇，不过我发自内心地觉得唐皓宇以后绝对能成气候，他一直是我们几个人当中成绩最好、社交最广的。

“以后一定会是个腕儿，你也看出来了吧？那是，也不看是谁的人。”赛凯琳马上依偎到唐皓宇身上。

两人算绝配，才子佳人。赛凯琳天生丽质，校花级的美貌，就是性格有点儿泼辣，这和她的成长环境有很大关系，赛凯琳是我们几个中经历最多的一个女孩。她眼睛里多出的那份世故，让她更加妩媚。

唐皓宇，仪表堂堂，温文尔雅，我记得高中毕业的时候，班主任给他的留言是：“飘逸宁人，逸群之才。”

他的理想是做个演员，目前上戏表演系毕业两年了，拍了两部古装剧后就没什么动静了。他平时会去兼职平面模特，但一直星途不顺。

“你们准备什么时候办呢？”柏铭哲问赛凯琳，然后给我倒了杯热水。

“那得看你和纪忆什么时候办啊，等着你们呢，我们四个一起办，我最好的姐妹和我一起办婚礼，早约好了。我嫁妆都准备好了，你抓紧啊，我幸福可在你们手上呢。”赛凯琳说着又依偎到我肩膀上，像个不倒翁似的。

接着金刚又是语不惊人死不休：“对，没错，你们想，你们办一场婚礼，开一个酒店，大家吃一顿，我们朋友同学不就这伙人，这样一算，一个婚礼收双份礼金，你们绝对赚到，等等，你们别急，再给我点儿时间，我找一金龟婿，到时候加上我，我们仨一起把这婚给结了，这样我也能省一笔。曾静就算了，等这个尼姑找到她的和尚那天，我都出家了。对了，今晚这个酒店有个开兰博的，我待会儿得吃快点儿，去他车旁边候着，看他能飞到哪儿去。”

“对啊，我怎么没想到这点，你大学学的是经济吧？”赛凯琳顿时灵光乍现，笑得龇牙咧嘴的，马上又绕开我扑到金刚怀里去。

饭桌上的先生们面面相觑，忍俊不禁，各种诡异的默契横生。

唐皓宇点菜一向阔气，那晚，菜摆满了整个桌子还没上完，唐皓宇叫了两瓶五粮液，又开了六瓶红酒，我觉得这根本就是来了一酒吧，我们都高估了自己的食量，除了金刚一边往嘴里塞，一边兴奋地念叨着："这吞的可是人民币啊！得多吞点儿。"

不过大家确实是开心，除了致远，我们几个都是放开胃地在山吞海喝，后来每个人都喝高了，先是凯琳突然站起来拿着一个空杯子敬柏铭哲，"柏铭哲，说实话，你底细我真不是很清楚，但纪忆既然选了你，我就姑且相信我姐们儿的眼光，这次她把工作都给辞了，从英国跑回来就因为你，你要是以后敢做什么对不起她的事情，我告诉你，我就是拼了这条命也要把你给灭了。干杯，别他妈那么多废话。"

柏铭哲站起来说："大家帮我作证，如果我柏铭哲以后不好好对纪忆，要杀要剐，悉听尊便！"说完柏铭哲也特别帅地把一杯五粮液倒进口中。

唐皓宇给自己倒上五粮液，给我倒了杯果汁，起身说："纪忆，我们几个打娘胎里蹦出来就认识了，哥哥从来没认认真真地和你干过一次。今天这杯，我祝你和柏铭哲和和美美一辈子。我是打心眼儿里希望你能幸福，真的。来，哥哥喝酒，你别喝了，你喝你的果汁。"听着唐皓宇这么说，我感觉鼻头阵阵发酸，好像现在就已经要嫁给柏铭哲一样。

我把果汁往碗里一倒，也斟上一杯纯的五粮液说："我替柏铭哲在这里答应你，我和他绝对会和和美美，幸幸福福，你也要替我好好照顾我这姐姐。不过，我把我姐姐交给你，我还真是打心底里放心。你们这都在一起快十年了，从高中到现在，这人生能有几个十年。我是发自内心地替你俩开心。"我把头转向赛凯琳，她已经哭成泪人了，一边哭一边笑。

金刚也突然哭了起来，"这么晚了，兰博男肯定已经走了。"

看来大家确实喝多了，只有致远在安静地看着我们，我特怕再闹下去，又让致远想起一些不好的东西，所以急忙打住，打道回府。

回到酒店，我一直在吐，我只依稀记得，柏铭哲一直在伺候我。我那晚一直叫他老公，一次次把头从马桶里抬起来告诉他，我爱他，我真的爱他。

我看到柏铭哲眼睛里都是心疼，他皱着眉，眼泪一滴一滴落下，看到他这样，我就更心疼了，扑到他怀里放肆地哭出声来。

想起我们在一起这两年，这一路的辛苦，我们便百感交集。

“柏铭哲，我今天喝是开心，你明白吗？我真的开心，能回国和你结婚，是我纪忆活到现在最幸福的一件事，我没骗你，老公，我好爱你，我真的好爱你。”

“纪忆，能遇到你也是我最大的幸福，如果那时候，没在浦东误机，我们也不会认识。我真的相信命中注定这件事，你就是我的命中注定。”

我与柏铭哲相识在浦东机场。那天，我离开上海飞伦敦，赛凯琳她们为我送别。进了海关后，我就跑到咖啡店，给他们几个人留言道别。

那是我第一次去英国，所以当时我特别精心收拾了一番，我的衣服是赛凯琳给我准备的，一件纯白的衬衫，一条特别短的短裙，色差有些夸张，脸上是她给我化的妆，她说保证我一落地就能其乐融融地融入到伦敦的气氛中去。

柏铭哲坐在离我三米远的地方，他一直对着我笑，我当时就不乐意了，暗想我是不是打扮得过了？还是说我的行径很可笑？

我跑到洗手间一再确定，发现自己没有任何不妥。相反，即使到今天，我依然坚信我那天打扮得非常漂亮，而且后来在飞机上也有好几个男人和我搭讪，这是之前没有过的。

我回到咖啡店后，他依然对着我笑，他穿着运动卫衣牛仔裤，配上干净灿烂的笑容，很养眼。

但彼时，我只觉得这笑刺眼得厉害，我干脆站起来换到了对面的座位，背对着他。

以前赛凯琳总说我的背影很阴森，我想我这阴森的脊椎应该能镇住这个诡异笑容的男青年吧。

登机前，我过去买单，他已经不在我身后了，但服务生笑得和他一样诡异，“小姐，已经有一位先生帮你买单了哦。”

“是刚才坐这儿的那个男人吗？”我指了指刚才他之前坐的座位。

“嗯哼，就是坐这里那个个子高高的帅哥哦，登机口那边那个哦！”服务生继续嗲声嗲气地回应着，加上这无比狗血的买单剧情，我一度以为这是不是在拍某部台湾偶像剧。

我顺着她的手指方向一看，一下就找到了柏铭哲。我急忙朝他跑过去，他正排在登机的人流中，我开口第一句就是："你什么意思呢？"

旁边几个老太太估计以为我是为情来追飞机的呢，立马竖起耳朵，瞪大眼睛，比看八点档还投入。

柏铭哲抿着嘴，轻轻地摇头，涨红了脸，像做错事的小孩儿。

"你认识我，对吗？"我接着问，因为我实在想不出其他理由来，一个长得像美味的麦旋风一样的男孩儿给我买了一杯曼特宁，这种事不是莎拉•杰西卡•帕克才会遇到的吗?

"不认识。"柏铭哲瞪大眼，特诚恳地看着我，认真地说。

我尴尬地说："咳，那这位先生，你为什么帮我买单啊？你是要向我推销什么产品吗？我不需要！"

"没有啊，就顺便帮你买单。我想给你买一杯咖啡，就这么简单。"这次柏铭哲脸上扬起了笑容，和刚刚诡异的笑容不一样，这个笑容特诚恳、干净，我快酥了。

如果是偶像剧剧情，当时我也就配合着笑颜如花地说一句："谢谢你的咖啡。"就完美*Ending*了。但我居然撇下嘴，单脚在地上画圈，背着手，特别为难地说："好吧，下次不要这样，那你把你手机号给我，下次有机会我把钱还给你。"

接着柏铭哲特别帅地抓起我的手，把手机号写在我的手心。

后来，我仔细一想才反应过来，通信这么发达，他一个短信甩过来不就完事儿了？还写在手心！不过，我当时也握着手心，娇羞了起来。

也是从这天开始，我开始明白世界上真的有一种感觉叫一见钟情。

我们的恋情就这样开始了，这就是我和他的相识，比紫薇和尔康的相遇还要特别一些。

第二天醒来的时候，我睡在柏铭哲怀里，他衣服裤子都没脱，估计昨晚忙着料理我，累得睡着了，我感觉头顶像是被重重的钢索牵引着，哪怕只是动弹一下都承受不了，我轻轻推了推柏铭哲，"起床，你该去上班了。"

柏铭哲侧过头，揉了揉眼睛，睡眼惺忪地嘟囔着说："嗯？醒了？今天不去了，我陪你。"

然后又把我掀掉的被子盖到我身上，我也钻进他的怀里，他身上依然是那股淡淡的香味，那种在挚爱身上才闻得到的，全世界最好闻的味道。

我想起昨晚的种种，突然想起了致远，我最后就记得致远在餐桌对面微微笑着，倒着果汁，低头不语。我的大脑里再也寻觅不到之后任何关于致远的画面，我立马从床上弹起来问："致远呢？跟我们回来的吗？他没事儿吧？"

柏铭哲皱着眉，吃力地睁开眼回答："放心吧，致远现在估计还在睡觉呢，我们是一起回来的。"

我这才放下心，靠到床上，柏铭哲也起身，倒了杯水放我床头，然后躺回我身边，半开玩笑地说："我发现了，这世界上对你最重要的男人不是我，不是你爸，而是致远。你放心吧，你照顾不过来的时候，我也会替你看着致远的。"

我侧过身，把手伸进柏铭哲衣服里，"老公，你真好。你说的啊，如果我有什么三长两短，你也要替我好好照顾致远，我这辈子最不放心的人，真的还就是致远，他经历这么多事，我觉得那年我在雪地里碰到他开始就是注定了的，所以就算我们以后结婚了，就算我们将来有了宝宝，我们也要照顾好致远，拉钩。"柏铭哲笑着点点头，和我拉钩。

我对致远的感情，所有人都明白，包括柏铭哲，不过致远可能不能陪我们太长时间了，他哥哥马上也要从美国回来，不知道他俩接下来准备去哪儿。

我不知道的是，隔壁房间里的宁致远整晚都没睡。自昨晚回到酒店后，他就和他哥哥视频，直到天亮，致远才趴在桌上带着笑靥睡着了。

而赛凯琳化好妆，提着我送她的新包，约了唐皓宇在一家新开的希腊餐厅见面，她的包里装着那只价格不菲的腕表，那只她给唐皓宇准备的、订婚用的腕表。

而远在西安的曾静，已经为了个临时工作熬了一个通宵。她昨天下午给我打来电话，让我一定要去她家拿她这半年给我准备的各种补品。我说那你得让干妈给我包好饺子，她说她爸妈说了，包海鲜的给我吃，还抱怨说他们对她都没这么上心。

许久未见的妈妈正打开相册，看着十多年前的全家合照，嘴角微微地上扬，之后却又合起相册，皱起眉轻轻地叹息。

这些我都不知道，我只知道我回国了，终于踏实地躺在柏铭哲怀里了。

Chapter 2

米色阳光

你的错误不是对生活所知太少，而是知道得太多了

你已把童年时期曙光中所拥有的精美花朵

纯洁的天真和希望快快乐乐地抛在后面了

你已经迅捷地奔跑着，经过了浪漫而进入了现实

——**奥斯卡·王尔德**

自从在英国认识宁致远开始，我就打心眼里心疼这样一个男孩，宁致远六岁就离开了家，独自漂泊在外这么多年，之前生活得一直比较激荡。致远是我身边少数坚持穿正装的男孩，在他单薄的身体上找得到的颜色基本是单调的黑白灰，除了偶尔手上会出现棕色的皮具。他的脸上永远是隐忍的伤，这种伤是岁月的变幻造就出来的，无法乔装，这与他的实际年龄格格不入。

宁致远曾患上严重的抑郁症，在英国的时候，他会戴着耳机，闭着眼，穿梭在马路上，他会在万里飘雪的季节，一个人带着颓丧的灵魂，潜入深雪里，那天我刚好遇到在雪中的宁致远，他体内住着一股悄无声息的黑色暗涌，与生俱来，他这样给我描述过。

我见过他失控地吃药，也曾经在大雪纷飞的日子，陪他在英国的教堂听礼拜，我总觉得信仰这件事对他是有帮助的。

看着他泪眼汪汪地抓着我的衣角告诉我，他要找他哥哥，只有他哥才能给他安全和归属感的时候，我只能摸着他的头，拿起手机，拨通远在美国的宁致恒的电话。

第一，我真心心疼宁致远，和同情无关。

第二，我明白这种感觉，这种对亲人说不清的依赖感，就像这些年，我也一直很想能再看到我爸爸一样。

我对宁致远的了解超过了他身边的任何一个人，包括他父母，今日已经破碎了的宁致远就是因父母错误的教育方式造就而成的。

自幼开始，宁致远和宁致恒就被送到偏远的私立学校念书，宁致远那时候每天都哭着要回家，但他父母几乎没有去看望过他，唯一一次去看他是因为他当时右手骨折，而且他爸爸在学校医务室见到他的第一句话居然是："男子汉不准哭。"

那时候，宁致远在上小学。

宁致远遭遇过严重的家庭暴力，听他哥哥说过，电视里那种将人打到浑身血痕的镜头，在他们身上是常有的事，挨打的理由千奇百怪，比如宁致远不去学拳击，悄悄跑去外婆家找外婆。

后来，宁致远只要一看到暴力的画面，就会发抖，在英国时，有一次，几个白人在酒吧闹事，刚好那天我带着宁致远出门，当时宁致远吓得颤颤巍巍地转过身抱着我，然后蹲在地上就不能动弹了。

我从来没有那样心疼过，看着一种无法痊愈的伤害盘根错节地长在他身上，无法避免，也无能为力。

再后来，宁致远的父亲因为别的女人离开了宁致远的母亲，致远的母亲是一位只讲究事业和实干的女强人，之前就一直没好好照顾过致远，致远没吃过妈妈做的一顿饭。

后来致远在这个世界上，只信赖这么几个人，或者说是依赖，他毕竟还是想生活下去，这几个人是我、他哥哥，还有之前到英国来看过他的几个高中同学。

我这人是典型的无神论者，我从来不相信"劫数难逃"这一类话，但在宁致远身上，我好像看到了因果，而也是在他的眼里，我看到一种对命运和伤痛无能为力的折服。

他的眼神里不完全是忧伤，也不是纯然的绝望，而是一种万念俱灰的涣散，涣散只会在灵魂抽离的时候才会发生。我在奶奶离开的时候，看到过这种眼神，赛凯琳在她妈妈被她继父打得住进医院的时候，也看到过这种眼神。

所以我是见到宁致远后我才开始相信，世界上真的有一类人，他们的命运可以如此曲折，他们的未来如此难以预测。

宁致远，一直很安静，我知道他在用安静的方式大声嘶吼他的痛楚，一个人只有痛到锥心的地步，才会用这种方式表达，我都明白。

从我认识他开始，他的话就不太多，我也从来不逼他喜笑颜开。事实上，自我认识他开始，他已经在渐渐找回自己，比如，他现在已经按时吃药，学会了笑，已经学会和我要东西，偶尔会跑到我床上，穿着睡衣让我陪他看韩剧，然后告诉我，他经常和他哥哥一起看韩剧。

我这辈子多了另外一个生活目标，无关工作和家庭，而是能把这个已经坏掉了的男孩重新修好，我知道这很艰难，但我真的想让他快乐起来，和平常人一样，抱怨生活，甚至有一天变得有一些世故和刻薄，这才是人类。

我身边这群朋友都知道致远的情况，所以柏铭哲完全不会吃宁致远半点干醋，我觉得这是福气，无论是宁致远还是柏铭哲，对于我，都是福气。

每年放假我基本都会带着致远回来，有时候他哥哥从美国回来，他会回云南找他哥哥待一段时间，我一直没机会见到他哥哥，但我们通电话的次数比我打给我妈的还多，致远一天可以找他哥哥二十次，所以我手机的直播键，1号键并不是柏铭哲，而是我素未谋面的宁致恒。

但我看过几张宁致恒的照片，印象里，宁致恒是一个非常帅气的男生，和柏铭哲不同的是，他的帅气中有一种桀骜和邪气，他脸上有着韩剧里那种坏坏男生的笑容，难怪致远喜欢看韩剧。

致远每天都会陪宁致恒说很久的话，这时候的宁致远才算是安静了下来，我有时候觉得宁致恒的角色不像哥哥，而像爸爸，两人在同样的环境下成长，却是两种截然不同的性格，这并不难理解，极端环境下，人的性格会极端不规律地演化。宁致远已经妥协，而宁致恒却变得重生般的霸道和自我。

早晨的上海是精致的，鳞次栉比的高楼，悠悠流淌的黄浦江，多元文化的革命依旧在此展开和上演着。

我侧过身，蜷缩到柏铭哲怀里，他轻轻抚摸我的头发，我背对着他微微笑，他看得到，因为我们之间的默契。

就这样，我们的新生活开始了，我依然没通知我妈我已经回国的事情，事实上，我在等待，等柏铭哲和我求婚，这样，我们可以订好酒店，发出喜帖后，再通知我妈，只有先斩后奏，才能圆满解决这件事，如果让我妈知道我把英国工作给辞了，估计她的血压又要刷新纪录。倒不是她在意我在英国这几年的学费问题，用我妈的话说，你总不能历经磨难，修炼成仙以后，又回到人间考公务员吧？这一点都不夸张，用披星戴月形容我的学习经历都觉得不够贴切，我记得那时候我在图书馆从早八点坐到晚十点，准备翻译材料；听听力听到耳朵疼，还要定好睡眠时间，非得听到睡着为止；通宵背单词，我习惯一边手写，一边背书，手指关节能写出水泡来，我还得找来纸巾包起手指，继续捏着笔写，这不是学习，而是决心。

我大二时有一段日子，我妈经常在她早晨起床后问我，你这是准备去睡呢，还是睡醒了呢？那段日子，我可以背书背到早上九点，然后用比金刚还要沙哑二十倍的嗓音告诉我妈，如果每背完一本书，是一次化疗，那么等我背完这堆书，我的顽症就能治好了。因为做同声传译，就是我心中一辈子的顽症，只有我成为"同传"的那天，我的疾病才算痊愈。

当我们用行动承载起梦想的时候，梦想就一定会成真。

这之后的第二年，我拿到了英国同传的无条件录取通知书，我这一路都是为了走进联合国，走进欧盟，但就在我踏上这条旅途之前的三小时，在机场，我遇到了柏铭哲，接下来的两年，命运之轮颠覆性的逆转，按我妈的逻辑，就是我修炼成仙之后放弃了仙籍户口，下凡来到人间变成了一个凡人。我本来就是一个凡人，再说了，只羡鸳鸯不羡仙，遇到柏铭哲，我觉得我得到的比失去的多太多了，真的。

爱情来临的时候，没有任何预兆，这是一种相守自由意识的激烈碰撞，这种碰撞的力量可以排山倒海，所向披靡，颠覆所有。

回到上海一个星期后，一切都开始回归日常化，模式化。

致远依然待在房间玩电脑，赛凯琳几乎每天都会过来找我，和她在一起的日子感觉像是看巴黎时装秀一样，每天她都会搭配着不同的衣服神采奕奕地出现在我面前，她只会比那些看上去病怏怏的模特漂亮，包括凯特•莫斯。

她带着我和致远把这段日子在上海新开的酒吧和特色店转了个遍，柏铭哲则每天下班后都会回酒店陪我和致远，我的新工作由曾静安排。在中国，除了拼实力，更重要还是看关系。回国之前，我就已经看好了一家在上海实力非常强的翻译事务所，我可以理解为自助者天助之吗？因为我居然发现曾静就是这家公司的笔译员工，而且更幸运的是，她和她的老板非常熟悉。

刚好这两周曾静出差去西安了，我也可以在这两周好好休息一下，忙碌了好几年，其实这次回国我甚至打算先休息一年半载再投入我的新工作。但目前而言，我的经济情况有些拮据，我的日常支出基本上都是柏铭哲在负担，越是这样，我就越不安，所以，还是稍作休息就本分地工作去吧，来上几场同传就够我在上海租一个不错的公寓了。

我总和朋友们标榜我所追求的奢华生活，不是物质奢华，而是精神奢华，也就是变得独立，因为一个人只有在独立的时候，才能绽放出强韧的光芒。

冬日里的一天中午，我和柏铭哲、宁致远在一家西餐厅里吃饭，赛凯琳电话打过来了："新天地下午三点见，带上致远，今天选婚纱，你们必须到，另外金刚待会儿也会过来。"我还没来得及说话，她已经把电话给挂了，我再打过去，已经是忙音了。

赛凯琳这几年一直在用这招，我曾经试图发短信告诉她我过不去，接着她回一句："我以为我们是朋友。"噎得我只有马上冲过去和她解释，接着见到她的时候，她一定是莺声燕语呢喃着说这是她爱我、在乎我的一种表达方式，我还得感恩戴德地表达感激之情。

她就是一只狐狸，一只风情万种的漂亮狐狸，一只喜欢把自己的爱情比喻成小蝌蚪找妈妈的可爱狐狸。我很少用狐狸去比喻一个女孩，说一个女孩是狐狸精一般不是什么好词，但赛凯琳这样的女孩，漂亮、干净、聪明，甚至有些小精明，她有绝对的资本去做一只狐狸，除了这些她还多出来一些狐狸可能不具备的特质，比如仗义。

你永远拿赛凯琳没辙，她就是一只让人爱恨交加的小狐狸。

她的制胜法宝就是各类挤眉弄眼，嘟嘴呢喃，仿佛燕雀一样的撒娇手段，不过如果把这本领放金刚身上，试想一下，她用低沉的烟嗓嘟着厚嘴，一米八的个头半屈着小腿，一只手捧着脸，像某个天然维生素广告主角一样说："就这么一直美下去。"估计谁都招架不住。

碰到赛凯琳这样的妖孽，你只有认栽。赛凯琳这些年基本是一个人在江湖闯荡，我们念大学的时候，她已经进了一家上海知名的KTV做大堂经理了，除了工作，她经常蹁跹在上海各个名店为难着选哪个皮夹，接着老板们看她这么为难，就特别心疼地帮她都买了，我曾经对赛凯琳说："如果在西游记时代，你绝对是吃人不吐骨头的白骨精。"

赛凯琳听了以后特得意地对我说："既然是白骨精，吃人肯定不能吐骨头啊，因为我得补钙啊。"并且她给我们三个人每个找了一个妖精形象和她一起在《西游记》里同孙悟空师徒四人斗智斗勇。她说我是红孩儿——善财童子，因为我每次回国她都可以在我这儿大捞一笔，至于曾静则是女儿国国王，端庄得体，得到众人拥护，金刚是我们几个里最悲催的一位，她说金刚就是黑熊精，我说为什么啊？她说："你看脸啊，还用问。"

我和致远一吃完饭立马打车朝新天地赶过去，刚一下车，赛凯琳就朝我们扑过来，给人一种骨头发软的错觉，我调侃她："你是不是吃人开始吐骨头了啊？你明显补钙不足啊！"

她斜我一眼，从身后拿出一张银行卡，幸福得一塌糊涂地说："唐皓宇说他所有的积蓄都在里面了，让我使劲花，纪忆，你说我怎么找这么好一老公呢，现在这种事只有电视剧里会发生了吧？"

接着，我们看到了黑熊精，不远处，金刚像门神一样守在商场入口处，她今天没穿豹纹，而是穿了一身的金色亮片装，下身依然是网格丝袜，加上她金色的头发，走近的时候，我有一种进入迪厅的错觉，因为她完全就是迪厅里旋转的亮片球啊。

亮片球在四处旋转，寻找猎物，见到我们马上小碎步朝我们踩过来，她半蹲地依偎着赛凯琳，用低沉的烟嗓嘟着厚唇说："讨厌，我都等了你们20分钟了啦！"致远一个没忍住"扑哧"笑了出来。

进了商场后，她才又挺直腰板绕到我和致远中间说："今天好像没什么猎物，我看了一圈没一个靠谱的，不要紧，待会儿淮海路，恒隆走起。"

我调侃她："你最近怎么变这么急啊？没有猎物你可以先去找几条海鱼吃一下

啊，黑熊不是喜欢吃海鱼的吗？”

“讨厌，你笑人家，我当然着急了，你马上和柏铭哲要结了，赛凯琳今天都出来选婚纱了，我能不着急吗？你俩没劲，高中那会儿还说，加上曾静，到时候我们四个一起办呢，现在你俩倒好，把我和曾静甩后面了。”然后眼睛像熊一样恶狠狠地抓了我和赛凯琳几掌。

“等你，不急，你加油，我有预感，你这个月就能找到你的如意郎君，你信我，我直觉特别准，纪忆还不是说去了英国就不回来了，我当时掐指一算，就知道她迟早还是得回上海，她也不信，你看，现在还不是回来了。”赛凯琳马上变一神婆，眉飞色舞地说。

滑稽的是，金刚还听得头头是道，连连点头应道：“哦，对哦，这倒是，这倒是。”

那天下午，我们几个人几乎横扫了上海所有商圈，每个人都满载而归，致远也玩得乐不可支，很久没看到他这样开心了。赛凯琳买了好几套礼服，但婚纱没有选中合适的，礼服则是准备了见家长用，如果是见唐皓宇父母那早就见过了，也不需要这么多套，除非是见她妈妈，她已经好几年不见自己父母了。

赛凯琳再一次发扬她狐狸精的特长，嘟着小嘴把大包小包的购物袋全挂在金刚身上，开始大放厥词，教导着金刚如何从黑熊精变成白骨精，以及如何吃人不吐骨头，金刚听得那叫一个顶礼膜拜，如果有一支录音笔，真的可以变成一个访谈了。

我明白赛凯琳，她再怎么吃人不吐骨头还不是一样被唐皓宇吃得牢牢的，整个下午拿着唐皓宇给她的银行卡屁颠屁颠的乐，但最后付账的时候，刷的还不是她自己的卡，这女人图的不就这么一份心意，所以你只管对她好试试看，她会为你死上成千上万次。

接着我们一起吃了晚饭，赛凯琳谄媚地笑着问：“怎么样？柏铭哲那小子行动了吧？这都回来快两周了，还没反应？我和唐皓宇都等着你们定日子呢。”

金刚本来已经是半歇菜状态横躺在沙发上，听到这一句，立马又弹起来，我怎么感觉我身边所有人都比我紧张。

“急什么啊，要是求了，还能不告诉你们？不过应该快了，在英国的时候他和我说过，已经想好求婚的画面，挺神秘的，那我就等着呗。” 我喝了口水，在英国的时候，柏铭哲是特别神秘地提过一次，其实无论他柏铭哲变什么花样和我求婚，即使就一句“收拾一下，我们结婚吧”，我都会想都不想就答应，就像他当时想都不想替我买了那杯咖啡一样利落。

而且，我结婚的对象是柏铭哲这个人，不是求婚的仪式。

我带着致远回到酒店的时候，柏铭哲还在陪客户吃饭，到了房间，我们把买的东西往茶几上一堆，瘫在沙发上。致远开心地拿出他买的几件衣服，对着试衣镜比画，然后又扑到我身边，坐在地毯上问：“纪忆姐，你们结婚后我们是不是就不能经常一起玩了？”

我知道小家伙在想什么，他对我的依赖就像对妈妈的依赖，我抚摸宁致远的头发说：“致远，我和柏铭哲就算结婚了，我们的关系一样不会变，一点点都不会。你甚至可以住到我家来，然后我们继续像今天这样去购物。”

“我哥哥就要回来了，他以后也会在上海，我和哥哥住，住你们隔壁，这样我们就可以永远在一起了。”宁致远说这话的时候低着头偷偷地乐，细微的温暖都能让他觉得开心。

我继续抚摸他的头发，他的头发特别柔软，千丝万缕地滑过我的指尖，比柏铭哲的还要柔软一些。这样的男孩让人心疼，我发誓，我不会再让任何人伤害这个男孩。

那天晚上，柏铭哲打来电话，他的公司接到一个大单，估计得深夜才能回来，让我先睡。

那晚我做了一个奇怪的梦：

梦里的场景是一个大雪纷飞的季节，我身边有个坐在轮椅上的人，满天都是铅色的云朵，我的四周没有一点儿退路，我只能直愣愣地站在雪地里。北风凛冽，但却世界末日一样寂寥，除了我和那个人此起彼伏的呼吸声，我听不到一点儿声音，眼前没有一点儿光和温暖，接着他颤颤巍巍地伸出手，抓住我的手，我顿时感觉冰冷的黑暗瞬间袭来，云层迅速掠过天空，我动弹不了一下下，像是被梦魇劫持。

醒来后，我就没再睡着，我走到落地窗口，用玻璃杯装上纯净水，然后大口吞进去。

给自己倒第一杯纯净水的时候，我在想柏铭哲，我想起，第一次在机场碰面后，我到了英国，我开始和他打越洋电话，那时候，我在英国不认识一个华人，当我在想打给谁的时候，我看到了手心的号码。

说实话，我是有心动的感觉的，像麦旋风一样可口的男孩，谁看到都会流口水，但我那时候真没把他往我未来男友的位置上放过，我总觉得，麦旋风是可口，但吃多了会蛀牙，会生病，而且肯定太多人喜欢吃麦旋风。后来，聊了很久才知道，这杯麦旋风还没人品尝过呢，我一听，立马终身买断。

就这样，我知道了他叫柏铭哲，知道了他刚落脚在上海，也知道了他爸爸给了他一大笔创业基金，然后他特别小心翼翼地选择投资方向。而我也开始渐渐习惯在背诵诸如《联合国宪章》和《维也纳条约》的空隙，给他打电话，告诉他，我学口译干吗非要背诵这些东西呢？这种感觉就跟我在国内考个硕士还要加考一门政治一样的，再说了，我又不是要去做联合国秘书长。

我的校园里有一棵很特别的树，树干和密密麻麻的树叶自然形成了一颗心形，我每天经过的时候都会用手机拍了发给柏铭哲，告诉他："你看，我们学校的绿化多棒。"他每次都乐得二五八万似的给我打过来说："你就承认了吧，你这不是在告白吗？"我矢口否认，而且都已经在一起了，还什么告白不告白的，幼稚！但我依然每天都给他发心形大树的照片。一个月后，大树上的树叶变红了，我把照片发给他那天，他收到了一颗红灿灿的心，也就是从那天开始，我们说好，一辈子就这么在一起了，说好了，永远不分开。

我们夏天的时候时差七个小时，冬天的时候时差八个小时，但我每次给他电话，我都不会去计算现在国内是几点钟，因为无论任何时候我打过去，他一定会扬起温暖的声音，那种温暖就像冬日你手心捧着一杯曼特宁咖啡一样的温暖，那杯他给我买的曼特宁咖啡。

有一个周末，我在伦敦俯视整个维斯特敏斯特区的时候给他打去视频电话。晨曦里，我直播着我这一秒看到的世界给他，这样他就像陪着我一起乘坐摩天轮一样。他说有一天他一定要来英国陪我生活一段时间，我们去看海，他特别想去看苏格兰的海，我说看海我们应该去马尔代夫吧。他说妈妈去世前曾经告诉他，如果有一天她离开了柏铭哲，那么她会化作苏格兰的海滩，和海水一起庇护他。

我当时就想，多好的妈妈，诗人一样浪漫，在柏铭哲还不明白死亡意义的时候给柏铭哲希望，等柏铭哲有一天到苏格兰的海域去找她的时候，柏铭哲也已经是个懂事的大男孩了，那时候，他也释怀了。

想到这里，我更觉得和柏铭哲是命中注定的缘分，我没有爸爸，他没有妈妈，我们相互给彼此弥补缺失的一部分。我打开灯看了看墙上的时钟，已经快凌晨了，他还没有回来。我走回床上，躺下去，但依然没睡着。于是我第二次起床，又一次打开冰箱，再一次拿出纯净水，走到窗口，用玻璃杯装上纯净水。

我这次想起了我爸爸，我在遇到柏铭哲之前，我一直以为我不会再遇到像我爸爸一样疼我的男人。我想起爸爸从前经常和我玩捉迷藏的游戏，爸爸消失后，我再也没玩过一次捉迷藏，因为我还在等爸爸来找到我。

我想起从前爸爸睡前给我念的每一个童话故事，我最后一次见到我爸爸的时候，是我念小学二年级的一天。

那段时间，爸爸开始不怎么出门。每次听到警笛声，爸爸都会惊慌地躲到旧衣柜里，妈妈会急忙配合地把脏衣服堆到衣橱门口，然后拉着我，故作镇定地坐在客厅的沙发上看电视。

她其实一点儿都不镇定，我知道，因为她拿起遥控器选台的时候，手一直在发抖，和爸爸听到警笛的时候一样发抖。

后来我才知道，爸爸因为疲劳驾驶，撞死了一个人，他不想进监狱，更加不想错过我成长的年华。

有一天，妈妈去上班了，我死活要爸爸给我买一只那时候很流行的小白兔公仔。因为赛凯琳总是拿着那只小兔子告诉我，这是一只可以守护所有人的守护神。她说小兔子手里捏着一个盾牌，可以抵挡所有外来的伤害，我当时和赛凯琳要，她死活不肯给我。

那天回到家，妈妈不在家，我就非要爸爸给我去买不可，爸爸见我在地上哭天喊地地打滚儿，只好带着我出门买公仔。其实，我那么想要那个公仔是想要它来守护爸爸。

我们刚买完公仔正要离开的时候，警笛又响起来了，爸爸先是拉着我快步地走。最后他把我整个抱起来跑，警笛声越来越大，爸爸跑进一个小巷，然后停下来对我说："现在我们来玩捉迷藏，爸爸先藏起来，你来找爸爸。如果你找不到爸爸，就回去百货公司告诉柜台阿姨我们家电话，妈妈会过来和你一起找爸爸，好吗？"

我点点头，但好像也明白了什么，我把小兔公仔塞到爸爸大大的手里，这样爸爸也就不会有事儿了。那个黄昏，我再也没有找到爸爸。天黑的时候，我一个人在大街上哭着喊爸爸，一直哭。我从前每次一哭，爸爸一定会出现，假装被我找到。可是那天我怎么哭爸爸也没有再出现过，我按爸爸说的，到百货公司把家里电话告诉了柜台的阿姨。

晚上，妈妈急匆匆地过来了，她问我是不是我让爸爸出来的，我点点头，嘟着嘴，我不高兴，因为找不到爸爸了。妈妈当时恶狠狠朝我脸上打了一耳光，那耳光一定很重，因为我记得那耳光之后，我耳朵疼了好多天。

妈妈拖着我离开，我的手很疼，因为她很用力，比那耳光还要用力。也就是那天开始，妈妈对我的话越来越少了，直到我出国前一天，妈妈和我聊了很久，她告诉我希望我住得离她远一些，过得幸福一些。

想到这里，我打开了手机里那张像素很低的全家福，然后翻看从前的很多照片，爸爸抱着我的，妈妈搂着我的，很多很多。我躺到床上，闭上眼，还是睡不着，回国两周了，这时差确实是个大问题。

到我第三次起床的时候，我直接走到落地窗前拉开了窗帘，看着楼下星星点点的灯光。马路上的车辆已经少了很多，我把玻璃杯又倒满水，我不知道这样的黑夜我能做些什么，除了怀念，但我总是需要做一些事情的。我没开灯，不知道这些日子是我喜欢上了黑暗，还是黑暗习惯了我。

这次，我想起了赛凯琳，想起了金刚，想起了曾静。

赛凯琳是我们几个里最漂亮，也是生活阅历最丰富的一位。曾静曾告诉我，她在十八岁的赛凯琳眼里看到过比她父母还要苍老的眼神。我没有怀疑，我记得我爸爸消失的那一年，妈妈经常打我，她总是抓到任何东西都往我身上砸。而那时候，赛凯琳也遭遇着差不多的境遇，她有一个继父，她继父比她妈妈小十岁，他没有任何工作和收入，他的零花钱都是赛凯琳妈妈给的。

我一开始以为赛凯琳身上的伤痕是她妈妈打的，有一天我陪赛凯琳去医院看她妈妈，我们看到她妈妈伤痕累累地在病床上呻吟，眼神涣散，我才知道，她继父经常在喝醉后打她母女俩。

“你看她的眼神，这种眼神只有濒死时才会出现，她已经死了。”赛凯琳特别镇定地告诉我，她一点儿都不悲伤，而她这样的反应却让我再也噙不住眼眶的泪水。我哭了，不是为病床上灵魂已经死亡的女人，而是为赛凯琳。

那晚我和赛凯琳第一次喝醉，她跑到病床边看都没多看床上的女人一眼，只是从她的口袋里掏钱，然后带着我离开。赛凯琳就像我亲姐姐一样疼我，在遇到柏铭哲之前，我遇到任何麻烦，我想起的第一个人总是赛凯琳，而不是我妈妈。而赛凯琳也一样把我放在她生命的第一个位置，为了我，她和我身边所有人都翻脸过，包括现在她最爱的男人——唐皓宇。

天空已经开始微微发亮，黑暗的背后透出忧郁的蓝，我拉上窗帘，终于入睡。

时光继续像黄浦江的江水一样缓慢地流淌，又两个星期后，柏铭哲到北京出差。出发前两天，他翘了两天班，带着我和致远又横扫了各大卖场一番，刷的是他的卡。我也没客气，这未来老公的，也没什么好留情的。

从恒隆出来后，柏铭哲特别神秘地带我走进*Tiffany*，我当时心想完了，我现在穿得这么随意，还带着致远，他这时候求婚也太不合适了吧？但我还是抑制不住地欣喜。

我一个人联想了半天，结果，他并没有像电影那样单膝跪地，而是单手敲敲玻璃橱柜，要我选婚戒，我当时气就来了，直接一指经典婚戒，然后气冲冲地带着致远冲出店门。

柏铭哲也追出来，“怎么了？不喜欢？那换一家？”

我终于还是没忍住，转过身对他说：“柏铭哲，你什么意思啊？你这算什么啊？第一，我从落地那一刻开始，就在等你柏铭哲求婚。在英国的时候，你怎么说的啊？你说你一秒都等不了了！我甚至在想我是不是走出浦东机场就能看到整条马路的玫瑰，然后你会单膝跪地给我戴上戒指。结果我回上海这么久了，你还没一点儿动静；第二，这戒指怎么能是我来选呢？你要不要干脆折现给我啊？你就是送我一可乐戒指都比拉着我来选戒指好，这是求婚戒指，不是结婚戒指。”

“致远，这是钥匙，我和你纪忆姐说会儿话啊，你乖，你去车里等我们。”柏铭哲把车钥匙递给致远，朝他尴尬地笑笑，我才反应过来，致远还在旁边。

致远离开后，柏铭哲扑上来就抱着我说：

“哈哈，我以为什么事儿呢，现在是老婆等不及了。让你选戒指我是怕我选的你不喜欢，戒指当然得你喜欢才行，行，我现在都明白了。等我从北京回来后，一定把这事儿给好好张罗一番，别着急。”

“谁着急了？我可一点儿都不着急。”我横了他一眼，说得底气特别不足。

然后接着说：“我不管啊，柏铭哲，我跟你说，你要是敢不娶我，我会整天阴魂不散地跟着你，跟着你上班，跟着你回家，跟着你约会……到你结婚的时候，我直接去你婚礼上闹去，柏铭哲，你必须娶我，而且我还非你不嫁了！”我说完才发现这次不是底气不足，而是底气全没了。

柏铭哲抓着我的手，一个字一个字特别认真地说：“纪忆，你给我好好记住你今天说的每一个字儿。我需要你记住，因为我柏铭哲这辈子也就只认你一个人，我要是辜负你，就不是男人，五雷轰顶。我这次从北京回来一定给你全套，让你做全世界最幸福的人，好吗？”

那天我们拥抱了很久，在*Tiffany*门口，我在柏铭哲的怀里，看着店门口的*LOGO*，幸福来得太突然。

柏铭哲飞到了北京的这一天，正好碰上宁致恒从美国回上海。一大早，我就开着车带着致远，先是送完了从虹桥机场起飞的柏铭哲，再去浦东机场接宁致恒，致远前一晚兴奋地像“愤怒的小鸟”似的，堆一堆砖给他，他准会撞过去。

他已经很久没见到过他哥哥了，我就在照片里看过宁致恒，我说过，他身上有种桀骜的气质，短头发，全竖起来，和致远一样的高鼻梁，坚毅的唇锋，浓眉大眼，但宁致恒的眼里并没有致远的忧伤，而是一种说不上的邪魅和不羁。

宁致恒刚出海关，致远就兴奋地喊了句哥哥，我还没反应过来，他就一头栽进宁致恒的怀里了，宁致恒一只手将致远紧紧抱住，另外一只手放下行李，轻轻地挠致远的头发。我想他至少真是个很不错的哥哥，因为他和我一样，喜欢挠致远的头发。宁致恒的笑容爬上眼角眉梢，这和我想象中的有所偏差，他看起来有种干练的气质，至少不惹人厌。

“*Hello*！终于见到啦，要喝茉莉蜜茶吗？”我走上前，笑嘻嘻地主动递过去一瓶茉莉蜜茶，这可是祖国大陆最好喝的饮料。

“你就是纪忆吧？你本人比照片更漂亮。”他接过饮料，和我握手，他这样的称赞还是让我对他留下了好印象，尽管我知道这只是西方基本礼仪的一种，我记得我刚到英国的时候，很多老外告诉我，我是他们见过最漂亮的女孩，我当时乐得那叫一个眉飞色舞，可是后来我发现，他们碰到任何女孩都说你是我见过最漂亮的女孩，包括包裹得严严实实、戴着墨镜的中东女孩，我当时就纳闷儿，你难道会透视？后来我明白了，也学会了，逢人就说你是我见过最幽默的男孩，你是我见过身材最棒的男孩，我管你是300磅还是100磅，都这么说，准没错。所以西方礼仪没有那么深奥，但强大的内心是入门的基础。

“电话聊过，照片见过，我们就不客气了，但你是我见过最帅的男生。”我也顺着这个礼仪走，宁致恒对我粲然一笑，得意地说了句：“我知道。哈哈。”

比起致远文质彬彬的干净和清新，宁致恒的五官更深刻一些，身材也绝对符合现在的180公式，现在不是说找男人要180平，180*cm*, 180*mm*吗？呃，好吧，至少他现在有180*cm*的身高。他脸上的自信有些锋芒，但却不让人讨厌，因为这种自信背后确实是优质在作祟，你可以从他手上百达翡丽的腕表和*TOD’S*的大行李包上找得到端倪。

上车后，基本都是宁致恒在说话，他从上海的发展速度，聊到了他有一次去加拿大旅游见到的最大瀑布，从方舟子老婆刘菊花聊到了他一个叫吴菊花的同学，致远和我坐在车的后座，笑得四仰八叉的，他一开心，又一脚油门轰下去，我吓得赶紧直起腰，提醒着他小心驾驶，这毕竟是刚回国，他没理我，继续兴奋地在高架上加速飞驰，和所有男孩一样，他们迷恋速度，可这不是洛杉矶一边六条车道的五号高速路啊。

晚上，宁致恒很阔气地叫上我所有朋友一起在全球数一数二的酒店开了一桌，我觉得没必要，但宁致恒觉得我照顾致远这么久，非得认真表示一次才像样，致远也坚持，我也没话说了，但条件是，我要带上一瓶茉莉蜜茶。宁致恒把手往口袋里一插，对我说："茉莉蜜茶应该找你去代言，比起那个大饼脸的代言人，你不知道好多少倍。"

"啊？是吗是吗？你说的是林依晨吗？"我眨眨眼问。

"啊？不是，那个拍《战国》的，叫什么来着？"他歪着头想。

"哦，金喜善。她哪里代言茉莉蜜茶了，人家代言的是瑾泉，我是金喜善，肌肤保鲜，我用瑾泉，*JVJQ*，瑾泉，真的好用。"我一边说，一边学着广告里金喜善的样子搔首弄姿。

"不对不对，另外一个主演，孙什么雷来着？"他皱起眉朝我撇了撇嘴。

"孙，孙，孙红雷。"我低下头握着拳回答。

"对对对！孙红雷。"他说完后乐得和致远击了击掌，我一掌朝他打去，我确实比孙红雷漂亮，可我开心不起来，烦人。

我们仨先到的酒店，接着赛凯琳和唐皓宇也到了，两人依然像连体婴一样的黏在一起，就像那些明星夫妻出席活动似的，不过赛凯琳和唐皓宇还真是登对，白富美和高富帅，嗯，不用演都这么夺目。他俩和宁致恒才一碰面，几个人马上像话痨一样高谈阔论起来，一点儿都不畏生，算是凑一块儿去了，我低着头在百度孙红雷的照片，怎么看怎么觉得不像，烦人。

金刚进来的时候，宁致恒出去打电话去了。金刚一坐下，就抓住我的手，激动地说："我看清楚了，是百达翡丽，讲英文的，绝对一个*ABC*，这是我这一年见到的最靠谱的鲜肉。"金刚一边用低沉的烟嗓激动地向我描述，一边不停地吞咽口水。

这时，宁致恒进来了，他朝我们方向走过来，金刚呼吸开始急促，比那次在我家帮我连续搬几个沙发喘息声还大。我一把抓住金刚，小声地对她说："如果想吃这块鲜肉，你今晚就给我坐稳了。"

金刚瞬间灵光乍现地看了看我，又使劲吞了一大口口水后，故作镇定地小声对我说："还好我今天穿得得体，没前两次那么随便。"

我打量了她所谓得体的装束，比起她的超大的网格丝袜和迪厅反射球一样的亮片装，露得是要少很多。但这衣服除了颈部是白色羽毛，剩余部分全是黑色羽毛，加上她今晚还梳起了马尾，真的就一活脱脱的秃鹫。

宁致恒见到金刚，立马和她打招呼："你好，见到你很高兴，你是我见过的最漂亮的女生，而且你穿得很……生态。"

宁致恒支吾了半天才挤出这两个字，估计他也只准备"礼仪"一番，但撞上了一秃鹫，我看他怎么圆！

唐皓宇和赛凯琳已经笑得人仰马翻了，接着金刚红着脸，一只手摆弄着颈部的白色羽毛，特别难为情地说了句："谢谢，我没想到你这么喜欢我……这套衣服。"说到"没想到你这么喜欢我"的时候，全场那是一个北风凛冽，好在她及时补上了"这套衣服"几个字。

然后，她马上又娇羞地把她一米八的身板使劲地挤进我的腋下低下头看了看我的手机问："嗯，这条新闻你也看了？我觉得中国房价涨停的主要因素是什么呢？（我知道你在演给宁致恒看，但你还是去玩你的计算器吧，请放过我吧！）"除了心惊胆战我找不到其他形容词，要是遇到一只一米八的秃鹫往你腋下钻和你商讨经济，你也会和我一样。

后来，宁致恒又补上一句："你很*OL*的感觉。"然后我非常确定，这句话真的只是礼仪，哪个白领会上班穿套羽毛啊。

金刚轻轻地清了清嗓子，特别矫揉造作地用烟嗓很嗲地说："*I Know*！你可以和我*Say*英文啦，我*OK*的。"我当时和赛凯琳对望一眼，眼前一黑，心想，完了，金刚又要开始讲她的"金氏英文"了。以前学英语的时候觉得中式英文已经非常强大了，比如说"你好"，可以说成"*You Good*"，说"再见"可以是"*Again See*"，但如果你听到金刚的"金氏英文"，那你会非常淡然一笑地觉得，中式英文只是浮云。

我举一个例子，你就明白了，比如你看港片，你会经常听到他们中英文混着说，比如“这是一个小*Case*啦，今晚要做*Research*，多少*Fee?*”金刚也喜欢这样混着说中英文，她曾经在一个烈日炎炎的下午在*TAXI*上面对我和赛凯琳还有曾静撒娇，“今天的*Sun*好大，好*Hot*的天气，*So*烦！”

当时正是上海世博期间，很多*TAXI*司机都喜欢玩儿几句英文，但听到金刚这个表述，立马吓得一脚油门轰下去，的士码数瞬间飚了上去，和我们几个人的血压一起。

金刚整晚眼睛都盯着宁致恒，宁致恒开始有些不自在，尴尬地看着我挑挑眉，笑了笑，在向我求救，我不理他，装没看到，我是孙红雷，我眼睛小，我看不到，烦你。

后来菜都端上来了，拉菲也开了，所有人立马开动了起来，就金刚这个大胃王特别做作地喝了一小口汤后，皱着眉特别为难地对宁致恒嗲着烟嗓说：“不好意思，真的是因为我食量只有这么*big*，我*full*了，你们多*eat*点。”

说着，她举起汤匙，示意她的胃口只有汤匙这么大，这次致远也笑出声了，赛凯琳横了她一大眼，肯定在想，我赛凯琳绝对是收错了徒弟。宁致恒对着我眨了眨眼，咧嘴笑了出来，很微妙的表情，这个表情信息量真的有点大。

听金刚这么一说，我也确实差点噎得气绝人寰，当时我就心想，从前吃火锅，你就差端着火锅汤吞了，你怎么变一秃鹫后，胃口变这么小了，你是发情发的吧。

那晚每个人都喝了挺多，除了致远，回到酒店，洗完澡，柏铭哲给我打来电话，让我早点休息，不要胡思乱想，最后他装出特别可爱的语气说：“熊熊要睡觉觉了，兔兔也要乖乖闭眼睛哦。”

“嗯嗯嗯，兔兔睡觉觉去了。”说完我挂了电话抱着一个橘色的抱枕睡着了，我假装这是我的胡萝卜，而我是熊熊的兔兔。

这是我和柏铭哲之间交流的一种方式，应该所有情侣都有这一套吧？从前每次我们分开的时候，我都不肯走，他就想了一个办法，他会对我说：“1、2、3、4、5，熊熊离开小兔兔，快闭眼睛吧。”然后我闭上眼，再睁开他就不见了，不然我们每天得花两小时的时间告别。每次赛凯琳、曾静和金刚看到我们这一出，几个人都会扶着彼此呈现做呕状。

我刚觉得有种失去意识，飘浮在大气层的云端状态的时候，门铃响了。我一开门，见是宁致恒，他对我说："这个时间有点儿尴尬，但我还在调时差，致远已经睡了，如果相信我不是色狼，能有这个荣幸进来坐会儿吗？"

"你是倒时差倒不过来吧，我知道你的感觉，进来吧。"我拉开门，他走进房间，自顾自地往沙发一坐，往桌上放了瓶香水说："D&G三号，都是鲜花和果香，适合恬淡的女孩，看来我没买错。"

"谢谢。冰箱有果汁，我给你倒一杯吧，今晚看你喝了挺多的。"今晚宁致恒确实喝了很多，在酒桌上，他每看一眼致远脸色就会下沉一些。我应该没多想，我总觉得我可以去念心理学，从前就这么觉得。

"有些话夜深人静才合适说出来，也只有这时候想说，想听吗？我心情不是很好，呵呵。"他接过果汁，抿着嘴，眼睛没离开我，若有所思。

"说吧，洗耳恭听，和我说说致远吧，致远在英国时，每天都和我说你，你们兄弟感情真好，这次回来不开心吗？"我坐到沙发上。

"不知道怎么形容，开心是因为见到致远，但也有些恐惧。现在总算结束课程，可以回国了，以后也可以好好照顾他。这三年谢谢你，替我照顾致远，这几年发生了这么多事情，如果没有你，我真的不知道致远现在会怎么样。我第一次见到致远的时候，我九岁，他六岁，那时候他刚转学到我们学校，我爸爸只对我说了一句'这是你弟弟'就离开了。我知道我有一个弟弟，但那时候我挺讨厌他的，我总在想，如果不是他妈妈，我爸爸也不会离开我和我妈妈，我们每个周末都留校，全校都知道我们是兄弟，但我总是装作没看到他，每次他生病，老师都会让我去看我弟弟，他总是哭，我就更讨厌他了，呵呵。"宁致恒说着开始嘴角微微上翘，眼角里都是温柔。

"嗯，致远以前大概和我说过一些你们的事儿。"

"我虽然很讨厌他，但他每次都会跟着我，特别是周末，他会远远地跟着我，你能体会那种感觉吗？我和他一直这样僵持着，每年放假，我们各回各家，但他每次见到我还是会开心地喊我哥哥。有时候他会特意在食堂坐到我对面，然后放一个果冻给我，再离开。我知道他很缺爱，因为他走的路和我一样，我明白在这种很缺乏爱、缺乏安全感的年纪，离开父母是什么滋味。只是我总觉得，好像我如果对他好，我就背叛我妈妈了。后来有一年，他和同学玩双杠，摔下来，骨折了，我爸爸来学校看了他半小时，听医务室医生和我说，当时他一见到爸爸就哭了，但我爸爸只是冷冷地斥责他不准哭。”宁致恒说完起身走到酒柜开了瓶*Scotch*，坐到我身边接着讲述起来。

“他骨折后，行动有些不方便，连刷牙都要别人帮忙，所以生活老师要我和他住一段时间，我也没办法拒绝，我记得那天晚上我去他寝室和他睡，我刚推开房门，我弟弟就颤颤巍巍地拿着几个果冻递给我，然后开心地叫了我一声哥哥。我当时第一次有那种感觉，心在剧烈地绞痛。我才真的相信，原来人的心是真的会疼，而我和致远真的有亲情这一层关系可言的。我接过果冻，转过身，没吭声，我怕我眼泪掉下来。我怕他看到我的眼泪掉下来，你明白吗？”他一口喝进去一杯酒，然后清清嗓，继续说，我没打断他，我连让他少喝点儿都没说，眼前的宁致恒只是一个普通男孩。

“他的宿舍是两张床，我在另外一张床背对着他睡，我在想原来我一直讨厌的宁致远才是会让我心疼的人。我以前一直觉得，他拥有我想拥有的所有一切，他有完整的家庭，他有疼他的父母，后来我才发现我错了，我越想越觉得愧疚。

“那天晚上月光洒在我们房间，半夜的时候，我偷偷回过头看了我弟弟一眼，结果我一回头，我弟弟居然瞪着大大的眼睛看着我，我到现在都忘不了他那晚的眼神。他的眼神清澈得和那晚皎洁的月光一样，没有一点儿杂质。我终于忍不住了，我直起身，走到他床边，当我把手放在他脸上的时候，他在使劲地发抖，皱着眉闭着眼。我再也憋不住了，我亲吻了他的额头，第一次喊了他一句‘弟弟’。

“然后那家伙就号啕大哭起来了，大半夜的，我赶紧捂住他的嘴，不然生活老师又要过来找麻烦了。那晚我是抱着他睡的，我特别怕再弄疼他的手，所以我整晚都没敢睡着。他的头趴在我身上，一句一句地喊我哥哥，每一句都喊得我的心被撕裂一样疼。我发誓，我再也不会让我弟弟受一点儿委屈。那天以后，宁致远就天天黏着我，每天一下课就找我，我们也住到了一块儿，他开始变得渐渐开朗起来，那两年，是我最开心的两年，放假他也不回家，我带着他回我家，我妈妈也特别喜欢他。其实，到今天，我还是很内疚，你也知道，高中一开始我就到了美国，那时候我爸爸又离开了宁致远的妈妈，第三次结婚。那段时期的宁致远开始频繁地遭遇家庭暴力，到我知道他患上抑郁症的时候，已经太迟了。我当时休学一年回家陪他，他才又稳定了一些，再后来，他到了英国，还好遇到你，不然我这辈子都没办法原谅我自己。所以纪忆，无论你今天信还是不信，我真特别感谢你，这种感谢无以言表。”宁致恒说完，叹了口气，他解开两个衬衫纽扣。

我想安慰，却不知道如何开口，我只好找了一个酒杯过来陪他喝酒，后来我睡着了，他离开了，我只记得他离开前对我说：“纪忆，你是个好女孩。”

第二天醒来的时候已经是中午，门口有一张留言条是宁致恒给我写的：

本来是想叫上你一起出去玩的，但昨晚和你聊到那么晚，你还是好好休息吧。起床后给我个电话，我刚回国得买一些东西，另外，也顺便带致远出去转一下，昨晚谢谢你。

宁致恒的手写笔迹很简练，漂亮，像他的衣着和气质。

宁致恒这次回来，我是发自内心地觉得开心，我总觉得宁致恒回到致远身边的这一天，致远经历过的所有颓丧和噩梦都会如云飘远，因为宁致恒有绝对的热量让致远像天边朝阳一样发光。

下午，赛凯琳和金刚来酒店找我，金刚今天一反常态地穿上了梦幻的粉红少女系洋装，全是蕾丝，头发也垂顺地放了下来。但我怎么看，依然觉得有股泰国芭提雅的味道。赛凯琳抱着几大本相簿，两人这样上酒店，我打赌，大家一定觉得她们做的是不良职业。

刚进门，金刚就问：“恒哥哥呢？”

“恒哥哥？你这是认定他是你的海鱼了是吧？”

“讨厌，我和他能造福很多人好吗？”金刚一边说一边揉头发，弄得和个少女一样，我怎么看怎么觉得别扭。

“讨厌，你想啊，我这辈子是没做老板的命，但我可以做老板娘啊。而且我以前在波大念的会计，我可以做致恒背后的女人。等我们生了儿子，许多年以后，我可以接着做老板他娘，上海的发展一定会留下我浓墨重彩的一笔。况且致恒君昨晚那心照不宣的眼神已经告诉我他对我的心已经尘埃落定了，他是爱我的。”然后马上垂下脸看了看自己胸部，接着补充说，“我说的波大是那个波大，不是这个波大，你们不要又一次误会哦。”

我和赛凯琳对望一眼，心照不宣地打了个冷战。

接着，赛凯琳拿出相簿兴奋地跳上床说："快，选一下，这是今年最新的，我连着好几个晚上熬夜打印出来的。这婚纱一定要好好选，一辈子最漂亮就这么一天，不能马虎。"

我接过手册开始和赛凯琳一起兴奋地选起来，金刚突然找不到存在感了。

晚上十点多的时候，金刚和赛凯琳已经离开了。

宁致恒带着致远回到酒店，一开门，致远立马像变魔术一样从身后拿出一个蛋糕，身后的宁致恒大包小包提着很多购物袋。

"纪忆姐，给你买的！"致远笑脸盈盈地说。

"嗯，谢谢你们，买这么多东西，你们这是准备长居吗？"我接过蛋糕。

"是的，我和哥哥都要在上海陪纪忆姐啦，我们要待在上海啦。"致远兴奋地蹦起来。

我瞪大眼疑惑地看着宁致恒，他朝我笑笑，认真地点点头。

"想好了？"我又问了一遍。

"嗯，也不知道回家能回哪儿，上海虽然竞争大，但也蕴藏很多机会，致远也很喜欢上海，我们就定下来了，我已经联系了几家中介看房了。"他解释说。

"真的真的真的想好了吗？哈哈哈哈！"这是我这辈子最兴奋的一天。

酒店里，我和宁致远激动地抱在一起，想到再也不用分开，开心得恨不得立马报名参加《百变大咖秀》去模仿赛凯琳和金刚，然后何炅和谢娜会说，这是他们见过模仿白骨精和黑熊精最像的两个选手。我们三个人一起切开了蛋糕，窗外放起了礼花，我越来越喜欢上海了。

柏铭哲在北京后海的一间咖啡吧一个人喝着东西，他点了一杯曼特宁，想起我和他的相识，他笑了笑，拿出手机，打开相册看着我们的合照，他一直翻，翻到了他妈妈的照片，他脸上表情凝结了几秒后，又慢慢舒展开，他想起了记忆里的妈妈，一个人的时候，他经常想起他妈妈，那天，他在心里告诉他妈妈：妈妈，我已经遇到了这世界上最好的女孩。

金刚约赛凯琳去酒吧，赛凯琳婉言拒绝，说是换上了睡衣，在家里陪着唐皓宇看球赛。赛凯琳完全不懂球赛，她只懂她深爱的男人叫唐皓宇。

她曾经一度纵欲在酒吧里，她做过KTV大堂经理。有段时间，她身上没有一分钱，她遇到了吴哥——KTV老板，那人帮了赛凯琳很多，后来开始教赛凯琳炒房，赛凯琳就这样进入了这个光怪陆离的圈子。几年工夫，她赚足了钱，从此，赛凯琳的生活不说发生了翻天覆地的变化，但至少短期内，已经衣食无忧。她和我说过，她没什么远大志向，如果一定要说理想，那就是嫁给唐皓宇，做他的新娘。

金刚走进酒吧，眼睛继续像雷达一样扫描着周围的每一位男士，一有定位，马上朝目标匍匐前进，革命尚未胜利，还需要继续坚持。

曾静给我发来短信，遗憾地告诉我，短期内依旧回不来，工作已经替我打过招呼，随时可以过去面试，另外，她提醒我，过几天，记得替她买个蛋糕给她妈送过去，其实不用她说我也会这么做，我们几个人最喜欢赖在曾静家，她父母对我们几个人像亲生闺女一样，我和赛凯琳高中时候整天往她家跑，吃喝拉撒睡，没交过一分伙食费。

Chapter

3

暗恋月亮的太阳

你的灵魂是绝妙的风景

假面斑衣的舞者在那里舞蹈

他们浅浅地微笑

他们曼妙低吟

歌声散入月光

散入微茫、凄美的月光里

去萦绕树上小鸟的梦境

又使喷泉在白石丛深处喷出丝丝欢乐的呜咽

——弗吉尼亚·伍尔芙

宁致恒搬好家那天，请我过去坐了坐，他的房子租在陆家嘴，房东就是赛凯琳，她有两套房，她住楼上，宁致恒和致远住楼下，大家也有个照应。从房子看出去，整个外滩的夜景一览无遗，那天晚上，宁致恒拿出新买的酒杯和准备的红酒，致远也开心地喝了几杯，流光溢彩的时光如同霓虹一样闪烁着。

我在阳台上，看着熟悉的夜景，去年这个时候，我和柏铭哲在这儿附近的一个酒店住了一晚，那天到现在依然是我人生里最深刻的夜晚，我们时而欢笑，时而低语，时而哭泣，时而叹息，我们陷在一整团的情绪里，我们第一次这么深入地交换藏在彼此心里深处的秘密，因为彼此深爱，所以无法逃离，这是幸福的劫难，后来，他问我可不可以离开英国，回到上海，做能让他疼惜一辈子的人，我当时连连点头，感情方向更加明朗。

凌晨，宁致恒把我送回酒店，电梯上升的时候，我突然感觉浑身无比的乏力，一度有落泪的冲动，我其实非常讨厌一个人独居，现在宁致恒也带着致远离开了酒店，这曾经是我最期待的一件事情，就是有一天把乐天无忧的致远平平安安地交回给宁致恒。但现在真的如愿了，我反而开始不适应。

我刷开酒店房门的时候，闻到一股很浓的香味，房间里点满了蜡烛，蜡烛下面都是果冻一样的水晶座，一粒一粒的，盛放在房间的每一个角落，气味是略甜的尤加利味道，茶几上放着一个水晶旋转木马的模型，音乐是缓慢的爵士乐，一个男子站在落地窗前，背对着我，高高的个子，挺拔的身姿，转过脸，他冲我温柔地笑，然后朝我走过来，我把包往地上一放，朝房间中央走过去，我想笑，但发现笑不出来，因为眼睛有些酸胀，所有的情绪都被劫持了，只剩下感动。

“纪忆，我柏铭哲以前没什么理想，但自从遇到你那天开始，我就有了理想，就是有一天能娶你做我老婆，你对我说过，你最喜欢的电影是宫崎骏的《哈尔的移动城堡》，你曾经说过，你的理想是找到哈尔。今天，我恳请你给我这个荣幸和机会，让我做你的哈尔，邀请你住进我的城堡，让我来守护你，你愿意嫁给我吗？”柏铭哲单脚跪在地上，手上捧着我上次选的*TIFFANY*戒指，华丽的氛围让他真的就像童话里走出来的王子。

我抹了抹眼泪，说不出一句话，幸福真的来得太突然了，我把他的戒指接过来，从包里拿出眼镜，仔细看清楚确实是我要的款式后，连连点头，然后开开心心地戴上戒指，对他说：“*OK*，我愿意！”

柏铭哲松了口气，我把他扶起来，坐到沙发上冲他笑，他满头是汗地对我说：“你玩死我了，老婆，我被吓到了。”

“哈哈，我当然要考虑清楚，这一辈子的事情，我可是嫁了谁就认定了。”我得意地骑到他腿上，趴在他肩膀上对他说。

“喜欢吗？戒指，旋转木马，蜡烛，香薰，我拼接了你以前和我说过你最喜欢的几部电影里的浪漫求婚仪式。”

“如果再有一些白色的香水百合、罗马柱、希腊神像的雕塑就好了，那样就像在众神面前和我求婚一样，你一辈子都逃不了了，你知道吗，今天就算你只是仓促地问一句，要不要嫁给你，然后用钥匙扣给我做戒指，我也会开开心心说我愿意的。”我在他腿上一边晃，一边抬着手仔细观察戒指上钻石的切割是否精准。

“你行了吧，小财迷，我有的，全部都给你，没有的，我也要想方设法弄给你，因为我已经得到全世界最好的宝贝了。我还是觉得我赚到了，你喜欢的这些东西我早记住了，结婚那天给你准备，还有什么要求吗？老婆大人？”

“我想想看啊，旋转木马不错，得来个巨大的才行，这个太小了，嘿嘿，其他的就刚刚说的那几个就行。不过，看来这几天你做了不少功课啊，突然间变得这么油嘴滑舌啦，老公，呵呵，终于可以很踏实地叫一次了。”

“对不起，让你委屈了，老婆。前几天确实在处理一些事情，我得把事情处理好才可以和你求婚，知道吗？”

“是你爸爸那边吗？他现在同意了？”

“嗯，同意了。”

“哈哈，苍天不负有心人，看来我们这两年千辛万苦的努力都是值得的，我就知道，你爸爸最后一定会同意的。”

烛光里，钻石晶莹剔透，像有情人流下的大大的泪滴，光芒间，一晃倾城。

我以前以为到柏铭哲和我求婚的那天，我一定会兴奋地戴着戒指在街上逢人就对别人露出戒指说，柏铭哲终于要娶我了，弄得自己和罗玉凤最后找到了如意郎君似的。可是那晚我只是安静地趴在柏铭哲的肩膀上，他轻轻地拍着我的背，慢悠悠地随着节奏晃动他的腿，这让我想起了爸爸，这一切都恍如美梦般不真实。

第二天早上，阳光照进窗户的时候，我依然睡在柏铭哲的怀里，偷偷睁开眼，看看眼前这个大美男。我在想：“你是吃什么长大的啊？怎么这么好看？”再看看手上的*TIFFANY*，又想：“再好看还不是我的了，嘿嘿。”我一边想，一边是压抑不住的幸福感，你一定也有过这样的经验，恨不得抓起身边的枕头猛捶一顿，然后撕拉自己的头发，扇自己耳光，拔自己的鼻毛，一直重复问自己：“讨厌，讨厌，这是真的吗，真的是真的吗！”反正娇嗔不会被雷劈，所以怎么幸福怎么晒，人生这样的时刻能有几次？我那一分钟想到一件让我烦恼的事情，就是估计以后每天都会被自己乐醒，我终于明白以前致远告诉我他会被自己帅醒是一件多无奈的事情，然后立马娇羞地抓住身边的柏铭哲的大手臂当作枕头一样的一阵狂殴。

柏铭哲去上班后，我以心情不好为由，约了赛凯琳和金刚到酒店一聚，两人立马神色慌张地赶到我面前，等赛凯琳长腿一斜，稳稳地坐好，金刚双腿一岔，马步扎稳后，我先是叹了口气，然后皱紧眉头，盯着天花板，单手捏着额头，为难地说：“痛，是心痛！”

“怎么了？吹了？”金刚慌忙问道。

“罪，是罪人，我是一个罪人。”我转过脸拉住赛凯琳的手说。

“没事儿，有什么事还有我替你担着呢。”赛凯琳也被我吓得脸色阵阵苍白。

“你不会，对致恒君做了什么吧！”金刚一把把我扯住问。

“是这个，让他破费那么多，让我觉得自己是个罪人。”我把*TIFFANY*的戒指轻轻推到茶几上，然后一头撞在沙发上，示意自己罪过之深，无法宽恕。

“天啊，他求婚了？”赛凯琳直接兴奋地跪倒在我面前，好像求婚的是她一样的，抓着我的手，激动得比她向唐皓宇求婚还要兴奋。

呃，对不起，我好像说多了，不过真的是她向唐皓宇求婚的。

我还没来得及说一个字，两人立马左右夹击地抱着我，把我挤得几乎撒手人寰。

金刚擦了擦眼泪，对我说了句：“还好，不是致恒君。”我当时就想：“你真的是我从小一块儿玩到大的发小吗，有了海鱼，不对，有了黄瓜就不知道我在哪儿了？”

赛凯琳立马横了金刚一眼说了句：“没出息。”然后又雷厉风行地蹦回对面沙发，继续斜着腿，和总统夫人一样镇定地端起咖啡杯，翘着兰花指慢条斯理地搅动着咖啡说：“那把日子定一下，我们就把这婚给结了，选好日子告诉我。”还好是在酒店，如果在其他场合，估计任何人都会绝对以为确实是她在向我求婚呢，如果真这样，我也嫁，赛凯琳太漂亮啦，嘿嘿。

婚姻大事算是敲定了，那么接下来就是我的事业，正所谓事业爱情双丰收才是幸福的王道，所以第二天我就拿着曾静给我的介绍信，到金茂报道，这是一家快速成长的翻译公司，短短五年基本上接到了至少一半的高端翻译任务，合作机构除了政府还有很多大型跨国企业。

一早我就把从伦敦带回来的职业衬衫翻出来，把自己打扮得漂漂亮亮的准备去面试，我甚至还在自己的衬衫上用丝巾打了一朵花，弄得自己和一个东航空姐一样。

柏铭哲坚持陪着我面试，说实话，这两年各种大型国际会议闯过来，这小小的面试真不是什么问题，我的自信来源于绝对专业的职业要求和大会经验，我承认进公司有曾静的人脉关系，但我的实力可不比谁差，我可是第三十位拿到联合国*AIIC*口译牌照的中国人。我让柏铭哲在大厅等我的好消息就行，他拍了拍我的脸说：“我养得起你，一定要工作吗？”我拍了拍他的脸说：“身体食粮倒是能养，我还有精神食粮的啊，以前说过的啊，不干涉对方工作的。”但听完我心里还是美滋滋的，多少女人在等这一句“让我养你吧”？又有多少男人会对自己的女人说这一句？两年前，他坚持给我买了一杯咖啡，我们相识。后来的日子里，他坚持每天给我一个电话，我们相知。后来，他依然坚持嘘寒问暖，我们相恋。再后来，他坚持非我不娶，我坚持非他不嫁，我们相爱。到了今天，他已经塞满在我生活里的所有角落，我决定了，这辈子就与这个男人相守余生了。

我走出电梯，再拐弯走进公司，接待的小姐热情地和我打招呼：“小姐，请问有什么可以帮你的吗？”

“你好，我叫纪忆，是来面试的，约了10点，这是我的介绍信。”我把信递过去。

“跟我过来吧。”一个三十几岁的男生从我后面走上来对我说，然后对接待台的小姐说：“把秦慧妍也叫到会议室。”

“好的，孙总。”听接待员这么一叫，我立马挺直腰杆，跟见到司令员的新兵一样，然后快步且步伐整齐地跟在孙阳后面，弄得自己和白金汉宫的士兵一样。

到了会议室，我看到白板上最近一些新上市公司的缩写还有翻译任务一览表，还看到了密密麻麻的文书整理柜，我再次确定这绝对是一家少有的精英公司，所以我必须拿下这个职位。

“纪小姐，你好，我叫孙阳，欢迎你加入我们公司，请坐。”比我长不了几岁的孙阳和善地伸出手，和我握手。

“你好，孙总，很高兴见到你。”我有些受宠若惊的感觉，这还没面试呢，就直接欢迎我加入你们公司的我还是头一回见。

“孙总，这是我的履历，推荐信在这里，这有一些我以前在欧盟的一些会议翻译光碟，你可以看一下。” 我从包里拿出辛辛苦苦整理了一夜的资料，说话的间隙，立马打起十二分精神，进入备战状态。我面带微笑，双手整齐放在膝盖上，脖子上带着一朵丝巾打的花，和东航空姐在演示航空安全须知一样，我打赌，这时候只要有人手机一响，我会立马走过去说：“先生，现在飞机马上就要起飞了，请您关机。”

结果孙阳只是捡起几盘光碟，笑了笑对我说："第一，我以前在卫视台看过你的口译，我非常相信你的职业能力。第二，你是曾静介绍过来的，我更相信她的眼力。薪酬方面，除了底薪，我们公司给的是全上海同传业最高的薪资，这点相信你也是有所了解的，我们需要的只是精英，所以我们是双向选择，你的组长是秦慧妍，你可以称呼她秦姐。"说着，孙阳手往我身后一指，一个年龄和孙阳相仿的女性站在我身后，穿着一身黑色*OL*西装，但给人一种干练，但非常严肃的感觉。

我赶忙起身，刚伸出手准备和她握手，她就上下扫了我一眼，丢下一句"你好，这边结束后，直接到我办公室去"就走了，干吗啊？我又不是东航空姐，你也不是乘客啊，拽得跟二五八万似的，吴孟达都没你牌大，还真以为自己是吴孟达啊，我怎么又想起了自己被宁致恒拿着和孙红雷比较的事情，烦人！

我的手只好停在半空，然后尴尬地朝孙阳笑笑，孙阳解释说："最近公司很忙，你别想多了，她是一位很有能力的组长，相信你能从她那儿学到很多，另外，她和你在英国是一间大学毕业的，所以你们也算校友。没事了，你先过去吧，然后把你资料拿到人事部登记，明天就可以开始上班了。"说完，孙阳也起身离开，出门前他转过身拍拍我肩膀说："不要怀疑自己的能力，你既然拿到了*AIIC*这块牌照，你已经是精英中的精英了。"

我想了想，记得以前在英国校园里的时候，同学们就传说曾经有一个中国女孩为了培养自己口译的耐力，每天都在校园里挑五担水，我当时说，吹吧，英国也买不到扁担啊，现在看到秦慧妍，我觉得这可能不是一个传说。

走出会议室，接待员已经站在门口等我，然后笑盈盈地对我说："欢迎你加入我们公司，我叫朱敏，原来你就是纪忆，曾静和我说过你很多次。晚点聊，你先跟我去秦姐办公室吧。"

我对漂亮女孩笑笑，说实话我现在只祈祷一件事，就是不要遇到像电影《穿*PRADA*的女王》里面那样的魔鬼上司就好，毕竟那只是电影，而我肯定不能像安妮•海瑟薇一样最后在巴黎把手机一扔，潇洒走人。

我也祈求负责陆家嘴片区的神明们，请不要让我每天挑五担水，如果秦慧妍真是那个传说中的耐力女，这种事情也不是不可能啊，万一她要求我每天去黄浦江装十桶水，挑到金茂大厦的办公室里来，还不如让我去街上问年轻的情侣们："小姐，这个茉莉蜜茶还要吗？"

走进秦慧妍的办公室里，我就感觉阵阵阴冷，她眼镜架在鼻梁上，眼睛盯着液晶屏，双手在不停敲打键盘，对我说："坐，叫纪忆是吧？等你很久了，欢迎你加入我们，明天开始上班，桌上的资料拿回去准备一下，下周有一个美国辉瑞的生物口译会议，你去翻译。另外，桌上这本《新热点口译词汇手册》你拿回去背熟，这是最近的一些新生词汇，三天后我对你测试，你的资料我看过，还不错，你也是口译出生，这对你应该不算任务，另外，以后上班，请穿简色调的职业装，我的意思是，你只有黑白灰、条纹、格子可以选择。你今天穿得跟个芒果似的出现在我们办公室里，别人会以为我们是水果推销中心，好吗？出去吧。"

整个过程，我有一种狠狠的挫败感，因为她居然没正眼看我一眼，我的确没遇到过魔鬼上司，因为我这位是撒旦级别的，是魔鬼的总头。再说了，我哪里像芒果了？我是穿了黄色的衬衫，弄了条黄色丝巾，但这最多就是香蕉啊，我起码是瘦的啊，而且丝巾我绑得不好看吗？我早就说了，我今天的衣服应该让赛凯琳准备的，我对时尚本来就不过敏，我又不是那些时尚主编，拿着个呼啦圈一样的背包说这是今年设计界的传奇。

我不情愿地拿起桌上的词汇书，刚准备转身离开，她又补充了一句："请不用使用这种少女系列的香水，年纪这件事不是香水能够盖得住的。这儿是职场，不是游乐场。"她终于看了我一眼，不对，是黑着脸用眼睛变作匕首，狠狠地在我身上划了几刀。

走出电梯，柏铭哲手上握着两杯咖啡，立马对我露出笑容，朝我走过来，我有些委屈，但还是打起精神，我决定和这女魔头好好切磋一番，这谁是魔头现在定论还有些早，秦慧妍，比我长不了几岁，凭什么给我黑脸看啊，而且我用的香水就这么俗不可耐吗？我在你身边闻到的那股味道才让我腋下冒汗好吗？那是什么味道？是芒果味吗？还配上一点竹笋（*OK,*竹笋是我自己加上去的，这样去诋毁一个人更有效），你对时尚这么多意见，你倒是去做时尚编辑啊，你可以去把徐巍挤掉啊。

我同时接过两杯咖啡，往嘴里浇，当酒一样地喝，柏铭哲问："不顺利吗？没关系，我们换一家，我老婆多少公司抢着要，不着急啊。”

“明天开始上班。”我狡猾地朝他笑笑。

“呵，现在学会骗人了。”柏铭哲又笑了出来。

柏铭哲去公司后，我抱着一堆资料去找了致远，已经中午了，准备一块儿吃饭，敲开门后，是赛凯琳过来开的门。

“怎么，今天包租婆过来了？”我打趣地对赛凯琳说。

“我就住楼上，下来看看致远呗，宁致恒刚出去买吃的，没碰到你吗？工作面试还顺利吗？快进来。”

“姐姐，我们在看《我的母亲是沙发》呢，快过来！”致远穿着七彩的条纹睡衣，趴在沙发上兴奋地朝我招手。

我坐到他身边问：“啊？什么玩意儿啊？是一部喜剧片吗？《我的父亲是板凳》的续集吧？想纪忆姐吗？小没良心的，现在有你哥哥了，就不管我了，现在开心了吧，这么多人陪着你玩。”

然后他拿起遥控递给我说：“《我的母亲是沙发》是一部悬疑片，儿子不喜欢坐板凳，但家里条件很一般，所以母亲把自己变成了一个沙发让儿子躺上面。”致远说完继续津津有味地一边吃薯片，一边看电影。

赛凯琳跟着往我身边一坐，递了杯咖啡给我说：“我和唐皓宇吵架了。”

“怎么了？”我接过咖啡说。

“他坚持婚后和他父母住，这什么年代了，还和父母住？而且我一个人在外面住这么多年了，哪伺候得了他那一家人啊，这要是结婚了，有点儿什么矛盾，不得全家都挤对我？没得商量，这婚爱结不结。”赛凯琳抱着抱枕，嘟着小嘴，一张哀怨的小脸。

“我支持你，凯琳姐，你家又不是没沙发。”致远接了一句。

“这跟你俩没什么关系啊，住哪儿还不是一家人。”我刚说完这一句，赛凯琳就重重一爪朝抱枕捏过去，看我的眼神比秦慧妍还锋利，于是我立马补充道，“但结婚涉及的是两个家庭啊，这人多了，关系就复杂了啊，当然只能你俩住啊，你结婚的对象是唐皓宇，又不是他全家。想什么呢？再说了，像致远说的，你家又不是没沙发啊。”我变脸比伦敦的天空变天还快。

“什么沙发不沙发啊？一边玩你的奥特曼去，他就一根筋，讨厌他。这显而易见的道理他就是不明白，非气死我。”赛凯琳对抱枕渐渐松开恶爪，变成了温柔地轻抚，我都替这无辜的抱枕捏了把汗。

“别着急啊，没事儿的，给他点时间，肯定能想通。”我知道，赛凯琳除了我，基本上不对任何人倾诉，强烈的自我保护意识让她几乎不信任任何人，包括她妈妈、她的继父。

赛凯琳对我笑笑，又斜着脚跟总统夫人一样坐得优雅端庄地对宁致远说："换个节目，这什么烂电影啊，《我的母亲是沙发》？不看这个，换那部《我的舅舅是床垫》。"

接着门开了，宁致恒大包小包的两只手上全是吃的，我和赛凯琳赶紧蹦起来去帮忙。

中午我们一起吃了午饭，宁致恒一直给我和致远夹菜，赛凯琳眼睛诡异地看了看宁致恒，又贼溜溜地转到我的方向，对我眨眨眼，我翻译了她的眼神，意思是："宁致恒明显对你有意思，你不会和他搞上了吧？什么时候的事儿啊？"我当时真想把桌上两听可乐塞到她鼻孔里，我和他可是清白得和纯净水一样的关系。

求婚结束后，柏铭哲暂时没有了任何反应，我自从吃了*TIFFANY*这颗大大的定心丸之后，也没再太刻意提醒柏铭哲这些事情，我的理想状态是半年或一年后，大家工作稳定了，再和柏铭哲把结婚证一打，接着向妈妈坦白我回国的事情，到时候，她总不能逼着我把工作辞了，把婚离了，回英国工作去吧？

被秦慧妍考问词汇那天，她专门挑极难的新医药词汇考我，有一点她说对了，像我们这样科班出身的，这种考核确实是小儿科，谁不知道把词根背熟后，背单词就是小菜一碟啊。然后她点点头，表情冷淡，嘴角依旧没有一丝笑容。我的工作除了准备大会资料，还要帮一些新进的笔译职员审核作业情况，所以全天除了到茶水间偶尔和朱敏闲话两句，其余时间全是在秦慧妍办公室新搬进的办公桌前，陪着秦慧妍黑着脸看资料。

生物医学翻译那天，走进会场，我就看到黑压压的一片外企职员，被秦慧妍逼着穿上了跟出殡一样的黑色西装。我走到了右侧的发言台上，我是会议前两小时才拿到可能涉及的词汇表，并且秦慧妍还备带了另外一位老职员和我上台，她准备随时把我替换下来，孙阳也跟到了会场。这是我的第一场会议，先是公司会议主持致辞，无非就是客套的欢迎词，这是家常便饭，并没有什么挑战可言，但让我有些生气的是，通常接了同传任务就不应该再有其他的交替传译任务，但秦慧妍今天算是和我杠上了，因为她给我的任务除了生物医药的交替传译，还有将近二十分钟的*ppt*视译。

秦慧妍像老佛爷一样，跷着腿，斜倚在第一排的椅子上，手上晃动着工作牌，不时地和我目光交接，她嘴角微微上翘，挑衅和不屑挂在她的脸上，我打赌，她一定仇视所有比她年轻貌美的女孩，就算这个女孩只是比孙红雷漂亮一些些，谁让你比她年轻呢？我看不到她脸上任何鼓励的意思，这让我有些失望。

孙阳则坐在秦慧妍旁边，对我露出满意的笑容，看到我的目光投向他，对我竖起大拇指，所以男人和女人的友谊往往比较容易开始。

翻译中出现了一个插曲，视译的时候，秦慧妍需要给幻灯片控制员信号，示意本页已经翻译结束，可以翻页，但我明显感觉到，翻页速度越来越快，到了最后几页，我根本还没来得及看最后几行，就翻页了，所以我只好一目十行地阅读内容，同时还要准确无误地翻译，这比同声传译玩得还要大，就是说，我一个人差不多连续扛了两场同声传译，太匪夷所思了。

秦慧妍，我可是人啊，不是芒果，不是香蕉，我是一个活脱脱的有血有肉的人啊，你也太不把我当人了吧？你再这么玩儿，干脆送我一瓶鸦片香水，让我去伊拉克推销加湿器好了啊，反正那里战火纷飞、乌烟瘴气，你等于把我推过去送死啊。

翻译结束时候，全场都为我鼓掌，但我已经汗流浃背了，这样的连续翻译在国际会议里是禁止的，一般同传应该三人一组交替。说实话，从前那么多场大会下来都没今天这么虚脱过，我第一次出现了肌肉痉挛的情况，我甚至觉得我的舌头现在变得很大，如果你现在把我放到苏格兰我立马用地道的口音和他们打成一片，一起穿上苏格兰格子裙，快乐吟唱：苍茫的天涯是我的爱，绵绵的青山脚下花正开。

我走下台后，把文件夹往孙阳身上一拍就离场了，秦慧妍表情依然肃穆，就像她种的小黄瓜枯萎了一样，上下打量了我一眼，***Oh, My God***。

第二天回到公司，孙阳喜笑颜开地表扬了我一早上，一直称道我不愧是联合国和欧盟大会闯荡过来的精英，懂时尚，人漂亮，会打扮。朱敏听到这个表扬和她身边的女同事相视一笑，然后女同事递给她了一根香蕉。

我走进办公室的时候，秦慧妍还是低着头，敲打着键盘，她只说了这么几句话："昨天你发挥出了你该具有的素质，不错，但这是你应该具备的。"

"桌上是一份新文件，过几天是奥迪新汽车中国大陆发布会，会议在三亚举行，你把资料看熟。"

"我是让你不要喷少女系列的香水，不是让你不要喷香水，明天开始给我喷香水，在这栋办公楼工作不喷香水的，一是送盒饭送水的，二是送快递的，你觉得你是哪种？"

"准备一下，半小时后，我需要先带你去见一下奥迪那边的会议主持，你要上镜，他们对形象有要求，你今天这一身还不错，不过那腰带是怎么回事，我们这儿不是聊斋片场，找朱敏换一下腰带。"

全程，我对她没吭一声，我甚至没抬头看她一眼，我还在消化她话里的信息，当我想到聊斋里那些面目狰狞的牛鬼蛇神的时候，她已经离开办公室了。接着朱敏走进来把皮带递给我说："适应一下，这里的每个新人都是这样开始的，我会为你祈祷的。加油！"就火速离开了。

陪女魔头出门的时候，她又像女司令一样，昂首挺胸地走在我前面，我一度想飞一脚过去，拽什么啊，你以为你小舅舅是李刚啊？以前谁不是听到我做同传的时候就立马顶礼膜拜，再说了，我这女首相都见过了，还真没见过秦慧妍你这嘴脸的，是不是种黄瓜种成了苦瓜呢？

见完客户，客户对我的形象非常满意，客户说我有一种让人信任的专业形象，重要的是，他觉得我很漂亮。

离开后，秦慧妍扫了我一眼说："别人把你当花瓶没关系，重要的是，你要让别人觉得你这花瓶不是空的就好。"我当时眼前一黑，再一次幻想自己变作奥特曼，这一束一束的光波直接朝女魔头劈过去：大怪兽，拿命来！

有这样的上司吗？我如果我犯错，你说我，我也认了，可从进公司开始，我绝对是品学兼优的好职员啊，再说了，以我的专业来说，在上海也只轮得到我来挑公司吧。如果不是我好姐妹曾静的关系，如果不是孙阳是老板的关系，如果不是公司前景还非常蓝筹的关系，我今天绝对使出浑身解数，把她的黑色职业装撕成碎片，然后用粉红色蕾丝做一条公主裙，加一条背带，套到她身上，再挑一些糖果和花香系列的少女香水喷到女魔头每一寸皮肤，这少女哪里妨碍到你了？联合国大会都没这样的*DRESS CODE*，你以为你是开殡仪馆的啊。

在我和女魔头回公司电梯里发生了让我百思不得其解的一幕，一个小女孩哭着对她妈妈说："妈妈为什么不能带我去迪斯尼，我要去。"

"你乖，假期妈妈再带你去好不好，妈妈这趟出差时间很赶，而且你要上课啊。"妈妈抱着女儿说。

小女孩立马号啕大哭起来，我正准备逗小女孩两句，结果女魔头出马了。她的反应让我很吃惊，她直接掏出皮夹，拿出一沓粉红色钞票递给年轻妈妈说："钱我来出，你带她去吧。"

"你谁啊？带不带我女儿去关你什么事啊？"年轻妈妈抱着女孩转过身，躲开女魔头。

"我都说了钱我来出，她不就是想去迪斯尼吗？又不是去火星。"说完女魔头把钱塞到年轻妈妈怀里。

"你有病啊，你没做过妈妈就不要胡言乱语。"年轻妈妈也被激怒了，换作任何人都会生气。

我看到女魔头嘴唇下巴开始发抖，张开嘴想说些什么，然后又一顿，捂嘴咬唇，低下头，眼泪大滴地滴落，我刚从包里拿出纸巾准备安慰她的一瞬间，整个场面彻底失控了。

女魔头扯着年轻妈妈的头发就往电梯扶手上撞，小女孩摔在地上，年轻妈妈也火了，几巴掌抽在女魔头脸上，小女孩大哭了起来，我赶紧拉开女魔头，年轻妈妈抱起小女孩按了一排楼层，然后疯狂地按电梯的开门扭，嘴里不停地嚷嚷："神经病，神经病！"我一边拉着秦慧妍，一边向年轻母女诚恳地道歉。

电梯门刚打开，年轻妈妈就抱着女儿落荒而逃，我松开秦慧妍的手，女魔头把电梯按住对我说："你回家吧，今天没你事儿了。出去，坐下一部电梯，给我出去！"

“秦姐，你没事吧？”我把纸巾递过去。

“出去！”她突然发疯一样地怒吼。

我吓得颤抖着逃出电梯，电梯门一关，电梯像子弹一样嗖一声，装着秦慧妍这个炸药，驶向公司所在的楼层。

我吓到了，也很难过。你冲我吼什么啊，这辈子没几个人冲我这样吼过。不过我不准备认输，也不会认输，你继续放马过来好了，打怪兽，再一次在精神上用奥特光波扫射你。

我没直接回家，而是到了宁致恒家，准备把我这几天的委屈，像垃圾一样倾倒给宁致恒、致远还有赛凯琳。

我到的时候，金刚也在，为了能够还原真实的电梯现场，我牺牲了形象演绎女魔头，赛凯琳演绎年轻妈妈，金刚坚持演绎想去迪斯尼的小女孩。

因为实在找不到其他演员，我只好咬着牙准了金刚这一次，先是金刚开口：“喵呜呜，*I need to go to*迪斯尼乐园。喵呜呜，喵呜呜。”

赛凯琳直接一把掐在金刚喉结处，呃，对不起，她没有喉结。

赛凯琳一把掐住金刚喉咙说：“你别逼我，给我恢复正常，那喵呜呜是什么狗屁声音啊？还有你什么时候变台湾血统了？口音这么重？你喊你妈不是喊娘的吗？还有，去什么迪斯尼乐园啊，你应该是想去侏罗纪公园吧？另外，你那蹩脚的英文给我收回去，不然，这戏我没法演了。”

我赶紧拉开失控的赛凯琳对她晓之以理，动粗是不对的哦。

“喵呜呜是人家的哭声了啦！迪斯尼是剧情需要啊，我也想去侏罗纪，听说那儿是法国最大的国家公园。”金刚娇嗔地踩着小碎步，双手握成小拳捶打着空气说。

“好吧，直接跳过这里，女魔头听到年轻妈妈那一句‘你没做过妈妈就不要胡言乱语’的质疑时，立马扯住了年轻妈妈的头发往电梯扶手上撞，像这样。”我一边说，一边轻轻地抓住赛凯琳的头发，慢动作往沙发靠垫撞过去。

“宝贝女儿！你走，你走，你走！不要管妈妈，快离开，人类好危险。”赛凯琳伏在沙发上，回过头对金刚说。赛凯琳这样的反应我倒是一点儿都不惊奇，她妈妈是独立派艺术导演，再加上唐皓宇是上戏表演专业出身，这整天耳濡目染，入戏也是自然的事儿。

宁致远和宁致恒两个人横躺在沙发上早就笑得捶胸顿足，就快撒手人寰了。

最后大家讨论出来的结论是，女魔头一定是一个极度缺乏母爱的骨灰级的老处女，才会如此憎恶“少女系列的香水”，才会被年轻妈妈的挑衅彻底激怒：做妈妈这件事对一个骨灰级的处女来说，根本就是痴人说梦嘛。

然后金刚娇羞地扯着自己的头发问：“咦？好奇怪！***But***，难道说，‘处女’不是褒义词吗？”

全场安静一分钟。

宁致恒把手搭到致远肚子上，开玩笑说：“要不把工作给辞了，我养你和致远。”听到这一句，赛凯琳眼珠又一次诡异地游移在我和宁致恒之间，金刚嘴张得和宇宙黑洞一样大，下巴几乎要垂到膝盖下面了。这次她用自己真实的、浑厚且低沉的男中音，夹杂着嘶哑的烟嗓说：“你妹，那我不是没戏了？”

致远笑得人仰马翻的，宁致恒朝我挑挑眉，诡异地笑笑，不时地轻挠致远的后背。

临走前，赛凯琳又一次对我提出了“搬进这个公寓，真正意义上去实现对彼此生活照应”的要求。

我重重掐了她一下，这不是哪壶不开提哪壶吗？宁致恒还是那句“里面的房间依然给你留着”。致远也煽风点火地各种胡闹，甚至要用他抑郁症发作作为借口恐吓我。

其实我也想早点儿找一套合适的公寓，搬出酒店。只要能和柏铭哲住一起，就算住小破屋我也心甘情愿。可目前的情况确实还不太稳定，来公司这边才一个星期，柏铭哲那边具体的结婚计划也没再提。我既不能回家面对我妈，又不愿意离开柏铭哲的怀抱，所以只有疯狂地刷卡支付高额的房费了。再这样下去，我干脆兼职去金茂大厦送快递好了，而且我还不用喷香水。

周末的时候，柏铭哲花了一天一夜陪着我在酒店甜言蜜语，其实我们每天都会花很多时间去做这件事。情到浓时，两人又立马抱着彼此深情宣誓一番，这么久了，我们从来没有厌倦过。

柏铭哲公司年会的那天，我打算陪他出席年会。柏铭哲公司创办两年了，如今已经很有模有样。我目睹他将这个只有四个员工的小公司做到今天在上海各个区都有一间办公室的规模，他的能力让我更加爱他。

不过话说回来，柏铭哲今天的成就绝对离不开他爸爸，我知道他爸爸为了让柏铭哲开这公司，把自己的公司转让了不说，还动用了所有的人际关系才让柏铭哲畅行无阻。不过，迄今他爸爸依然管理着他公司的财务，做着幕后的太上皇。

虽然我很敬服这位“太上皇”，但他却是我和柏铭哲婚事的拦路石。

记得我第一次回国以柏铭哲同学的身份频频出现在柏铭哲家里，他爸爸像疼自家闺女一样疼我，他甚至冲动地直接把我带到汽车4S店，让我选一辆*Mini Cooper*作为我的生日礼物。

我那时候也是像对亲爸爸一样对他，柏铭哲说我对他爸比对他还好，因为我一直觉得在他爸爸身上能找到我消失多年爸爸的影子。但一年前的一天，当柏铭哲兴奋地拉着我的手，告诉了他爸爸我们在交往的事儿后，他爸爸居然勃然大怒，让我滚出他家。

那天之后，到今天我都没再见过柏铭哲的爸爸。

听说我打算出席年会，柏铭哲有些为难：“爸爸也会出席，纪忆，我还是希望彼此在一个更好的时机坐下来谈谈，你说呢？”

我顿了一下，放下正准备拿去换的晚礼服，点了点头。

谁结婚不用走些曲折路呢？无论他爸爸为什么排斥我，但我还是会依旧打心里去孝敬这个爸爸。

这时，柏铭哲像变魔术一样变出五张艾薇儿的演唱会票。我抢过票，惊喜地尖叫一声，一扫刚才的阴云，扑进他怀里。然后，他又变出一瓶女魔头要求的职场香水，递给我。连我都没把女魔头的话听进去，但柏铭哲竟把关系到我的每一句话，都放进了心里。我接过香水往床上一扔，然后我们一如往常地拥抱、接吻。

柏铭哲临走前把银行卡往我手里一塞，对我说，尽管花吧，我开始体会到赛凯琳接到唐皓宇信用卡时候的甜蜜。我立马喷上新香水，收拾漂亮，这应该是回国来听的第一场演唱会吧。我立刻发短信给致远、宁致恒、赛凯琳和金刚，让他们准备准备，和我一起去。

出门前，我看到床上有一个白色信封，我疑心是情书，心想今天柏铭哲怎么这么多情调。

我拆开信封，内容是：

纪忆：

我上一次这样称呼你，应该是很久以前了吧？现在都习惯称呼你老婆了，我到现在依然觉得不敢相信，你真的就要成为我老婆了。

对不起，今天不能陪你去看你最喜欢的演唱会，跟着我这些日子，让老婆大人吃了很多苦，受了很多委屈。你每次回国都是因为我，有时候长途飞行就为了陪我过个生日。每次看到你坚持的眼神和乐观的笑容，我都是发自内心的心疼，因为你永远不想让我看到你落泪的样子。

现在你回到上海了，因为你妈妈的关系，还不能回家，还要让你住酒店，对不起，老婆，委屈你了。你给我点儿时间，我已经在努力给你准备一个家了。我知道，你现在不说不代表你不在意。每个人最想要的就是一个家，而你以前也好几次认真和我诠释过你理想的家是什么样子，其实我都认真听进去了，也全记住了。

你说过你想要落地窗，想要爬满藤条植物的阳台，要高的落地灯，双开门的超大冰箱，要洗衣机和烘干机分开来用，我已经都在为你准备了。所以请不要猜忌，请不要胡思乱想，我一直在努力给你准备一个属于我们的家。

我爱你！

你的熊熊柏铭哲

我长长舒了口气，眼泪在眼眶打转。坏家伙，我都要出门了，还把我眼泪给激出来。

房间里接着传来了柏铭哲手机的铃声，他又把手机忘房间里了吧？我找到手机拿起一看，是短信提示，联系人是一个极简的“白”字，我真没查别人手机的习惯，但还是看到了那行滚动着的极刺眼的字：

今晚我爸妈也过来，年会结束后一起聊聊。刚好你爸也在，我们选一个日子去登记，也可以聊聊婚礼的计划。

我拿着手机，像被人拔掉电池板的手机，发不出一点儿声音。

万体馆前面，金刚不停往嘴里喷洒着液体口香糖，她在等待着新猎物的出现。

赛凯琳带着致远坐在车上，她反复拿出手机准备给唐皓宇发短信，又反复地收起手机，这次，唐皓宇给她先发了短信："我不能没有你，都听你的。"

她立马把车往路边一停，拨通了唐皓宇电话，告诉唐皓宇："老公，我错了，我太不懂事了，婚后可以和你父母一起住的。"

车停在高架上，致远打开车窗，看到高架下面一片殷红色的血液，他吓得闭上眼，但马上，他又悄悄睁开眼睛安静地盯着那片血迹，若有所思，露出奇怪的笑。

宁致恒并没有去看演唱会，他在刻意避开一个女孩，不是金刚，而是那个很快就要成为别人新娘的女孩——纪忆。他想，控制不了喜欢上一个人，但至少可以选择避开。

Chapter

4

爱情的肃穆色

我看到低低的太阳，带着神秘恐惧的斑点
照亮紫色悠长的寒凝
像古老戏剧中的演员
激流在远方流淌着百叶窗的战栗
我梦见带着迷离瑞雪的绿色黑夜
将吻慢慢地升向大海的眼睛
那奇特精力的周流
和歌唱着的磷光的黄色，蓝蓝的清醒

——弗吉尼亚·伍尔芙

你试过吗？*Well,* 我的意思是，你试过坐过山车的感觉吗？

仿佛穿越云霄，轻盈地飞到云端，然后再疾速地朝着谷底冲下去，对，就是那种狠狠的下坠，不是轻快的自由落地，像是被重型器械挟持着，往谷底这么冲下去。

当我看到柏铭哲手机里这条简讯的时候，我感觉神在珠穆朗玛修建了一座通往太平洋深海的黑暗隧道，隧道里有一列过山车，我坐在过山车上面，还来不及祷告，就被恶狠狠地推了一把，朝着黑暗的深海疾速驶去。

在那一分钟我没感觉到伤心这种慢性的内伤情绪，只是感觉我是极混乱的，极不理解的，极不明白的，最后是愤怒的。

所以我把他的手机使劲朝墙上砸过去，然后我四处寻找任何可以让我发泄的宣泄口，我抓住一个烟灰缸朝酒柜砸过去，看着玻璃柜噼里啪啦碎了一地，像我和他的爱情，你永远掌控不了爱情的无常的变数，所以，请不要扬着嘴角鄙夷地阅读我。

我闻到了酒柜里传来的刺鼻酒精味，此刻，我浑身的每个细胞都在翻腾，我感觉心尖一阵一阵紧缩。但我的愤怒依然没有半点消退的迹象，我依然一边在急促地呼吸，一边继续四处搜罗任何发泄的可能，我开始体会到我妈妈从前抓起任何东西都往我身上砸的情绪，我需要砸一些东西，而且不要太贵的东西，其实我一直不主张用暴力解决事情，但真相就是，我是眼睁睁看着自己把台灯、把水杯一个一个砸出去，我甚至都没反应过来自己在做什么，它们就发生了。

这一算下来，我要赔更多的钱了，这意味着我需要加班，用更长时间面对秦慧妍那个女魔头，想到这里我就哭了，但我还是想扔东西，我平静不了，于是，我想既然那个酒柜是赔定了，那我大可以继续捡起身边的东西往洋酒柜上继续砸啊，只要不要太贵，或者是一些我不再需要的东西，比如垃圾桶，比如沙发靠垫，比如柏铭哲放在沙发上的外套，比如我给他从英国带回来的公文包。我捡起它们，全部朝酒柜方向砸过去，最后让我终于把情绪释放的是他给我买的那瓶香水，香水瓶在墙面上摔碎的瞬间，除了酒精，我还闻到了很多气味，比如鬼魅的克莱门氏小柑橘，比如英国蔷薇，比如馥郁花，甚至还有大溪地花朵的味道，这些味道没有半点少女的气息，而是理智、果敢、担当和智慧，这应该是第一次我认可女魔头的良苦用心，在我男友背叛我之后，我在摔碎的香水瓶里闻到了成熟的味道，找到了成长的可能，无比讽刺。

柏铭哲，*You son of a bitch!*

处理完我自己的情绪后，我群发了条短信给在等我看演出的诸位，短信内容是："我未婚夫的未婚妻约我去选结婚登记的日子，免回所有短信！"然后我把手机电池拔出来，把手机放到地上柏铭哲的手机旁边，看着像一对殉情的痴男怨女。

我打开音乐，是一首叫《*How to save a life*》的英文歌，我拉开隔光帘，拉开纱帘，拉开布帘，从落地窗看出去，摩天大厦鳞次栉比的迤逦丛生，残破的夕阳把整个天空映照成了暧昧的橙色。

我不知道此刻有没有偷窥爱好者的镜头是对着我的房间的，但我还是决定做一些疯狂的事情，我把房间的灯全部打开，我随着节奏一边摆动，一边落泪，我需要酒精，于是我跑到玻璃堆里找到两小瓶没破裂的*Scotch*，我打开行李箱，拿出黄色的贴身小礼服，这是柏铭哲去年生日送我的生日礼物，又是芒果一样的颜色，可是我就是喜欢这个颜色啊。

我抹去淡色唇彩，画上血红色的口红，脱掉平底，踩上高跟，我又走回酒柜附近的地上，用手小心沾了些地上的香水，涂抹到手臂和耳后，打开房门，走进电梯。

很快我就到了柏铭哲举行公司年会的酒店，其实就在附近，汇集在陆家嘴附近的这些酒店都是不错的酒店。

我走进会场的时候，很多人朝我看过来，这让我更加兴奋，我甚至想通知男士们准备好莱卡相机，咔嚓咔嚓地拍下我的每一个魅影，看来真的喝高了，酒店里的*Scotch*一点都不比苏格兰的差，原谅我，事实上，现在在写这段文字的我一样是喝了一些酒的。

一个给我带路的服务员一脸为难地转过脸看着我，我故作优雅地对他说："先不用给我喝的，我找人，谢谢。"

接着他为难地道歉说："对不起，小姐，刚弄错了，这是动物园协会的研讨会现场，您要找的会场是6号。"

"给我一杯烈的，现在。"我对服务员说完，又故作镇定地走出会场，身后顿时发出一阵哄笑。我现在开始意识到，我回上海是一个巨大的错误。

走进6号会场的时候，柏铭哲站在台上，穿着白色西装，聚光灯打在他身上，他正在对全场致辞。我恍惚看到了我和他步入礼堂时候的画面，我穿着白色婚纱，他穿着白色西服，神父问我们愿不愿意携手终生，我会告诉他，白素贞还没出世之前，我就非常愿意了，就像前些天，他问我愿不愿意嫁给他的时候，我一样的猴急。

我走到会场中央，众人把目光投向我，我只是看着他，心很疼，我后悔了，我不该这样出现的，我来之前以为我会直接掐着他问"白"小姐是谁，但我只是这样看着他，然后开始流眼泪，柏铭哲看到我便急忙走下台，他抓起我的手就往会场外走，他急忙用袖口擦干我的眼泪，一遍遍地问我："怎么了？告诉我，怎么了？纪忆，出什么事了？"

我只是愣愣看着他，其实这两小时内发生的一切都太过突然，太不合常理，我眼泪一直流，一直不说话，我把他的手推开的时候，柏铭哲紧皱的眉头也缓缓散开了，然后他和电影里那些特别不要脸的贱男人一样，平静地问我："你都知道了？"

这会儿我知道心疼了，他的这一句"你都知道了"像带倒钩的匕首，一刀一刀扎着我的心，然后一刀一刀地剜出我的肉来，我的心被他捅得血肉模糊。

我多想他会告诉我"白"小姐只是他普通的朋友或者远房亲戚，我多想他会告诉我，“白”小姐只是发错短信，甚至他甚至可以告诉我，“白”小姐是穿越在你三年前的女朋友，我都相信，只要他说，无论再荒唐的理由，因为我真的相信柏铭哲。

或者，他可以骂我一顿，告诉我都是我在胡闹，根本就没有的事，可是他却问出那句男人一辈子最窝囊的话：“你都知道了？”

接着柏铭哲父亲过来了，他劈头盖脸地就对柏铭哲一句：“不是说已经断干净了？怎么又找上门了？”

我还没来得及开口，他爸爸就对我说：“纪忆，今天你帮叔叔这一次，你先回去吧。”柏铭哲低垂下头不说话，我想一耳光朝他抽过去，骂出来，但最后我只是抽在自己脸上，骂了自己一句：“我真贱！”

我回过头的时候，走道里已经都是人了，全看着我指指点点，估计都以为我是小三跑这儿来闹场的呢，不对，说不定，我还真做了回小三，谁知道“白”小姐和柏铭哲什么时候开始的，这都到选日子结婚登记的程度了。

刚走出酒店就有两个女孩从我身后面把我重重地推倒在满地的污水里，我刚准备爬起来，顿时感觉腰被人狠狠踩了一脚，而且这是高跟鞋，我疼得咬着牙。这还没到家呢，不准再哭了，纪忆。我刚准备起身，接着又一个高跟踩在我的手背上。

我抬起头，看到了两位黑白无常一样的女孩，一个黑得发亮，比中国好声音里唱《*HALO*》的黑妞还要黑，另外一个白得刺眼。黑得发亮的穿着白色衣服，还有一些民族特色的配饰，比如五颜六色的腰带，有种阿凡达的错觉。白皮肤的女孩则身着透纱的黑色衣服，这件衣服不便宜，我在伦敦时装周上见过，但她俩站在一起真搞得和*Twins*一样，估计也想把自己往人美歌甜的方向包装，白无常嚼着口香糖，从上往下俯视着我。黑无常朝我笑笑说了句：“对不起，没看到，踩到你的腰了。”我又不是徐海星，你又不是吉克隽逸，你踩我干吗啊？白无常则一副非常腼腆的笑容说：“不好意思，踩到你的手了。”

接着我看到一位打扮时髦的漂亮女生，扭着水蛇一样的腰却依然能四平八稳地踩着刀锋一样的高跟朝我游过来，这让我有一个错觉，就是她的上半身和下半身是分离的，女孩伸出手把我拉起来说：“对不起，我这两个姐妹太不小心了，你应该就是纪忆吧，我听说过你，我叫白傲菲，你也可以叫我*Stella*。”

我使劲挤出一个笑容问："史黛拉？屎待拉？啊？"我是真没听清楚她的发音，我第一次听到有人这样讲英文的，或者她讲的还不是英文，总之我不知道她讲的是什么语。

黑无常突然噗地笑了出来，白傲菲回过头狠狠地瞪了她一眼，脸色立马风云变幻，她拿出湿巾神经质一样地擦了擦刚拉我起来的手，就像我是末日病毒，而她是洁癖患者一样。

然后她继续说："礼服很贵吧，杂志上看过这套，看来他在你身上花了不少心思。我们结婚那天，一定会给你发请柬的，你是铭哲的朋友，就相当于我亲妹妹。这衣服，太脏了，不能要了，我朋友太不小心了，这儿有点钱，应该够你买套新的了。"她这段话的重音放在了"脏"字上，然后往我手里塞过来五百块。

在上海这样吃人不吐骨头的地方，你塞给我五百块，这才是今天最大的喜剧元素之一。我把钱直接往她内衣里塞，告诉她："这点钱可能够拿去干洗这套礼服了，但我不需要这套礼服了，有些东西脏了我就不要了，另外，我身上这套衣服不是柏铭哲给我买的，还有，今天柏铭哲身上穿的那套礼服是我在伦敦给他定制的，还有他的腕表，也是我送的，他很喜欢，如果有需要，我可以告诉你裁缝店的地址，当然，我是说如果你有机会去伦敦的话。"

说完我就走了，我的手臂和膝盖都擦伤了，上海依旧很冷，街头依然很脏。

我叫了*TAXI*才发现，我说不出目的地来，手机放在酒店里，我一点都不想回去那个狼藉不堪的房间，我最后报出的地方是宁致恒租的小区，这是离这儿最近，也是我唯一能去的地方，那儿有致远，楼上有赛凯琳。

看着车窗外的霓虹，腐败狂欢的人群，疾驰而过的汽车，还有朝我逆向驶来远近光灯不停交错的汽车，我生平第一次觉得自己如此落魄，因为我发现，以前受任何委屈，我都可以马上奔到柏铭哲的怀里冲他撒娇，而现在，我居然找不到几个地方可以去。

我突然很想爸爸，或者我可以回徐汇的家？但我又有一些害怕我妈妈，我不敢回家，只是怕再徒增妈妈的烦恼，她一定想不到，也接受不了，她女儿现在就在上海，而且整个人如此不堪入目。

车停在赛凯琳家小区的门口，我走进小区的时候，保安看我颓丧的脸估计以为我家里死了人，连忙把路拦打开。

现在几个人估计演唱会现场看得正欢腾呢，我真的没有地方可以去，我走到宁致恒家，蹲在门口，等待他们中任何一个人出现，然后眼泪决堤，嘶吼着哭号，然后得到安慰，应该就会结束了。

“纪忆？！”我一抬头，是宁致恒。

我起身，擦掉眼泪挤出一个笑容问：“你没去吗？致远呢？赛凯琳呢？”

“你怎么了？你受伤了？出什么事了？我刚收到你短信就知道出事了，致远和凯琳去你酒店找你了，你还好吗？是柏铭哲干的吗？他在哪儿？”说着宁致恒握着拳一副要去寻仇的样子。

“你开开门，求求你。”我蹲在门口对他说。

他把西装外套脱下来，披在我身上，把我按在他肩膀上说：“哭吧，傻丫头。”

“拿开，我身上都是泥，很脏。”我躲开。

“一点儿都不脏。”他依然坚持把我按在他肩膀上。听到这一句“一点儿都不脏”的时候，刚刚止住的所有泪又全部夺眶而出了，我裹着衣服，侧过脸，趴在宁致恒肩膀上，终于哭出了声音。

宁致恒打开门，把我扶进客厅，我抓过一个沙发靠垫捂住脸哭，因为我发现，我根本止不住自己的哭声，但我又实在不愿意让宁致恒再看到这一幕，让他看到我失魂落魄的颓丧样已经是我自尊心承载的极限了。

然后，宁致恒拉开靠垫，一把抱住我，我刚要推开他，他说：“今晚没别的意思，这只是一个朋友给你的拥抱，给你的依靠，你哭吧。过去了，真的都过去了，纪忆。”

然后我终于踏踏实实地趴在宁致恒的肩膀上，很过瘾地哭了一场，眼泪鼻涕泥泞全沾到了他的白色衬衫上。

“你怎么不问问我发生了什么事？”很久以后我问他。

“你想说的时候，你会告诉我的，我现在只想怎么让你好起来。”宁致恒轻轻拍我的背，就像他轻轻拍致远的背一样的温柔。

“你告诉我，你现在最想做的一件事是什么？我陪你。”宁致恒补充说。

“我想回家。”我是真的想回家，我很想我妈，虽然她从来不会这样拥抱我，这样轻轻地拍我的背。

“你陪我，可以吗？送我回家。”我起身对宁致恒说，我一个人闯了这么多年，去哪儿都不怕，但回家，却很害怕，我太怕会发生那些我预料之中，又始料未及的事情，比如我妈不准我进家门，比如我妈斥责我太任性，比如我妈又喝了酒之后责骂我，我爸都是因为我才离开这个家。

但我妈是爱我的，我知道，只是这种爱有些矛盾，处理好这种爱在她的能力范围之外，所以她宁愿逃避，甚至错误表达，因为她以前常常打完我以后一个人躲在房间哭。

宁致恒开着他新买的*SUV*朝徐汇驶去，我瘫在车后座上，手上是消毒药水的味道，宁致恒刚给我包扎了手臂和膝盖。

他回过头问我：“可以抽烟吗？”我转过脸，打开车窗。

生活从来没在按照自己预计的轨道滑行，这是生活的精彩之一。

我把详细的地址告诉了宁致恒，他打开了导航，对于上海他还不是太熟悉。

“我想躺一会儿。”我说。

“可以，到了叫你，需要先带你回酒店换身衣服吗？*OK*，当我没说，今天，你是*Boss*。”

宁致恒汽车里播放的音乐是*Bee Gees*的《*How Can You Mend A Broken Heart*》，所以那一秒，我在考虑是否信主，因为显然他为我点了一首太过应景的配乐，只是，我的心可能永远不能被修复了。

这时候，如果再来两个反光板，一些雪花，漂亮的巷弄，应该就是欧洲质感电影的画面，我一定努力演好角色，因为这一定只是一部戏。

旋律萦绕在车里，悲伤坠入我的眼眶，流淌到脸颊上。

我想念我爸爸，我想念两小时前的柏铭哲，我怀念雪天，怀念咖啡，怀念诺丁山，怀念英国，我怀念在期待幸福状态的我自己。

车子停稳在小区的门口，宁致恒帮我打开车门，“到了，我送你上去。”

我走出车厢，宁致恒把外套放在我肩上，“挺冷的，披上吧，回家赶紧洗个热水澡，什么事明天再说，好吗？”

我顺着小区一直往前走，宁致恒跟在我身后，我缄默，他不语，在我身后点着香烟，他的外套披在我的肩膀上。

看着熟悉的景色，那些成长的记忆片段仿佛就发生在昨天，爸爸，妈妈，赛凯琳，唐皓宇，曾静，金刚，每一个人的气味似乎依然寻觅得到。走到小区深巷里，我停下来，坐在长凳上，宁致恒愣愣地看了看我，一个人徘徊了几圈后，坐在我身边问："怎么？不上去吗？"

"是十二楼，灯还亮着，我妈现在一定在客厅看电视。"我抬起手指了指亮着灯的窗户口对宁致恒说。

"陪我坐会儿吧。今天，好像真的很想家，就一会儿，我现在如果进屋，我妈不出高血压也一定会把我赶回英国的，她没办法接受我现在接受了的这一切。现在妈妈离我就这么近，已经很好了。"我继续说。

"行，我陪你。"说完他侧过脸支着头，若有所思地看着我。

"他们说的绝望就是这样的感觉吧？"

"每个人都有这样的时刻，而且我们都会坚持挺过去，但你要知道，也正是这样无比绝望的时刻，让我们发现，自己居然这样强大，是吧？"宁致恒冲我无奈地笑笑，然后撇撇嘴，继续看着我。

"我要回英国，一切回到最初的原始状态。"我裹紧他的外套，双腿开始发抖，这样的天气，让我越发想念英国，上海的春天怎么还不来？

"我把你送回酒店吧，你看你都发抖了，先回去洗澡，换身衣服，你想说话，我在酒店陪你说，行吗？你这样肯定会生病的。"

"再10分钟。"我全身依然在颤抖，双腿，肩膀，嘴唇，还有我的心。

宁致恒长长叹了口气说："你有时候比致远还不懂事。"

到了我住的酒店，我重新开了一间新的房间，我现在还没心绪去处理那间塞满我和柏铭哲回忆的狼藉不堪的房间，那里肯定还缭绕着酒精、香水，还有柏铭哲的气味。

宁致恒把手插在口袋里，他反反复复地看着我，想说什么，又总是欲言又止，到了房间门口，我用尽最后一小口力气，转过头，对宁致恒扬起笑容说："谢谢你，我没事了，你早点回去吧，我现在也没带手机，今晚的事就先不用告诉任何人，等我整理好自己，我会亲自给他们解释，好吗？"

"我陪你一会儿再走吧，这样我也不放心。"

"真没事儿！呵呵，我想一个人待会儿，真的。"

"行，有事打我电话，我把我手机号给你写一下，你手机也不在。"说完他从口袋掏出笔，在我手心写了一排数字，就像当年在机场，柏铭哲在我手上留下的那排阿拉伯数字一样。

关上房门后，我倚着门瘫坐在地上，说真的，对于如此糟糕的境遇和我自己，我从来未曾处理过，也不曾预见过。

我安静地坐在地上，脱了鞋，站起身，坐到沙发上，用遥控打开电视，音乐台正在播放着*Ronan Keating*的《*When you say nothing at all*》，我听着音乐，跪在地毯上，然后我向前匍匐了两步，最后踏实地四仰八叉横躺在地毯上。

我以爱为名义，把信任和依赖肆无忌惮地像藤条一样缠绕在柏铭哲这棵我以为的参天大树上。

而今晚，所有的信任和依赖都被彻底斩断了，也是在这样无比绝望的黑暗时刻里，我发现，原来我对柏铭哲的爱已经到了寄生这样如此可耻的境遇。

后来，我终于安静地躺在地毯上睡着了，我连衣服都没换，像个芒果一样，身上有湿漉漉的泥水，有柏铭哲送我的香水，还有白傲飞安排的像意外一样的践踏在我身上的鞋印。

那天晚上，我梦到了爸爸，梦里面，我趴在爸爸肩膀上，爸爸轻轻地拍着我后脑勺，一句一句地喊我宝贝，像从前一样。

我的头在剧烈地痛，我甚至只是轻轻地站立、晃动，都会引起更尖锐的疼痛，这种感觉就像头皮钉满倒钩，然后很多线在同时扯掖着这些倒钩。除此之外，我还感觉整个身体上架满了哑铃，浑身酸胀着疼，骨头里像是灌满了阴冷的水银。这时候，门铃响了。我站起身，朝门口走去，胃像是被人一阵一阵地揉捏，作呕的感觉在我的胃里侵蚀。

"我就知道你肯定没吃午餐，你怎么连衣服都没换。"我刚打开门，宁致恒第一句就这样甩过来，我还没来得及开口，他就走进房间，接着说："纪忆，你这样就没意思了啊，你这样折腾自己，心疼的绝对不是他，只是关心你的人。"

我刚准备反驳，就吐了，我立马转头往马桶里钻，但吐出来的都是水，酸腥的水，我觉得这是胃液，我才想起来，我从昨天到现在还什么都没吃过呢，宁致恒立马跟进卫生间轻轻拍我的背说："为什么你要遭这罪？不知道你们之间到底发生了什么事。"

"宁致恒，你出去吧，我没力气，现在。"我把头从马桶上抽出来，转过脸，泪眼朦胧里看到了宁致恒紧锁着的眉头。

那一会儿，我以为自己就快要死了，因为我浑身发疼、发冷、颤抖。我的嘴唇干裂，找不到一丝康复的可能，但讽刺的地方就在于，在这个时候，我居然笑了，我明显感觉到自己嘴角在上扬，但之后胸口还是传来一阵沉闷的哭声。

我已经没有力气了，所以哭也哭得很虚弱，宁致恒一把抱住我，轻轻拍我的后脑，像昨晚梦里爸爸拍我后脑勺一样，从前我一闹别扭，爸爸就会这样哄我，这让我觉得安全无比，终于沉沉地睡去了。

接着是我人生里在床上躺过最长的时间，整整两周，我已经不记得那些天具体发生了什么，只有这么一些记忆的碎片。

我微眯着眼，看到对面大厦玻璃反射出斑驳的光影，有一双手放在我额头上，身边一股难闻的药味儿，我听到他说："继续睡吧，乖。"

我醒过来，是卫生间传来淋浴的水声，房间只开着一盏落地灯，我侧过脸，看到沙发上摆着一个枕头，一床被子，被子上是宁致恒的条纹衬衫，床头柜上有一只手表，上面的时间是四点二十分，我看了看窗外，是寂寥的黑色。

我醒过来，宁致恒扶着我依在床靠背上，把被子盖在我的肩膀上，对我说："不要伸手出来，你这几天都是反反复复地发烧，不能再受凉了。"然后他轻轻吹凉手里的粥，喂到我的嘴里。

我醒过来，是清新的早晨，除了喉咙还有些疼痛，身体的感觉终于宛若重获新生一样，我坐起来，看到床头柜上放满了毛巾、水杯、温度计和西药。沙发上，宁致恒侧着身，背对着我，抱着被子，发出重重的鼻息声，我起身，把窗帘拉上，从柜子里又拿出一床毛毯，盖在宁致恒身上，然后终于可以舒舒服服地洗个澡了。

我躺在浴缸里，看着满屋的蒸汽，我已经没像前几天那么伤心欲绝，或者说，我已经开始平静接受了，这说明我开始愈合了。

当柏铭哲没有追出酒店对我做任何解释的时候，我就不期待接下来能发生什么电视剧里的峰回路转了。

柏铭哲已经离开我了，致远也已经有他哥哥照顾，我现在并没有太多牵挂和寄望，但生活总还是要继续的，我准备重新回到伦敦去，以后彻底扎根在那儿，朝着我妈妈计划的独立女性方向发展。

我沉到浴缸下面，耳朵里依然听得到水花的声响，气泡打在我的身上，酥痒的感觉，像柏铭哲轻轻抚摸我脸蛋时候一样。

洗完澡，我穿上浴袍，我在想，上次生病前我穿的不是浴袍吧？我走出浴室，宁致远已经坐在沙发上，“醒了？你现在不能洗澡，你烧还没退。”

“已经退烧了，今天星期几？”我问。

“周六，快两周了，你还是躺回床上吧。”

“再继续睡下去，我就要真出事了，这几天你都在这儿吗？致远呢？”我坐到床上。

“致远由金刚和赛凯琳陪着呢，你管好你自己就可以了，你之前房间我帮你退了，你的行李也给你拿过来了，你们是不是打架了啊？把别人酒柜都给砸了。”

“呵呵，没，意外，我把钱给你吧。”

“行了，要欠也只会我欠你，你照顾致远那么多，还不清的是我。”宁致恒伸了个懒腰，露出了凸起的肌肉线条。

“穿上衣服去，晚上带我出去转转吧？再这样下去我真得憋死。”我说。

他朝我腼腆地笑笑，拿起衣服朝卫生间走去。

晚上，宁致恒带我到了一个人很少的私人露天吧里。入口处就写明仅限会员，身边是黄浦江水在流淌，永无休止，没有尽头，对面是外滩，光影变幻里是被岁月精雕细琢的西洋历史建筑。

“这个吧的确够私人的，都没几个人。”我说。

“喜欢吧？”对面的宁致恒西装革履，嘴角上浮，眼神有些捉摸不透的邪魅。

“呵呵，你行啊，宁致恒，对不少女生用过这招吧？”我总算笑出来了，这么多天。

“呵呵，你笑了，怎么样，恢复了吗？我不光是说你身体，现在，还需要倾诉吗？”宁致恒解开一个衬衫纽扣，确实太紧了，我看着都难受，还配了领带，不过确实很帅。

“从理智角度出发，我现在需要的是解决问题的方法，而不是继续这样伤春悲秋下去。我已经想好了，我准备回英国，这几天就走，上海可能确实不适合我吧。你要记得监督好致远吃药，他不能停药，再坚持完这一年稳定了就可以停药了，我最不放心的就是这个。”我往酒杯里加了块冰，扬起笑容，却不敢直视眼前的宁致恒，这个决定是在逃避，我知道，可目前，我确实也别无他法。

“你现在不是都已经在这边工作了吗，就因为感情一点小挫折，就要离开？我以为你不是会用逃避解决问题的人，看来，是我看错你了。”宁致恒语气中带着责备，他拿起酒瓶往自己酒杯注酒。

“你真没必要这样和我说话，我男友要结婚了，我工作上司是个变态女魔头，我有家不能回，我连现在受这么大委屈，也不能和我朋友说，你觉得除了逃避，我能怎么解决？”我抢过宁致恒手上的酒瓶给自己倒酒。

“什么？他要结婚了？不是和你？你们不是要结婚了吗都？”宁致恒把椅子挪到我身边，他很诧异，任何人都会诧异，包括我自己。

“是啊，和别的女孩。”我抬起头，对着宁致恒笑，这笑容肯定无比狰狞。

“反正事情都这样了，我已经接受了，我明天，不，后天我会去公司辞职。这几天，谢谢你，宁致恒，你这么好，以后一定会找到属于你的幸福。”我继续喝，有些晕乎。

“纪忆，你有那么多理由离开，难道没有一个理由让你留下吗？你的朋友们？致远？你妈妈？再说了，你们分手也不一定是坏事，结束也是一种新的开始，你单身怎么了？我也单身啊！咳！”宁致恒说完急忙端起酒杯，眼神微迷。

“朋友们的话，将来会各自成家，然后忙她们自己的事业。致远的话，不是有你了吗？我妈妈的话，更不用说了，她最希望的就是我留在英国，上海确实没有太多理由让我留下来。”我起身，朝护栏的长凳走过去，江面上还有很多来往的观光船，被霓虹灯装点得像是移动的水晶花园一样梦幻。

宁致恒在我身后继续一个人喝酒，后来，烈酒没了，光影少了。

午夜，宁致恒送我回酒店。

“谢谢你，走之前我会请你吃一顿大餐作为报答的，晚安！”我喝的酒已经慢慢解了，但宁致恒好像确实喝多了，毕竟后来整瓶新上的白兰地是他一个人喝完的。

我刚准备关门，突然宁致恒一把挡在门上，他呼吸急促，“不要走，纪忆，留在上海。”

“早点休息吧！我会给你电话的。”我轻轻推开宁致恒的手臂，宁致恒皱着眉盯着我的眼睛，让人心疼，我知道他的意思，只是我现在宁愿不知道而已，然后朝他粲然一笑，说了句“晚安”。

我关上门，又是一个人的夜，这样的夜已经太过适应，即使是现在。

我发现人真的是太过坚韧的动物。

第二天早上醒来，拉开窗帘，我看到了万里无云的晴朗天空，打开窗户，气温已经有些回温了。日光如果可以称重，我打赌，眼前的日光大概有五万吨，我打开音乐，房间里依稀还闻得到柏铭哲送给我香水的味道。我打开箱子，拿出新的香水给自己喷上。

茶几上还有我的手机，于是，我走过去，两周没开机了，我却不打算再开机了。

我把手机*SIM*卡拔下来往马桶里冲，我把手机，还有那套出尽洋相的芒果色束胸礼服，整理好，有序地摆放到房间门口，等待酒店工作人员把它们收走，一来环保，二来消气。

我实在没有办法再看到手机屏幕里那张这一分钟我看到真的会哭出来的干净面孔，我也能想象开机后会收到各类短信的狙击，其中或者会有柏铭哲的各类解释，或者不会，比如他因为梦游所以完全不知道自己原来和别的女人订婚了，或者他因为受到了阿凡达的干扰，才爱上了白小姐，再或者他其实是许仙，白傲菲则是一条白色的水蛇，毕竟她的腰可以像水蛇一样扭动，他们一起穿越到了现代之类的借口，除了这些荒唐的理由，我真的无法想象，一个男人同时和两个女人求婚的理由，好吧，或者还有第三个理由，他真的想去坐牢，因为这样他可以犯重婚罪，但显然，这个理由甚至还没有前几个理由说得过去，所以我宁愿相信真的有阿凡达这样的外星生物干扰到他，这样起码，我可以为参加星球大战找到一个理由，比如为了保卫我男友的神志清楚。

想到这里，你不觉得好笑吗?

接着，门铃响了，一开门，赛凯琳和金刚站在门口，赛凯琳抱着手，从头到脚扫了我一眼，眼光像匕首一样的锐利，依然漂亮得像芭比娃娃一样。

金刚今天则是浑身的斑马纹，把自己裹得严严实实，不用问，一定又是她那个服装设计的朋友送她的，这种衣服，我一度以为只会出现在科幻电影里。

“有你的啊，纪忆，出这么大的事，你电话一关跟我玩消失，如果不是宁致恒告诉我们，还真打算回到英国才通知我们啊？”赛凯琳手上捏着一个新一季的皮包，一边说，一边用皮包打金刚的肩膀，看来她确实有些气急败坏了。

“他怎么可以和别的女人结婚嘛！我帮你打他去！”说着金刚俯下身，呈斑马状静谧地坐在沙发上。

“我当晚生病了，当时手机也没在身上，我刚才找到手机。我也不想你们太担心，我这不是正准备过去找你们吗？”我轻轻抚慰赛凯琳手臂，冲着她龇牙咧嘴地笑。

“他就一混蛋！我帮你找人把他给剁了，妈的，有这么玩的吗？”谁知道赛凯琳火更大了，又使劲儿一皮包往金刚身上砸过去，落在斑马的脸上，然后斑马惨烈地号叫了一声。

“纪忆，别怕，知道吗？”说完她轻轻地揉我的头发，像从前每一次我被我妈打完过去找她时一样。

接着她又说：“还有我们呢，你这次结不了，我陪着你不结。到你结婚那天为止，还有金刚，还有曾静啊，等她回上海，我们一起结。你不结，我们谁也不结。你记得吗？我们说好了，我的婚礼要布满保加利亚玫瑰，你的婚礼要布满香水百合。”赛凯琳总是这样，我早把她当我家人了，也只有在她面前，我敢放肆地哭，于是，我把她拉到沙发上一坐，拿了盒纸巾往茶几上一放，清了清嗓子，往她膝盖上放了个枕头，开始大哭。

赛凯琳早明白我这些招，每次我都是这样和她哭的，因为我担心哭完弄脏她这些杂志里才看得到的限量版衣服。

金刚也立马扑到我身后抱着我和赛凯琳说：“没事没事，四个人一起办婚礼，能省更多，你想，他们吃一份，能送四份礼。”我又听到一身皮革抽在身上的声音。

“我真的好难过，凯琳，他凭什么啊，这样对我。”光哭一定是不够的，我得把委屈全发泄出来，掏干了，哭累了，就该结束了。

“别想那混蛋了，这两条腿的斑马不好找，男人可是满大街都是啊。我一定找人把他给废了，妈的。”赛凯琳又义愤填膺地一巴掌抽在金刚腿上。

“哎呀，疼死我啦，你别光抽我啊，我又不是柏铭哲。”金刚起身，坐到对面的沙发上去。

然后，我降低了哭声的分贝，我怕要是再刺激到赛凯琳哪根神经，受罪的可是金刚啊，我再一吼，接着，一个桌子劈头盖脸朝金刚飞过去，多不好。

周一，我到玩偶行买了一只小熊给致远，他喜欢收集小熊公仔。

这几天都没去看致远，我想这只熊一来可以陪着致远的*Aaron*熊，二来，这只熊也可以替我陪着致远，希望他能理解我逼不得已的离开。

每次致远黏着他哥哥要星星要月亮的时候，宁致恒都会对他百般宠爱，他的*Aaron*熊是他哥哥小时候的玩具，他就这样带着*Aaron*熊漂洋过海，像带着他哥哥一样，这得多深的感情，我开始渐渐明白致远对他哥哥的依赖。

玩具行就在我公司附近，买好玩具熊后，我从包里拿出准备好的辞职信，这样一来，再办完离职手续，我明天中午就可以直飞回伦敦了。

走得有些急，但这也是最好的解决方式，我没办法这么快就用那些*TVB*的语气安慰我自己，比如“做人最重要就是向前看”，几乎在任何港剧里我都听得到这一句。

我恨柏铭哲，我知道，只是因为我还爱他，所以我不逼自己不恨他。

总有一天，我一定可以把和他的回忆埋在心里，然后继续像行尸走肉一样穿着职业装出现在大小峰会上。

我必须料理好我自己，重新开始，我始终还是要生活下去的。

金茂大厦里每个人都忙碌地工作着，这栋玻璃大厦的所有人都像中了魔咒，或者是像被输入了指令的机械人一样疯狂地工作着，没有尽头，不呻吟，不停止。

商业时代辉煌往往源自于人性世界的泯灭。

我鼓足勇气硬着头皮走进办公室，这是我最后一次见到女魔头了，再忍耐几分钟吧。

“舍得来了？我说过了，你坚持不了几天。”我一回头，是秦慧妍，她抓起我手边的公仔熊往垃圾桶里一扔，接着冷漠地对我摇头说，“这里是公司，不是游乐场，小姐。”

“把你桌上的资料给我全准备好，第一场会，是今天下午的手机发布，你还有四个小时准备，剩下的事，明早再和我说。”

我走过去捡起垃圾桶里的小熊，这是给致远的礼物，我使劲呼吸，我想这样可能增加大脑供氧，让我保持冷静，我不想真一个桌子捡起来朝女魔头飞过去。

接着女魔头又甩了一句：“不是让你不要喷这种少女系列的香水吗，你是过来相亲呢还是来工作的？”

轰！长崎原子弹爆炸也就这么一声。

“变态！秦慧妍，你有病，你看看你，浑身上下，你有一点有色彩的东西吗？全是黑色，丧服一样的，你每天都对所有人挑三拣四的，在电梯里还对别人发疯，全公司，没一个人喜欢你，老处女！你要发疯去精神病院发疯去，我没空再伺候你了，有病。”我记得以前只这样发飙过一次。

那一次，我对着天空打了个哈欠，一群鸟从我眼前飞过，接着我感觉一块异物掉到了我的嘴里，接着我吐出来一坨鸟屎。我当时也激动地像今天这样对着那群鸟破口大骂：“变态，有病，拉屎到别人嘴里，有种你别飞啊，我这就去买手枪，射死你们。”

“好，有你的，纪忆，从没人敢这样和我说话的，我要的就是你现在这个状态，去工作吧！”女魔头嘴角居然露出一丝笑容，我从来没预计过能在有生之年看到她的嘴角上扬，所以我愣住了两秒，但之后我更生气了，太不把我放眼里了，我都火成这样了，你居然还能轻描淡写地对我说：“去工作吧。”

“我辞职！”说完我从包里掏出辞职信朝她砸过去。

我这辈子的理想除了找到一个像几天前的柏铭哲一样的男友外，就是有一天，潇洒地把辞职信砸到老板脸上，然后全场给我鼓掌。

“不批！”女魔头这一句是电影里没有的，我一下子不知道该接哪句，接着她说，“你的工作合约人事部还有一份，上面清清楚楚写明，半年内不得辞职，如果你真有那么一大笔钱来缴纳违约金，我不反对。但你要记住，纪忆，条文里还有一条，一旦辞职，两年内你不得从事相关行业，全球范围，做翻译闲置两年相当于让你直接荒废。最后，你上一周旷工一周，我之前提醒过你，有一场三亚的汽车发布要你去同传翻译，现在因为你的缺席，那家公司已经和我们终止了长期合作协议，这份责任得你来扛，所以你最好收回你的辞职信，这里是公司，不是游乐场。”说完女魔头又一把抢过我手里的玩具熊，这次没往垃圾桶扔，而是摆到了公司接待台上。

她回到办公室，继续补充说：“还有，纪忆，我不知道你辞职的理由是什么，但无论什么理由，你应该去反击，而不是逃避，这样你才会成长。还有，我上次看过你的口译，你是我这些年见过能力最强的口译人员，这几年是你最关键的几年。你现在恨我是应该的，我当时也是像你这样出来的，但我当时没像你这样，随随便便把辞职挂在嘴边。”说完女魔头转头走人。

我直愣愣地盯着女魔头远走的背影，哑口无言。

有人拍了拍我肩膀对我说：“好好做，都看好你。”

我转过脸，是孙阳，老总对女魔头都敬畏三分。

朱敏带着小熊走进办公室，对我笑笑说：“去工作吧，我先替你收着，别往心里去，等下班我们一起吃饭，有些话想和你说。”

我坐到自己的位置上，想着刚刚秦慧妍说的每一句话，我感觉自己被狠狠地抽了几个耳光，自己确实太自以为是，太过稚气。

我甚至都没注意到人事合同里的这几条，只是一股脑儿地接了这份工作。我甚至都不知道责任是什么，给公司造成了终止合约这样巨大的损失，秦慧妍骂得对，每一个字都那么尖锐，但我那一秒却对她无比的崇拜，我想我一定能在这个女人手下学到很多东西，变成下一个秦慧妍。

下午又是和女魔头去开会，她开着车，载着我从地下停车场出来的时候，我看到一个高高瘦瘦的背影，还是那样熟悉，他慢慢转过脸，柏铭哲的眼睛红红的。

他站在大厦门口，满脸瘀伤，我瞬时间，泪水决堤。

Chapter

5

暗涌

多少人爱过你青春的片影
爱过你的美貌，以虚伪或是真情
唯独一人爱你那朝圣者的心
爱你哀戚的脸上岁月的留痕
在炉栅边，你弯下了腰
低语着，带着浅浅的伤感
爱情是怎样逝去，又怎样步上群山
怎样在繁星之间藏住了脸

——弗吉尼亚·伍尔芙

今天的翻译，是秦慧妍和我一起搭档的。刚进会场，她就带着我和公司高层打招呼，主动介绍我，因为是新手机发布，涉及很多技术性词汇。从前我在英国接触到的基本都是政治类翻译，秦慧妍只给了我四个小时把稿件过了一遍，难免有些吃力。

开篇先是我翻译，比较简单的致辞和前几代手机的总结，都比较熟悉，到了新技术介绍的时候，秦慧妍给我手势，她接着翻译，通篇语速平稳，发音抑扬顿挫，清晰有力，这是我第一次看到秦慧妍做同传，同传的同事我见多了，但她这样的专业水准我真的只能用顶礼膜拜来形容。

会议结束后，秦慧妍满意地开着车带我离开。

"来公司还没请你吃过饭，今天和孙总说过了，晚上定了个包厢，公司给你开个接待会，待会儿我们一起过去，现在我先带你去吃饭，有什么想吃的？"秦慧妍一边开车一边问，没看我。

"你决定吧，我都可以。"车窗外，城市已经被装点得姹紫嫣红，微凉的风，吹过我的发梢，冬天还是过去了。

我依然在想在公司附近看到的柏铭哲，到底在他身上发生了什么事。

看到他鼻青脸肿的样子，比知道我被他背叛还要让我心疼一百倍。

"我来猜猜，是感情问题，对吗？"秦慧妍车技非常娴熟，车速开得比宁致恒还快，她一边问一边轰着油门。

我没吱声，她继续说："感情就像投资，你得悉心经营，才会有好的回报。但这前提是你得选对你投资的对象，如果你投资错了，怎么经营都会亏，这又是另外一种情况。如果是这种情况，赶紧抛空才是明智之举，我也经历过你这个年纪。所以如果对象是对的，你就好好经营，多点理解，如果是错误的缘分，赶紧斩断，对大家都好。"女魔头和我说这段话的时候有种知心姐姐的错觉，我不耐烦地翻了个白眼，当然，她看不到。

秦慧妍，就你这副老处女样还来和我分享你的经验之谈，我听了你的规劝，那不是注定我这辈子都要一个人在菜市场卖自己种的黄瓜了吗?

突然女魔头一个急刹停在一个幼稚园门口，我慌张地拉紧安全带，难道我刚刚在脑子里臆想的对白不小心从嘴里念了出来?

只见她迅速打开车门走下车，朝一个在哭泣的小女孩跑过去，她把小女孩抱在怀里问："小朋友，别哭，没事儿啊，怎么了？找不到妈妈吗？"

看到这一幕我也有点怔住了，没想到女魔头也有这么女人的一面，这画面比看《3D贞子》还要让我毛骨悚然，仅次于金刚和我撒娇的时候。

女魔头转过脸对我颐指气使地说："还愣着干吗，去旁边小店买点儿零食过来。"

我连忙在她甩出下一句之前，连蹦带跳地朝旁边的小店跑过去，我买好零食刚出门，就听见女魔头在咆哮："你们怎么为人父母？把小孩一个人丢这儿，这多危险，你们知道吗？如果出了什么意外怎么办？废物！"

那句"废物"甩出来的时候，我赶忙上去拉开秦慧妍，显然，她以为这儿还是公司呢，还以为她是一代女皇刘晓庆呢。

年轻父母因为理亏，只能低着头任秦慧妍呵斥，点着头，尴尬地笑。

"秦姐，我们走吧，现在没事儿就行。"我把秦慧妍拉开，然后将她整个头按进车里，在她把年轻父母的头按进下水道里之前。我后来才回过神我这个举动简直是在送死，我宁愿去表演胸口碎大石，或者狮口活人头。

晚上的聚会在公司附近的KTV举行，我和秦慧妍到的时候，其余的人都到了，朱敏穿上了轻便的短裙，化了淡妆，和韩剧里那些清纯的小女人一般漂亮，一见到我就贴心地把玩具熊递给我说：“现在下班时间了，还给你。”然后朝我笑笑，“你怎么都不换衣服就过来了？现在是出来玩。”

“我都没回过家，开完会还要陪女魔头吃饭。”我接过小熊，委屈地对朱敏解释道，还好公司里有个正常的，其他的翻译，不是想掐死你的女翻译，就是刷着睫毛膏的外语系男生。

“女魔头？”朱敏扑哧一声笑了出来，然后拉着我坐下，接着说，“真有你的，只有你敢这样称呼她的。”

秦慧妍扫了我一眼，我就不敢吭声了，她坐到孙阳旁边，暧昧地看着孙阳，这是要干吗？难道孙阳好这口？看吧，我说了这女魔头已经修炼成精了。

“秦姐人挺好的，就是脾气不太好。”朱敏对着我耳朵小声地说，接着开始点歌。

“脾气不好是因为她是老处女，到了这个年纪都这样，体内的荷尔蒙分泌不出来啊。”我声音飙得比身边唱歌的同事还高八度，因为他拿着麦唱歌的音量完全盖过了我们交谈的声音。

“秦姐都结婚了，小孩儿也生了，早不是处女了。”显然今晚最兴奋的不是我，是朱敏。

“啊？那秦慧妍还勾引孙阳，你看他俩。”我因为惊异，声音已经飙到了最高分贝。

“你说什么？我听不到。”朱敏大声对我说，气氛越来越*high*了，男同事在唱《贵妃醉酒》，有种李玉刚的架势，我说了吧，外国语学校毕业的男孩们，都是文武双全的。

我清了清喉咙，尽最大分贝朝朱敏喊：“秦慧妍勾引孙阳！”

悲剧发生了，这时候小李玉刚突然切歌，整个包厢都在回响着我这句“秦慧妍勾引孙阳”。

全场一片安静，只听得到朱敏因为下巴发抖而发出的牙齿碰撞声，我顿时感觉一阵刺骨的寒气扑面而来，算了，还是辞职吧，我用手捏了一把汗，从太阳穴到下巴。

唱完歌，秦慧妍对我说："我送你，你住哪儿？"

"呃，真不用麻烦，秦姐。"我眼珠四处打转，就是不敢抬头正视她。

"没事儿，我和我老公先送你吧！"听到这一句，我在想，这该不会真把她老公给叫来了吧，只为了证明她的清白？我也就这么一说嘛，这无知少年不就瞎掰了几句吗，也太不至于了吧？

我缓缓抬起头，你看吧，我没说错，秦慧妍手挽着孙阳，还说没一腿？然后我突然觉得，我需要一吨核桃，现在，我需要补脑。

"孙总？和你？你们？夫妻？"我脑子里噼里啪啦地闪过无数灵光。

"对，公司里不能谈恋爱，但可没说不能一对夫妻开一家公司吧。"孙阳朝我诡异地笑笑。

"啊，哈哈，那是那是。"然后我比他笑得更加诡异。

一天就过去了，回酒店的时候，我还是想着柏铭哲那张青一块、紫一块的干净脸蛋。

酒店电梯门打开的时候，我还在想，会不会柏铭哲这时候会在客房门口等我呢，呵呵，我都已经换了楼层换了房间了，我到底在期待什么？

但，确实有一个男生在我客房门口，跨着腿靠在墙壁上，垂着头，我快步走过去一看。

"宁致恒？"眼前的宁致恒浑身酒气，眼睛和鼻头红红的，他盯着我，目光像是在渴望什么，他把领带一扯对我说："致远好像又发作了。"

"不可能，他抑郁症已经好了，不会的。"我其实是和自己在解释，身体却不自然地向后退，我想起那些已经走远的黑暗日子，那些宁致远像被绝望浸泡的日子。

"宁致恒，到底怎么一回事啊？你倒是说啊。"我又朝前一大步，掩饰心里的恐惧。

"我今天在致远房间里找到了这个。"宁致恒从口袋掏出一个文具盒。

我打开文具盒，里面满满一盒药丸，都是致远治疗抑郁症的药，淡蓝色的药片上有明显的英文字母，这是在英国开的药，这一文具盒大概是他一年的剂量，也就是说，致远这一年根本都没在服药，我沉沉地靠在墙壁上，我人生最绝望的事情，终于发生了，抑郁症断药，比直接患上抑郁症还要可怕。

“我要怎么做？你告诉我，纪忆，我不知道该怎么做。”宁致恒抬起头，用手握着我的肩膀，眼里都是恐惧和心疼。

我愣在空气中，那一秒，我变得很难过，源于对自己的愤怒，无法消化的愤怒，我怎么可以到今天才发现？

宁致恒垂下头，不说话，他拿出香烟，点着烟，我打开房门，走进房间，他跟在我身后。

我坐到床上，他坐在沙发上，我捂着脸，他低着头。

“致远知道吗？他知道你发现了吗？”我低下头，声音不再那么激烈，眼睛在隐隐作痛。

“还不知道，我不知道怎么去问他，怎么跟他说，我还找到了这个。”说完他递给我一个红色笔记本。

我翻开第一页，看到了一幅画。

一个男孩横躺在浴缸里，浑身都是一道道深深的割痕，男孩浸泡在水里，四周摆满了蜡烛和玻璃瓶，浴缸旁边是一只小熊，男孩脸上是鬼魅的笑容。

看到这一幅画，我终于彻底垮了，笔记本掉在地上，沉沉的无力感，像是失去重力一样，因为画里的男孩是致远，小熊是*Aaron*。

我先是听到自己似笑非笑的喘息声，接着是因为压抑哭声而发出的狰狞，我连续几巴掌尽全力抽在自己脸上，都是我造成的，如果我能每天监督着致远把药吞进去就不会这样。

“别！”宁致恒抓住我的手，抱住我，我抽搐着在他肩膀上扭曲着声音说：“我他妈怎么就这么不注意呢？！”

“致远不会出事的，现在他不挺好的吗？我这两天就带他去看医生，好吗？你早点休息吧，我就是过来告诉你一声，我觉得你有必要知道。”宁致恒站起来，捡起地上的笔记本。

“宁致恒，我明天就找房子，我不回英国了，你现在回去，看着致远，一定不能让他一个人待着，知道吗？还有把笔记本和文具盒都放回原处。”这是那晚我最后对宁致恒说的一句话。

第二天，我一如往常地很早到公司上班，刚进大厅，就被一个人重重给拽住了。我没回头，我也不用回头，我知道是谁，他身上的香水一直没换，那瓶我对他说闻到就像住在水中花园一样的香水。

“纪忆，给我一个解释的机会。”柏铭哲并不打算松手。

“放手，我要上班。”我使劲甩开柏铭哲的手。

我迅速朝电梯方向走，我不敢看他，我怕看到他受伤的帅气脸蛋，怕看到他难过的眼神，我怕自己眼泪又掉下来。我对自己说过，我这辈子都不要再看到柏铭哲。

电梯门快关上的时候，我还是看到了柏铭哲的脸，他望着我，皱起眉。

我刚走进公司，激烈的工作又排山倒海地扑过来，秦慧妍递给我一大堆银行电话号码，我们将会举行一个华人联谊会，都是一些海外大财团的华人*CEO*，都是我们公司之前的客户。

秦慧妍要求我从银行名单中找一个银行做赞助，我怎么觉得有种空手套白狼的感觉，不过，还真有一大票的白狼前赴后继地扑过来。我觉得和秦慧妍比起来，赛凯琳最多就是山里面的小妖，而秦慧妍，是真真正正的女魔王。

我忙到四点一口水都没喝，好在朱敏不停地给我递来各种水果。

秦慧妍后来又开始和我讨论成立行业口译协会的事情，这就需要很多行业里的巨头加入我们的组织。三个多小时后，我才把大概名单和步骤理顺交给她，我觉得我的工作和一个文秘差不多。不过我一点儿都不觉得吃亏，有了这些经验，修炼成精是迟早的事儿，这些东西也只有在秦慧妍这个女魔头手下才学习得到。我不得不承认，这些经验对于我事业的成长确实太弥足珍贵了。

“原来楼下那个小帅哥是你男友啊？今天早上我看到了。去看看吧，等了好多天了，你没来上班的那几天也每天都过来，公司打卡都没他那么准时。”秦慧妍在电梯里对我说。

“前几天？”我自顾自地打开皮夹，关上皮夹，又打开皮夹，眼睛一圈一圈地转，我要装出那种特别不屑的感觉。

“是啊，还来了公司门口两次，前台让他下楼去等，这毕竟是办公区。这样的男人不多了，好好珍惜吧。”秦慧妍说完摘下眼镜，顺了顺头发，我觉得秦慧妍年轻时候应该是个美女。

我走出电梯，在大厅里拿着手机假装打电话，眼睛到处寻找柏铭哲的身影。

我是这样想的，反正情况已经糟糕到这种程度了，也不可能还会更糟糕了，所以姑且听他一次解释吧，但已经找不到他的人影了，上帝一定是个疯狂的虐心的编剧，我打赌。

但走出大厦后，我一眼就看到柏铭哲了，他跛着脚从远处端着一杯咖啡急匆匆地，一瘸一拐地朝我跑过来。

“纪忆，我给你买了你最喜欢的曼特宁，我求你，给我一杯咖啡的时间。”柏铭哲脸颊上确实都是瘀青，我心疼地接过咖啡，我好想伸手去摸摸他的脸，问他疼不疼，但我只是低下头冷漠地说：“说吧，还有什么要说的？”

“纪忆，我现在在你心里一定是个大贱人，对不起，我让你伤心了。你先听我解释，我和白傲菲不是你想的那种关系。她喜欢了我很多年，我承认。但我对她绝对没有半点儿感觉，我的处境你是知道的，公司账务一直是我爸爸在管理。我爸爸一直都在反对我和你交往，上次我说他同意了其实是骗你的，我担心你胡思乱想。

“对不起，我真的只爱你一个人，我现在顺着他的意思只是暂时的，等我公司转让成功，手续办完，我就有足够的钱重新开始我的新公司，不用再受制于我爸。我不是稀罕钱，但只有这样我才有能力照顾好你。

“那晚你走后我想明白了，纪忆，如果你不开心，我做什么都没有意义的。那晚，我和我爸已经彻底闹翻了，我可以为你放弃全世界，但我不能没有你。纪忆，我们在一起这么久了，我是什么样的人，难道你还不明白吗？我对你是认真的！除了你，我谁也不会娶。你再不答应，我这就跳黄浦江去。”说完他揉了揉脸上的伤接着说，“你看，我都受伤了。”

“还疼吗？”我赶紧心疼地问。

我又开心，又生气，开心是原来这中间只是个复杂的误会，生气是我这些天那些情绪，到最后居然都是浮云。

柏铭哲抱着我一直重复说：“对不起，老婆大人，我错了，都是我不好，宝贝，你别不要我。”

我使劲一口朝他的肩膀咬下去，不然我实在不解气，真心不泄恨。

这时候，我看到柏铭哲身后站着另外一个男生，他手里也拿着两杯咖啡，愣愣地看着我，眼神有些空洞。

“宁致恒……”我不禁呢喃出声。

见我看着他，他俯下身，把咖啡放在地上，转身离开了。

我看着他离开的背影，这时耳边传来了刺耳的汽车喇叭声，我顺着声音看过去，是秦慧妍，她朝我竖起大拇指，脸上隐约有一丝笑容的痕迹。

那晚，我带着柏铭哲回到了酒店，他沉沉地躺在床上。

“过来宝贝，让我抱会儿。”

“脸上的伤，是你爸爸打的吗？你们拍《古惑仔》呢？”我心疼地趴在他旁边，都不敢碰到他。

“不疼了，没关系，再坚持几天，就完事儿了。我现在已经找到两家愿意接手我公司的买家，等转让一结束，我就带着你离开，你以前不是告诉我你喜欢苏格兰吗？我们去英国，我也可以看到苏格兰的海水和草地了，在妈妈的怀抱里。”他侧过身，把我揽在他的手臂上。

“铭哲啊，我可能暂时不会离开上海了，致远的抑郁症没治好，我是一定没办法离开的，你明白吗？另外，你转让公司的事情，你爸爸知道吗？我不想你们因为我彻底断绝关系，那毕竟是你爸。”

“致远出事儿了吗？那行，我们治好致远再离开。我这边是真没办法了，我这么多年只有一个想法，就是能好好照顾你，真的。这也是最后一步了，转让完后，我再告诉他，他会理解的。”说完他亲吻我的鼻梁，歪着嘴朝我微微笑。

“你说你爸爸怎么突然间就讨厌我了呢？前两年每次我回来和你一起见他的时候，他都挺开心的啊。我觉得他特喜欢我，怎么听说我俩是恋爱关系就这么排斥我呢？”这个问题我确实不理解，本来以为我们交往对他来说会是惊喜，结果却变成了对他的惊吓。

“他心里一直有人选，所以才这样。你别怪他，我爸其实挺疼我的。”

“没，我就是觉得对不住他，我们这样会不会有些过分啊，和私奔有什么区别？要不然，我们再想想别的办法？”我趴在他胸口上说。

“纪忆，我和你说，你听好了，你如果放弃我，我真活不下去，这不是吓唬你，你要想毁掉一个大好青年，那你就离开吧。但你离开我不代表我也会离开你，所以我大不了这辈子什么也不做，整天就这么缠着你，真的。”柏铭哲一下从床上弹起来对我说。

“那你要对我好，一辈子都这样我就同意。”

“那必须的啊，你想想看，我是不是对你越来越好了？老婆，我一定会打赢这场仗的。”

“你放心吧，这场仗我陪着你一起打，如果这次我们伤害到你爸爸了，我以后会用一辈子好好补偿，好好陪着你孝顺他的。”我也坐起身，对柏铭哲说。

“那我就放心了，过来，兔兔，陪熊熊说说话，亲亲。”柏铭哲脱了衣服鞋袜就往被子里钻。

“你现在怎么这么邋遢，柏铭哲，这才几天不见你，澡也不洗就往床上钻。”我一边收拾他的衣服，一边对他说。

“和你说话呢！你就装吧你。”我说了半天他也没应我，两分钟不见他动弹，他发出重重的鼻息声，嘴角微微上翘。

我没再吵醒他，那晚，我也没洗澡，很快就在他身边安分地睡着了。我知道，他肯定也好几天没好好睡一觉了，因为我也是。

我把被子拉高，盖在他肩膀上，然后听到他的轻声呢喃，他在说："老婆，不要走。"

几天后，我再和宁致恒碰面，他约了一个美国回来的、有处方权的高级心理医生。宁致恒把致远的大概情况都和医生说了一遍，从长期的病程，致远的成长环境，到每次抑郁症发作时候的种种举动，都详细地和医生说了一遍。

“你们不要太担心，如果说他自己把药戒掉了一年，而且现在也比较稳定的话，有一种可能是他确实已经康复了。如果是这样，那不是坏事，但我必须亲自看看患者，观察一段时间后，我们再做下一步考虑。”医生说。

“医生，我就这么一个弟弟，你一定要治好他，钱都不是问题，只要能治好致远。"

后来几天的生活都是模式化的，周一到周五，白天上班，下班后陪着致远去看医生。致远表现得有些排斥，所以我们告诉他这是最后一个疗程，就是观察，不吃药，不打针。

每天晚上，我回到酒店，柏铭哲一定会在房间里安静地等着我，不看电视，不看报纸，就这么安静地横躺在床上等着我，他的伤基本康复了。

其实他遭遇着生活各方面的重压，他后来告诉我，那段时间唯一支撑他继续的动力，就是能在睁开眼的时候看到我躺在他的身边。

最后一次去看心理医生的时候，又是我和宁致恒两个人。

医生把致远的情况和我们交代了一下："这段时间观察下来，加上你们对他之前的描述，我觉得病人的病情依然不是很稳定。你们也知道，抑郁症反复发作是常有的事情，但像宁致远这样的情况，下一次发作可能就很危险了，因为之前他已经有过轻生念头和死亡尝试。我建议你们继续让他用药，不需要换药，既然上一种药对他有帮助的话。"

"医生，你就直接告诉我，要多少钱你才肯治好他，你们医生总是这样，永远不把病人治愈，就知道赚钱，我不想我弟弟一直受这个苦。"宁致恒把手拍在桌上。

我知道"轻生念头"、"死亡尝试"这些字眼彻底激怒了宁致恒。

"这不是钱的问题，宁先生。你冷静一下，你弟弟现在需要的是长时间的治疗，除了药物，你们亲人对他的关爱也是一种可行的帮助。我察觉到，你弟弟对你的依赖非常强，他几乎把所有依赖都放在你一个人身上。其实这样也不是坏事，只要你能经常陪着你弟弟，对他的病情会很有帮助的。"医生老练地处理着宁致恒的情绪。

"医生，对不起啊，我朋友有点儿激动。"我补了一句，想快点儿化解这个气氛。

"没关系，家属情绪我完全能理解。说实话，在中国，像你们这样有觉悟的家属不多。很多人不把抑郁症当回事儿，就以为是患者自己作茧自缚，自己想不开，都是到了最后，等病人变成精神分裂或者自杀了才开始后悔，但那时候就已经太晚了。我相信，你们一定能陪着宁致远打败抑郁症的。”医生话音刚落，宁致恒就起身一脚踹开椅子走人，我赶忙追在他身后。

“你这样有意思吗？宁致恒，你给我站住。”我走出电梯拉着他的手臂。

宁致恒停下脚步，对我说：“你别管了，你走吧，去陪你老公，你老公不是回到你身边了吗？我弟弟是我的，没你的事儿了。”

“放你的屁，宁致恒，什么叫你弟弟是你的？我跟你说，这事儿我还管定了，你根本不知道我现在在经历着什么，就你的情绪是情绪？你甩脸，发脾气，对致远病情没有半点儿帮助，所以你待会儿见到致远，要是还是这张脸，就别去见他了。”我说完后，气冲冲回到配药房拿药，然后扔给跟在我身后的宁致恒，“送我去你家，我要去看致远。”

他接过药，挠了挠头对我说：“对不起，我刚有点儿激动。”

天黑的时候，我们到了宁致恒家，人居然都到齐了，赛凯琳又在沙发上和唐皓宇你侬我侬。我打赌，这次肯定又是赛凯琳妥协。

我坐下后，宁致恒看致远不在客厅，就阴着脸往致远房间走。

赛凯琳拉了我一把，用肩膀顶了顶我，眨了眨眼，害羞地朝我笑了笑，清了清嗓子，做了一连串铺垫动作后，终于开口说：“你那天打电话告诉我，你和柏铭哲都已经和好了，到底怎么回事儿啊？我早说了，柏铭哲是个好人，你们之间一定是有所误会的。”这变脸比变天还快，马后炮轰得比她开车时候的油门还要响。

接着，致远房间发出来摔东西的声音，我们赶紧起身朝致远房间跑过去。

只见金刚在致远床上坐着，宁致恒怒目盯着在哭的致远，地上一地都是药丸，我还看到了那个装着药丸的文具盒。

“又准备骗哥哥说你吃药了，是吗？”宁致恒的眼神可以吞噬掉那晚的整个夜空。

“宁致恒，你干吗？”我走过去挡在致远前面，致远现在如果再又陷入不开心，我真的无法想象。

“你过来哥哥这里！”宁致恒语气很严厉，上前两步一把把致远扯了过去。

唐皓宇刚上前一步准备阻拦，宁致恒就说：“我现在是在管我弟弟，谁拦我和谁急！”

然后唐皓宇把我一把拉了回去，赛凯琳拉着我另外一只手说："让宁致恒处理吧，他会有分寸的。"

"宁致恒，我严重提醒你，你知道你现在在做什么吗？"我压制住情绪对宁致恒说。

别说你宁致恒和我急，你就算拿刀砍我，我也得管，这是致远，全世界，我最心疼的男生。

"你滚！"致远脸上布满泪痕，他伸出手指着门口对宁致恒说。

"你让谁滚？跟谁说话呢？"现在宁致恒更生气了，因为他说这句话的时候，青筋都暴出来了，他依然重重地抓着致远的手臂。

"哥哥滚！我让哥哥滚！"致远依然在尝试挣脱。

"宁致远，你太不懂事了！你多大的人了，还这么任性！哥哥就是以前太宠你了，你现在才这么任性，药也不好好吃，你这不是要哥哥的命吗？"宁致恒说到这儿突然有些哽咽。

致远止住了哭声，叹了口气，眼神似天使一样纯洁，又似魔鬼一样邪恶，两兄弟如此相似。

"你乖，吃药！"宁致恒放轻语气，咬着唇，拿起桌上的水杯，从药盒里拿出两片药递给致远。

谁知道，致远笑了笑，一巴掌拍掉宁致恒手上的药丸，然后愣愣地盯着他哥哥，眼睛里都是挑衅和不屑，他说："哥哥现在是心疼吗？那就继续心疼我好了，我喜欢哥哥心疼我。"我第一次见到这样的致远，他以前再任性都不至于到这份儿上。

宁致恒被彻底激怒了，他捡起两粒药就往致远嘴里塞，同时他的眼泪却也止不住地往下流，这应该就是痛到五内俱崩的程度了吧。

宁致远看到这样的宁致恒，眼神一转，变得很温顺，他温柔地张开嘴，看着他哥哥流着眼泪，痴痴地笑。

宁致恒会心地笑了出来，但接着他的整张脸像是在变异一样抽搐。我再一看致远，他整个嘴里都是血，宁致恒并没有把手从宁致远嘴里抽出来，只是咬着牙，流着泪，看着眼前这个眼神邪魅的弟弟，心在撕裂。

致远慢慢地松开牙，宁致恒满手都是血，但他依然咬着牙颤颤巍巍地拿起水杯递给致远，致远接过水杯，把药吃了下去，然后把水杯往地上重重一摔说："哥，你现在和爸爸一模一样，你们都崇尚暴力，你们真可怜！"说完他走出房间，然后走出家门，把房间的门重重一摔，出去了。

宁致恒僵在空气中一动不动。

我撇开赛凯琳的手，走过去，一把抓起宁致恒说："跟我去医院。"

到了医院后他拍了张片，医生看完后告诉我们只是咬破皮，没有伤到筋骨。

宁致远还不至于把他哥哥的手指都给咬断，包扎完伤口后，我和宁致恒沿着街巷走。春雨淅淅沥沥地洒下来，行人和车辆像固体颜料一样在雨中融化，昏黄的灯光倾斜在街上。

他走在前面，我跟在他身后，后来我们走到了一条没什么人的巷弄，穿过之后，我们到了公园，他坐到一家玻璃屋顶的咖啡馆里，我跟着坐到了他的对面。

"今天这样凶致远，我是第一次，你相信吗？"宁致恒沉寂了整晚后，终于开口说话。

"相信，不然也不会哭。"我点了两杯曼特宁。

他点了根香烟，放下打火机后他问我："很少有女孩喜欢曼特宁的，我认识的女孩都不太喜欢苦咖啡。你是不是有什么故事啊，像那些电影里的上海女人一样，比如张爱玲？"

"没有，我就是普通人一个，有点儿理想，有个男友，有几个朋友，以后想做一个好的翻译，继续这样浑浑噩噩地生活，你呢？"我把咖啡杯握在手心。

"呵呵，我？没什么故事，以前不懂事，爱打架，给家里惹了挺多麻烦。后来去了美国，念了个学位，认识了几个朋友，在美国时做个了网络项目，赚了第一笔钱，大概有十万美元吧，接着，我们几个人去拉斯维加斯没日没夜地玩了几天后就把钱花完了。花的是自己的钱，所以特过瘾，后来又回到了洛杉矶租的小别墅勤奋念书。现在回到了上海，准备和我一个美国的同学一起做个公司，在有生之年再赌上几把。"他弹了弹烟灰，空气里是他淡淡的香水味、烟草味，还有雨水混杂着泥土的气味。

"你知道金鱼的气泡是什么颜色吗？"我准备调剂一下气氛，这样一个大好青年玩什么伤感呢，这实在不合适宁致恒这张嚣张跋扈的脸。

他朝我笑笑说："蓝色，因为金鱼的气泡是*Blue*、*Blue*、*Blue* 哈哈，难不倒我，你这个笑话多老啊？我爷爷小时候的笑话了。"

"哈哈，你笑了就好，管他多老的笑话，管用就行。"我端起咖啡杯跟喝红酒一样干了一杯。

他灭了香烟，问我："房子找到没？知道你几个小时的同传就可以把酒店一个月房费给交了，但那儿毕竟不是家啊，住久了不觉得不方便吗？"

"找不到合适的，我要求太高了吧，落地窗、复式楼、精装修、露天浴缸，最重要的要有个很大的阳台，我可以在那儿种很多植物，藤条的植物，可以爬满整个阳台，所以我还是多看看《格林童话》吧。嘿嘿。"

雨天的公园找不到半个人影，透过玻璃窗，看得到灯光下，池塘边颜色瑰丽的小花，咖啡馆四周都是树，无法言表的微妙感觉。我想起了我和柏铭哲经常去的咖啡馆，在他家附近的那间*Quality Time*，那间咖啡馆墙上还挂着我和柏铭哲的合照，也写满了他对我的誓言。

"交给我，我给你找，最多只要一个星期。"他拿起咖啡喝了一口，朝我微微翘起嘴角笑了笑。

"你今晚回去好好和致远说，知道吗？别凶他了，这样真不好。"

"放心吧，我今晚和他睡，逗逗他就没事儿了。小孩儿，呵呵。"说这话的时候我又看到了他眼睛里的宠溺。

"呃，那个，你们睡一块儿不挤吗？"我一边说一边低下头搅动起咖啡杯，开始有些兴奋。

"床很大啊，再说了，他现在一个人睡我也不放心，怕他又不睡觉胡思乱想，起码和我睡，我可以和他说说话。"

"哦，挺好的，在英国时，致远也天天和我睡。致远身上有一股小孩儿的味道，你闻到过吗？"

我怎么觉得我有一种采访苍老师的感觉……

"一股奶香的味道，哈哈，你也闻到过？"

"是啊，我很喜欢这股味道。"

说完他喝了一大杯水，我也赶紧喝了一大杯，那晚和宁致恒聊了很多，后来我把我和柏铭哲所有的事情全告诉了他。他打住我说，这些事儿他不感兴趣，他不是一个好的倾听者。

一个月后，我已经和公司所有同事都非常熟悉了，包括了外国语学院毕业的小李玉刚。当我告诉他，你其实比李玉刚好看的时候，他激动地捏着我的手说："是吧，是吧，我老婆也这么说。"

渐渐地，我和上司、同事都相处越发融洽，我热爱这个大家庭，我要在这里落地生根，开花结果，变成一颗诱人的芒果。

不久，宁致恒给我打来电话，还真给我找到了房子。

找的房子和赛凯琳、宁致恒在一栋楼，是个顶层的复式楼，每个月的租金和我住酒店的房费不相上下。但我见到房子的第一眼，就如宁致恒预料的毫不犹豫地拿下。

房子有两间大的卧室，有异常宽大的高顶客厅，落地窗齐刷刷地呈圆弧形环绕着客厅。打开客厅玻璃门有一个很大的阳台，放眼看去，整个上海都在我眼前，这样我可以我经常约致远、宁致恒、赛凯琳或者金刚到我这儿晚上一起喝咖啡，特别正儿八经地玩桌游。

这根本就是一个天然的*Lounge Bar*啊，我甚至打算在这儿开一个咖啡厅，如果物业允许的话。

我入住那天，宁致恒叫绿化公司在阳台上弄了两个大花架，又弄了一批新鲜的藤条植物过来，爬满木质的花架，然后他特别得瑟地在阳台点了根烟说："就没有我宁致恒办不到的事儿。"

我说："那你飞啊，你飞到远处那个莱佛士大厦去啊。"他说："以前没发现，你还挺不讲道理的。"

新家是柏铭哲陪着我一起布置的，因为不是自己的房子，所以我们只是从简地买了一大堆早就看中的家具和生活用品。那天我们把家里里外外擦了个遍，最后，我和柏铭哲两个人累得趴在阳台的沙发上，他很快就睡着了。

夜幕在上海的天空铺开，看着星星点点的大厦和周围亮起的霓虹，我有种说不明白的不宁心绪。看似平静的生活下面，涌动着无数无法预知的未来，对于未来，又有一种恐惧，而这种恐惧，仅仅源自于自己荒唐的直觉。

柏铭哲的公司依然没找到合适的买家，原先两家有意向的公司最后给的价格都不是柏铭哲的心理价位。每周，他脸上会多出新的伤痕，他爸爸依然和他闹得不可开交，我总是在他看不到我的时候，才敢偷偷地心疼落泪。

我现在能做的仅仅是好好工作，信任他，等待他，其他的，我什么也做不了。

有一天夜里，他睡着后，我一个人到了阳台，宁致恒给我种的藤条已经爬满了花架，我抱着腿坐在沙发上，看着不见底的夜空发呆，喜忧参半。

我给曾静打了个电话，她还没睡。电话里，她兴奋地告诉我，她发现西安有一家特别正宗的羊肉泡馍，下次一定要带我去吃。我没说太多话，只是安静地听着她说话。

她知道我肯定又因为致远和柏铭哲的事情烦心，所以她一直不停地和我叨叨她在西安生活。曾静是我们几个里最年长、处理事情最成熟的一位，从前，我遇到任何解决不了的问题都会告诉她，她一定教我怎么解决，或者帮我解决好，她一直是这样。

天快亮的时候，我突然听到柏铭哲在大声地喊我的名字，我急忙打开阳台的灯。

他见到我，立马从客厅跑出来抱紧我，他对我说："不要离开我，纪忆。"

我紧紧回抱住他，"不会的，我在这里，一直都在。"

致远每天都会上来看我，宁致恒很少陪他一起过来，两兄弟经常在我面前上演感人亲情戏。我听说宁致恒每天睡前都会亲吻宁致远的额头，这让我很嫉妒，因为这会让我想起我爸爸，他也会在睡前这样亲吻我的额头，我爸爸离开我已经快十七年了。

有一天，致远又上来看我，他递给我一包种子说："哥哥让我给你的。"

然后直接跑到我家阳台上，蹦到沙发上，问我："纪忆姐，你不觉得我有点儿像哈尔吗？"他说的哈尔是宫崎骏的经典动画角色之一。

“像，你们都是美男。”我坐到他身边，接着问，“那你觉得我像哪个角色呢？”我支着头，开始神往那些日漫里的美少女角色。

“我哥哥说你比孙红雷好看！”他说完递给我一包薯片。

我张开嘴把整包薯片倒进去，幻想嘴里的薯片是宁致恒，然后咔嚓咔嚓地嚼碎，吞到肚里，然后我对致远说：“你知道你哪里最像哈尔吗？你们都很自恋。罗玉凤也很自恋，赛凯琳也是，这是你们几个人的共同点之一。”说完我特别得意地夹了片柠檬，放到汤水里，玻璃杯里顿时出现了很多气泡。

宁致远斜着眼扫了我一眼，端起杯子一口干掉，估计因为我加了罗玉凤进来，噎到了宁致远。

不过，致远确实说过和哈尔一样幼稚的台词，那次在英国，大清早的，他突然灵光乍现地对我说：“姐姐，你说人要是不漂亮，活着还有什么意思？”我听完这句话后，立马开电脑给他看赛凯琳的照片。我觉得他们会成为全世界最好的朋友，因为赛凯琳就是只为了美丽而活着的女人，她也曾无数次向我大概传达过类似的信息。

赛凯琳在高中时候还对我说过，她会在鱼尾纹出现在她脸上那天上吊自杀，后来出现了肉毒杆菌，她又说她会在法令纹出现的时候，服毒自杀，后来出现了玻尿酸……她说，上天有好生之德，我还能说什么？

赛凯琳的婚礼最后选在金秋时节举行，我告诉赛凯琳，等柏铭哲公司转让成功，我和柏铭哲也会和她同一天举行婚礼。我知道，赛凯琳一直在等我和柏铭哲的消息，她婚纱都已经买好了，蜜月都计划好去印度，她说那儿有令她神往的泰姬陵。我永远读不懂这个女人，她就是说去煤窑里度蜜月我也一点儿都不吃惊。

我和赛凯琳小时候就约定过，要在婚礼上一起做最美的新娘。她的婚礼布满保加利亚玫瑰，我的婚礼布满香水百合，但目前柏铭哲这边还有一些事情没处理完，我实在不愿意再耽误我姐们儿的幸福，她这辈子最大的理想不就是做唐皓宇的新娘吗？

金刚依然每天变换不同的造型出现在我们中间，乐此不疲。她的眼睛依然每天像验钞机一样审视着周围男士的装备，用价码衡量着男人的价值。

唐皓宇依然星途坎坷，没有大的广告和影视剧找他合作，倒是有个三线的内裤品牌找他去做男模。照片里的唐皓宇搔首弄姿，丁字裤也上阵，我甚至在淘宝上看到过他拍的情趣内衣广告，我有些心疼，心疼他，心疼赛凯琳。

有一次，我陪赛凯琳逛超市，我直接带着她跳过内衣区。我不想她看到那样的唐皓宇，因为任何人都不会想看到自己的爱人赤裸着身体出现在大庭广众下，还贴上一个价码。我也从来没向赛凯琳提起过，我宁愿她永远以为我没看到过这些照片。

曾静还在西安，公司给她安排了长期的培训任务。我们依旧经常通电话，她依旧告诉我羊肉泡馍有多好吃，好几次她都说重复了，但我一点儿都不介意。我喜欢听到她的声音，那永远让我觉得很安全。

最后，她对我说："丫头，我妈说上次看到你瘦了，你要多吃饭知道吗？你别整天在外面吃，去我家啊，我妈天天念叨着，你不知道我现在多想念妈妈做的家常饭。"

挂了电话，我鼻头酸酸的，我对生活没有太多抱怨，我觉得自己依旧够幸运的了。虽然我不能在父母身边，但曾静的父母特别疼我和赛凯琳。他们对我俩像待亲闺女一样，每次过年一定给我们塞一个大红包，虽然曾静家是我们几个家里条件最普通的。

我每个月都会换上英国的手机卡给妈妈打个电话，下午下班时告诉她我现在刚刚吃完早餐，英国天气依然寒冷。

在柏铭哲和我把婚事定下来之前，我实在不愿冒险让她知道我现在已经身在上海。

工作的时候，秦慧妍依然每天把我当男人一样使唤，偶尔她会给我鼓励的笑容。但这已经很不错了，因为朱敏告诉我，她来公司两年，基本没见过秦慧妍的笑容，她曾经一度以为秦慧妍面瘫了。

生活里的秦慧妍则完全不是这样，我甚至觉得她寒冰一样的面具下住着一个温暖的梦幻少女。她迷恋*Hello Kitty*，迷恋泰迪熊，迷恋蕾丝和少女系列香水，我说："那你还不让我用少女系列香水？"虽然我一点儿都不认同那款少女香水。

她又立马正襟危坐地告诉我："生活和工作是两码事。"

她越来越频繁地约我和朱敏一起逛街，有一次她叫我和朱敏去外滩一家老字号的餐厅找她，去了才知道，那天是她生日。孙阳那天去香港出差，就我们三个人，我问她为什么不多叫几个朋友来庆祝呢？秦慧妍笑笑告诉我，她没什么朋友。朱敏听完立马抓起她的手，含着泪说："上海就是你的家，你看看餐厅里的这些人，他们全是你的家人。"我听完浑身一阵鸡皮疙瘩，不过朱敏确实把全上海的男人当成她的家人，她经常露出闷骚的娇羞表情告诉我："今天我该翻谁的牌子呢？还是威猛先生吧，他又找我了。"

她说的威猛先生是她一位多年的炮友，她说他是她的*Mr.Muscle*，和某厨房用品品牌同名，所以翻译过来就是威猛先生。这位威猛先生对于她非常可靠、安全，因为两人永远不涉及感情和利益，仅仅是纯肉体上的快乐。朱敏告诉我，她这辈子都不打算结婚，不会生养小孩儿，游戏人间是她的生活主题。

至于宁致恒，除了陪致远，其他时间基本都用在研究投资上，他的美国同学最近回到了上海，他经常约我帮他做投资分析。我辅修过这个课程，每次结束他都会送我一束花作为感激。

他依然是走在街上气势凌人的帅哥，小区里很多女生每次见到他要么就是故意滑倒，要么就是步履故意放慢，甚至有一次有一个头戴大花的女孩走过来问他："你好，帅帅，请问杭州怎么走？"他听完非常礼貌地指了指前面说："直走。"然后女孩点点头，微笑地顺着他指的方向走了下去。

宁致恒笑得上气不接下气，我斜了他一眼说："哟呵，挺抢手啊。"

他挑了挑嘴角笑笑说："那是，和我走一块儿感觉特有脸吧？哈哈。"

"你和致远不愧是兄弟，不就是长得帅吗？能当卡刷吗？你待会儿吃饭直接刷脸啊！"

其实我很欣赏宁致恒，帅气、上进、贴心，还有一种让人不反感的聪明。

Chapter

6

信任危机

相信我的话，我把实情奉告
生前和死后你都是我的女王
因为我的死会使你了解真相
你的一双大眼睛能一下把我杀掉
它们的美已使我无法再安详
我的心上被刺出剧痛的创伤

——弗吉尼亚·伍尔芙

清早醒来的时候，清凉的微风穿过纱帘，阳光照在地毯上，空气里看得到细微的粉尘，扑鼻而来的是一阵浓郁的咖啡香，这是我一直梦寐以求的生活，有一帮可以为你两肋插刀的朋友，有一份高薪并且你有兴趣，而且擅长的工作，再有一套品质上乘，有落地窗，有阳台，有落地灯和大床的房子（虽然现在这套公寓还是租的），最后也最重要的就是，房子里除了我，还要住着一个对我宠爱有加的老公，比如每天他会提前半小时为你准备早餐，冲上一杯咖啡，像现在这样。

我一如往常地走进洗手间，那个在阳台上，纯玻璃墙面的洗手间，洗澡，换衣服，喷上香水，然后到厨房和柏铭哲接吻，然后我会在厨房待上一会儿，看着美男操持家务是一件赏心悦目的事情。每天吃完早餐，柏铭哲都会先开车送我去公司。

有一天早上，我进公司刚经过前台的时候，朱敏就朝我小碎步飞快地追上来，拉着我的胳膊，朝我笑了笑，挤眉弄眼地说："纪忆，秦姐不是说了让你不用这个少女系列的香水吗，太甜了。给，我送你的。"说完她递给我一个*LAVIN*的手提纸袋。

"给我的？这不是少女，你们不懂，这是轻淑女，这香水的锁定人群是十八到二十四周岁的女孩。"我实在按捺不住自己的憋屈了，不就是一瓶香水吗？秦慧妍还没释怀吗？

"十八到二十四？你想抓住最后的尾巴？你不会想要挑战女魔头的承受力吧？

昨天一个化了彩妆的女翻译刚被开除了，你快拿着，我都已经买了，就当我送你的见面礼吧。”说完她把香水塞给我，什么叫抓住青春的尾巴？技术上讲，我依然是这个年龄区间的啊，虽然已经非常靠后了。

“那好吧，她就是要拉我们下水，组个处女联盟之类的，巴不得我们嫁不出去。这样吧，我把钱给你，多少钱。”我很不情愿地把香水往包里一扔，打开皮夹对她说。

“拿着吧，多大点钱啊，你就当是我提前送你的生日礼物，行了吧？对了，你们十点要开会，别给忘记了啊。”朱敏把我的皮夹塞回包里，一边环顾四周，一边咬牙切齿地对我说，跟个女特务一样。

“那这样吧，下班我请你吃饭，说定了，然后我们一块儿逛街？”我有些不好意思。

然后我拿着香水发现我更喜欢朱敏了，我一直相信相由心生这个说法，有些人你第一眼看到就打心眼里喜欢，比如朱敏，我来公司报到的时候见到的第一个人就是她，她是典型的南方女孩相，清秀、甜美，简单的淡妆永远给人舒服的感觉，这就像她的个性，毫无攻击性可言，我一直觉得她做公司接待是对人力资源的一种浪费，没收到香水之前我怎么就没意识到呢？

进了办公室，我看到秦慧妍又戴上了往日女魔头的冰冷面具，我觉得她应该去银行当保安，强盗看到这张脸都会闻风丧胆，或者去医院推销墓地，一见到家属就过去对家属说：“节哀顺变。”然后把名片递过去，家属会接过名片拉起秦慧妍的手说：“你也是，姑娘。”她全身上下就是一身黑啊，黑色的职业装，黑色的皮鞋，黑色的镜框眼镜，不过几个月下来，我已经非常适应她这样的装束，我有一次和她去酒吧，她也是这样的打扮，那天我在想怎么没有一个男士过来搭讪的呢，后来一个卖花的女孩走过来，对秦慧妍说：“姐姐，送枝玫瑰给你女友吧，你们会幸福的。”我当时一口洋酒喷了出去，最后只好硬着头皮把玫瑰给买了，看到我们这“一对”的时候，全场的男士终于兴奋起来了。

那天下班后，我请朱敏去吃了日本料理，刚好赛凯琳和金刚也出来逛街，大家就凑到一块儿了。金刚突然鬼使神差地说请我们喝茶，我当时和赛凯琳对望一眼，我看到赛凯琳也一样惊异地瞪大眼看着我。

“我先跟你说啊，茶室那种地方可没有你期待的香芋奶茶，都是铁观音、碧螺春一类的。”赛凯琳真的可以做我肚子里的蛔虫，她极其精准地表达了我的顾虑。

“碧螺春？我不喜欢那些洋鬼子的玩意儿，那换个地方，我们还是找个咖啡厅吧？有香芋奶茶的那种。我要喝一杯美式咖啡，还是我们中国人的东西来得实在。”金刚一边说一边拿出一个巨大的粉扑往自己脸上扑粉，都不知道哪儿买得到这么大的粉扑。

朱敏听完拉着金刚大笑了出来说道：“哈哈，你好幽默。”金刚放下粉，眨了眨眼问我：“你朋友怎么了？”赛凯琳对我们仨翻了个大白眼，气急败坏地往前走。

刚进咖啡厅，金刚就突然跑到我们几个人前面，快步走到一个靠窗的位置，身后是洗手间，怎么选的位置啊？然后我看到有一位穿得风度翩翩、长相英气逼人的男士坐在我们隔壁桌的时候，我就明白了，赛凯琳和我相视一笑，坐了下来。金刚瞬间进入了作战模式，她又开始反反复复地用各种古语加英文大声地和我们聊天，而且到了炉火纯青的地步。

当服务员走过来问我们喝什么的时候，金刚撩起头发，转过侧脸，眼睛看着地面，对服务员说：“美式*Coffee*(但她的发音是“卡废”)就*sure*了，味道甚好！”服务员瞬间打翻了一个杯子。朱敏又一次不识抬举地捂着嘴笑说：“你真的好幽默，我爱死你的幽默啦，哈哈哈！”

当金刚手机响起来时候，她立马用低沉的烟嗓娇羞地接起电话说：“知道了，讨厌，你*laugh*人家，嗯，感冒要多喝一点*water*, 这样对你比较*good*, 我*and*朋友们在*drink*东西，*bye!*”然后身后那位目标男士瞬间打翻第二个杯子，赛凯琳把头凑过来问：“她不是停机了吗？又自己设定的闹钟吧？”

当赛凯琳告诉我婚礼举行的备选酒店的时候，金刚马上正襟危坐地猛一甩头发说：“*say*实话，我觉得应该选择*big*一点的酒店，这样可以多一些*people*，你怎么*think*的?”说完她特别认真地看着赛凯琳。这次悲剧发生在赛凯琳的裙子上，因为朱敏听到这一段打翻了第三个杯子，而且还不停地捶打着我的手臂说：“天生的相声演员，好，好，有你的，哈哈哈！”金刚清了清喉咙看了看我，眼神发的信息是：“你这个朋友到底怎么了？喝多了吗？”

隔壁桌的男士估计实在听不下去了，这好好一段咖啡时光被我们几个给搅黄了，起身在桌上放了一张红色纸币，潇洒走人。金刚凑到我耳边说："你朋友把别人吓跑了。"

接下来到了赛凯琳的演讲时间，她整个晚上基本上都是围绕着婚礼、感情、装修、时装、男人这几个永不落伍的话题展开，虽然我很不喜欢"轻熟"这个词，这让我想起了包里的香水，它在提醒我，我即将告别轻熟时代。

到了后半场，我倚在沙发上，半闭着眼听朱敏和赛凯琳在猛侃，俩人就像失散多年的姐妹一样不停地"姐姐，你说得太对了"，"妹妹，你太明白我了"，"姐姐！这只是酒逢知己千杯少啊，我先喝一杯"，"妹妹！海内存知己，天涯若比邻！我先干"。我实在看不下去了，俩人举着两杯果汁装什么小太妹呢。

金刚则醉翁之意不在酒，整晚眼睛继续在四处打转，像猫头鹰一样的锐利，她依然在捕食。

结束的时候，赛凯琳和朱敏要了电话，俩人还热乎地拥抱了起来，离开的时候还亲了亲脸，有这么聊得来吗？干脆去静安寺结拜好了啊。

回到家的时候，已经是午夜了，我打开门，家里没开灯，我以为柏铭哲已经休息了，于是赶紧把鞋脱了，踮着脚蹑手蹑脚地往里走，刚走到客厅，就看到阳台的灯开着。我推开门，看到柏铭哲一个人在阳台上，背对着我，戴着耳塞。

"*Hello!*"我伸出手环绕在他身后。

"回来了？"他取下耳麦，侧过脸亲吻我，对我笑笑。

"怎么了？你有心事哦。"我从他身后抱着他，脸贴在他的衣服上。

"呵呵，没事，别担心。"

"我猜猜看，是转让公司的事情，对吗？傻瓜，我们现在生活得很好啊，转让公司肯定需要一个过程。"风有些凉，我抱紧他，趴在他背上，闻得到他沐浴乳的味道。

"老婆，我最近总在想些事情，你这辈子都不会离开我的，对吗？"他转过身，抓着我的手说。

"不会，你别胡思乱想，知道吗？还疼吗？"我用手轻轻拍了拍他的脸。

"不疼了，老婆，这些你就当是上天对我们的考验，我以后用一辈子补偿你，好吗？对不起，让你受委屈了。”

“什么话，我一点都不觉得委屈，看到你为了我这样付出，我已经觉得是全世界最幸福的人了，真的。”我把脸贴在他胸口，听到他的心跳声。

第二天早上醒来的时候，柏铭哲已经不在我身边，床上有个便笺写着：

老婆，我最近几天都会很早去公司，不能送你上班了，有个客户对我的公司很有兴趣，这几天是最关键的时候。你多休息会儿，早餐给你做好了，我爱你！晚上见。

便笺下面是他的手机，糊涂鬼，肯定最近都忙晕了，我赶紧起床去地下停车场，但到停车场时，车还在，但人已经不在了，难道打车去了？我带着手机回家，接着手机收到欠费通知，这几天他果然是忙昏了，后来我才知道，那天柏铭哲身上已经没什么钱了，他是坐巴士去上的班。

我没想太多，把手机放在家里，拿着包往公司走，上海的春天真讨人喜欢，天空是无限透明的蓝，极高的能见度里日光倾城。

今天一到公司就看到一堆女同事全凑在会议室里，包括了朱敏这样的前台职员，我在想，不会是秦慧妍穿了粉红蕾丝来上班吧？除了这样轰动的新闻外，没有什么事情能让这堆女人聚一块儿的，我也凑热闹挤了进去，朱敏看到我就兴奋地连蹦带跳地说：“我第一次看到这么多名表和名包，比逛家店还过瘾，很多都还没上市呢。”我扒开前面几个女同事一看，这不是那家*H*开头的奢侈品店的产品吗？

然后我看到了那块我在英国仅看到过一眼、在上海就找不到了的手表，我当时可是存了一年的生活费啊，就为了这块希拉里在联合国大会上戴过的女士腕表，我赶紧一把把手表抢过来戴在自己的手上。

“这根本就是为我订做的啊，你看，有没有一种睁不开眼的感觉？”我问朱敏。

她根本没空理我，就像在菜市场抢黄瓜的大婶们一样喊着：“你放下那个包，是我先看到的，说你呢，那个长得像林正英的女同事，请你放下包。”

接着秦慧妍走进来了，“都给我放下，你们当这里是百货公司呢？除了负责这场口译的职员，闲杂人等一律出去。纪忆，你留下。"

接着五秒后，办公室里就只剩下几个带着黑色镜框、喷着淑女香水的女职员了，包括我。

"相信大家都知道了，这家公司的中国产品发布会选了我们公司合作，我需要从你们之中选出三人来负责这个会议，必须是对时尚比较了解的女同事，我是第一个，还需要两位，请你们用英文向我描述一下眼前这堆产品，我会随便抽几个物件让你们介绍试试看。你们挨个进我办公室，我会叫朱敏点你们的名字，给你们三分钟准备一下。"说完她拿起一副墨镜戴上，提起个包特别自信地离开了。

那天的会议最后选了我和外国语学院的小李玉刚两位，其实我觉得我们公司里最懂女人时尚的是小李玉刚，下班前，我偷偷跑到秦慧妍的桌前说："秦姐，我觉得你是我们公司里最时尚的女人，你真的特别特别懂时尚，你看这包，这眼镜，你这架势。"

"说吧，想要哪个？我们可以拿到它们的内部价。"姜果然还是老的辣。

"就这块表，我想要好久了，国内没上，国外断货了。"我指了指她桌上的手表。

"有眼光，它家今天送过来这堆样品里，我最喜欢的也是这手表，但很遗憾，这手表他们不销售了，国外可能还会上最后一批，但限量的，我只有祝你好运了，纪忆。其他的倒可以，这手表，点名得归还才行。"秦慧妍说完指了指桌上的目录册说，"下周有另外一家公司的产品送过来，你看看有没有喜欢的，选一个，我让他们到时候一起带过来。下班，回家，你带回去看吧。"说完秦慧妍把墨镜往她早上拿的包里一扔，起身走人。

我内心一阵扭曲的憋屈涌上来，你不能给我也行，但你别让我看到啊，你这根本就是给了一只极品雪茄后，告诉我，打火机没气了啊。

我气冲冲地关了办公室的灯走人，走到一楼大堂的时候，我看到赛凯琳像女雕塑一样立在大厅中央，很多经过的男同事都纷纷观摩，有的还拿出手机来拍两张才过瘾，女同事看到则大多数把眼睛朝上翻，和比目鱼一样，赛凯琳朝大家微笑着挥手，和英国女王似的，我一把把她拉到角落问："你怎么在这儿啊？"

"找你啊。"她对我笑了笑，还真好看。

“那你干吗弄得跟展览似的啊？大家都围着你看呢，我可是在这儿上班呢。”

“没办法啊，这人漂亮也不是我能控制的啊。”说完她依然保持微笑对远处的保安挥了挥手。

“你的人生就只剩下漂亮了，白骨精。”我有些忍俊不禁，赛凯琳确实是我见过最妖娆的女孩，但也是我见过最自恋的女子。

“是啊，因为漂亮我才能活下去，所以当然要漂亮喽。”她说完这句让我想起了咱家致远。

“找我逛街吧？金刚呢？”我带她走出大厅。

“去她妈店里了，我要去个地方，想你陪我去。”赛凯琳说完朝我挑了挑眉，特别神秘。

“你不是有了吧？”我第一反应就是去堕胎，我先是张大嘴，然后嘴角开始不自然往上扬。

“你才有了呢，说什么呢，我和唐皓宇不是秋天要结婚了吗？唐皓宇意思是让我妈来参加婚礼，你觉得呢？”听赛凯琳这么一说，我就有些笑不出来了，其实我一直想问这个问题，但赛凯琳曾经特别严肃地警告过我们，在她面前不能提她妈，她们之间的仇恨只能用不共戴天来形容，这是她当年的原话。

“支持啊，这毕竟是你妈，你们也闹了这么多年了，这结婚就是一个很好的契机啊，我觉得你应该告诉她一声，你继父也离开你们这么多年了，她一个人，挺需要你的。”我说完不自然捏了一把汗。

“别提那个贱男人，我这是说我妈，干吗把他扯一块儿来说？”赛凯琳对我翻了个白眼，接着说，“那，你陪我过去？”

“好，但我只能在车里等你啊，你一个人上去，你妈要是见到我，准会告诉我妈，那我才歇菜了。”

“行，你说我送点什么好呢？”

“你这是回家，不是去做客，就这样回去。”

赛凯琳朝我笑笑，憋都憋不住地乐，她其实一直在期待这一天，和我一样，谁不想自己的妈呢？

到了小区门口，赛凯琳把车往门口一横，车门一摔，一副去炸碉堡的架势，保安拉开窗户看到是赛凯琳，立马打开护栏。赛凯琳曾经把无数东西朝这个保安窗户砸过去过，包括饼干、可乐、鞋子，最后是一摞课本。

半小时后，赛凯琳回来了，她拉开车门，蹦到车座上，我正准备唱《世上只有妈妈好》呢，但看到她眼神呆滞地看着前方，不说一句话，我知道肯定又不顺利了，她很少有这样的时候，高三那年我见到过她这个眼神，她那天也是这样，眼看下方，空洞得万籁俱寂。

“怎么了？出什么事呢？告诉我。”看来我确实对赛凯琳和她妈妈关系太过乐观。

赛凯琳没说话，只是把车猛一个调头，一脚油门踩下去，朝陆家嘴飞驰。

我也不敢再吭声多问一句，停下车后，我跟在她身后，她没有直接回家，而是往宁致恒家走。

宁致恒过来开的门，见到我们刚准备咧开嘴笑，赛凯琳已经朝他房间走去了，我对宁致恒摇摇头，跟在赛凯琳身后。她坐在宁致恒床上，背对着门，看着落地窗外鳞次栉比的玻璃写字楼，我坐到在她身边，等她和我说她想说的话，或者就只是这样陪着她。

“他回来了。”赛凯琳说完这一句，眼泪就决堤了，她使劲掐自己的手，我心疼地抱着她。

“你继父？他回来了？”我还是有些惊异，因为这个人已经消失太多年了。

赛凯琳点点头，侧过脸，眼泪一直往下掉。我赶紧拿纸巾给赛凯琳擦眼泪，然后一直道歉：“对不起，对不起，凯琳，今天我不应该让你回去的。”

“不关你的事，那个混蛋回来了，呵呵，我是开心，我是真的开心。”她突然间又笑了出来。

我有点儿傻了，但也立马意识到了事态的严重性，赛凯琳擦干眼泪站起来对我说：“你能再陪我去一个地方吗？我今天必须要去那儿。”

“行，哪儿我都陪你去，到底怎么回事啊？”我回过头看到宁致恒双手插袋，瞪大眼睛看着我们。

“你记得吗？高三有段时间，我突然消失了，我当时告诉你们我离开了上海。”赛凯琳靠在玻璃上，抱着手对我说。

“记得。”我有些怕，我不敢往下面猜，我也绝对不允许我猜测的事情发生在赛凯琳身上。

“我继父，他那时候强奸了我。”赛凯琳说完这句就哭破了音，身后递上来一盒纸巾，我回过头，宁致恒怔怔地看着赛凯琳，一语不发。

“傻丫头，你怎么现在才说啊你？”我自己却哭了出来，我站起来，心疼地为赛凯琳擦眼泪。我是知道的，她高三消失了一段时间后，性情全变了，我知道她身上一定发生了一些事情，但我从来没想到事情可以卑劣到如此程度。

“没事，我替你弄死那混蛋去！他在哪儿？”宁致恒说。

“我不是不想说，呵呵，我是不敢说，我觉得自己很脏，他是我继父，我被我妈的老公强奸了。”塞凯琳趴在我肩膀上，她身体止不住地颤抖。

“没事儿，都过去了，凯琳，再也不会有人伤害你了，知道吗？我不会再让任何人伤害你了，我发誓，我们现在就去找那混蛋。”我拼命地擦赛凯琳的眼泪，但好像永远擦不干净，我对赛凯琳挤出一个笑容，我能给的目前就只有这么多。

“不，你们陪我去警局，我想堂堂正正地和这个混蛋较量。”赛凯琳抬起头看着我，眼神无比坚定。

“好，我们现在就去，我打电话给唐皓宇。”我掏出电话。

“不要打，不能告诉他，告诉他就完了。我的世界里，只有他了。”赛凯琳拉住我的手。

“好，凯琳，那我陪你去。”我收起手机，在赛凯琳这件事情上，她现在有勇气去面对，已经是全世界最了不起的女孩了，我尊重她所有的决定。

“等我一下，我和致远说一声，我陪你们去。”宁致恒说了一句，赛凯琳点了点头。

到了警局，是赛凯琳一个人进笔录室的，进门之前她回过头朝我和宁致恒笑笑，我看到却觉得无比心疼，也瞬时觉得我们真的都长大了。

宁致恒陪我坐在长凳上，我想起了我们成长的岁月，这些岁月里注定有一些伤害是无法原谅的，有一些罪恶是必须惩戒的。

一个小时后，赛凯琳从笔录室走出来，她的脸上是淡淡的笑容，她又恢复了往日的自信，过去几个小时对于她好像什么都没发生过一样，走到我和宁致恒面前简单说了句“回家”。

我和宁致恒跟在她身后，警局里所有人都对赛凯琳行注目礼，赛凯琳像女王一样踩着高跟鞋，走得器宇轩昂，这一秒，我觉得她美得像钻石一样的夺目。

回到宁致恒家，刚一开门，致远就扑到他哥哥怀里，然后满脸笑容对我说：“纪忆姐，你今晚和我睡吧，我们好久没一起睡了。”

“那可不行，纪忆明天要上班呢，你又不懂事了，周末再陪你吧。”宁致恒像揉宠物一样，揉着致远软软的头发。

“那今晚我不是会很可怜？”致远立马摆出一副楚楚可怜样。好吧，我承认，我对他这种攻势真的没有抵御力，我正准备点头的瞬间。

宁致恒笑瞪着致远说：“你演，继续演，你这样哥哥不给你买新电脑了，又不懂事。”

“哈哈，那哥哥和我睡。”致远狡猾地朝宁致恒眨了眨眼，大笑起来，然后一股脑儿钻进他哥哥怀里。

“你自己说，你有一天自己睡的吗？你好意思吗？这么大人了？”宁致恒语气里依然都是宠溺，我快心脏麻痹了。致远不好意思抬头看了看我。

第二天，在公司的合作酒店有一场医药研讨会的翻译，秦慧妍再一次带着我出马，翻译里我最怕接到的就是生物医学翻译，意味着我要用英文表述那些中文我也说不来的生物名词，不过因为是交替传译，倒也轻松了很多，交替传译的好处是我可以一边做鬼画符笔记的同时，一边可以给同事手势，要她立即给我准备突发新词汇，稍后再给补上。这很冒险，但没办法，你不会的英文，就是不会，但好在专家在会议前都会给我一份涉及的词汇表，翻译时很少会出现范围之外的新词汇。

中场休息的时候，金刚打电话过来约我下班一起逛街，她就在附近健身会所里学瑜伽，我说效果怎么样，她说每次都是还没开始就结束了，我说怎么呢，她说老师每次都是让她先坐，她坐了一下午后，老师就说静坐练习结束，可以回家了。

其实她去健身馆的主要目的是去偶遇托•里奇•汉森（*Tall, Rich, Handsome*——高富帅），我还不了解她吗？心思缜密的小巨人。我给赛凯琳也去了电话，干脆下班后一起逛街去吧，曾静以前说我们之间的友情很大程度上建立在共同败家的爱好上。

会议结束后，秦慧妍朝我满意地笑笑，拍拍我肩膀，对我说："恭喜你终于从你自己抽脱出来，即将变成下一个我！"我怎么听怎么别扭。说完她戴上墨镜，弄得跟一个黑社会大姐头一样的，提着包特别自信地离开。现场掌声雷动，喂，做翻译的是我啊，秦慧妍今天就是一个打酱油的，我跟在她身后咬牙切齿的，跟个小跟班一样地离开会场，到了一楼，秦慧妍回过头又一次拍了拍我的肩膀说了一句："加油！"加油？加什么油啊？我不挺好的吗？我还没来得及说半句，她已经离开了。

我在大厅找了个沙发坐下来，等金刚和赛凯琳，打开手机玩保卫萝卜，后来我都打通关了都不见两人的身影，于是拿出手机来玩自拍，拍了几张发现穿这套职业装怎么拍也拍不出我想要的梦幻系列，准备把手机收起来的时候，我看到了在前台边上的唐皓宇，我正准备起身和他打招呼，突然他身边有个女孩往他脸上亲了上去，唐皓宇把手放在女孩的腰上，美得跟陈世美似的。全程他们都没有看到我，他们拿着房卡，他们走进电梯，电梯门一关，电梯就像子弹一样射向高处。

我脑袋一直听到嗡嗡的声音，就像一个拳击手重重一拳打在我的太阳穴上一样。

几分钟后，我才缓过神，理性告诉我应该立马掏出手机给唐皓宇打电话，制止他，无论有没有太迟，有没有用，我都得这样做。我拿起手机，刚准备拨号，赛凯琳就和金刚进来了，赛凯琳依然是女王一样的架势，给我一个皇恩浩荡的笑容，金刚则一进门就是一句："今天路上堵*CAR*，我们没迟到吧？"

我根本不敢看赛凯琳，好像是我和唐皓宇开的房一样，她俩拉起我就往门外走，我一直听着她俩在聊天，我不知道该说些什么，我怕我自己一个憋不住把唐皓宇的事情全说出来，这样和把赛凯琳枪毙了没什么区别。

我整个下午的脸色都是青一阵白一阵的，发青是愤怒，发白是绝望。

看着赛凯琳一直带着我们在兜男装店，我就更加有罪恶感，在选两件衬衫的时候，赛凯琳拿不定主意，她准备打电话给唐皓宇询问情况，我刚准备阻止她，她已经拨过去了，响了几声后，她笑笑对我说："我老公挂了我电话，在赚钱给我花呢，嘿嘿。"

然后她拍了两件衬衫的照片发给唐皓宇，问他喜欢哪一件，接着她收到的短信是：“我今天加班，你看着办。”

“那就两件都买了吧！”赛凯琳冲服务员笑笑，她只有在给唐皓宇买东西时候会对服务员笑，她打开皮夹，把唐皓宇给她的信用卡在我们面前晃，接着说，“嘻嘻，嫉妒吧？我老公给我的，他告诉我随便刷！”

“那就刷啊。”我接了一句。

“不要啦，刷我的吧，他有这份心就够了，我以后说不定还要靠他养呢。”赛凯琳幸福地噘起小嘴，亲吻那张金光闪闪的信用卡，然后小心地放进她的皮夹里。

“是你养他吧？你们住的房子是你的，你们开的车是你的，现在买衣服还是在用你的钱，他给你买过什么啊？”我一下子没沉住气，我真想抢过赛凯琳手上那张唐皓宇的信用卡，把置地广场大厦给买下来，如果他卡里信用额度能有这么高，然后让他一辈子卖血卖肉地还他的卡债。

“你怎么说话呢，纪忆，你今天怎么了？你心情不好可以冲我发脾气啊，但你把唐皓宇也扯进来算怎么一回事儿呢？”赛凯琳说完把衣服往柜台上一扔，开始有点急了。

“我没说错，他根本就不像个男人。”我也急了，我实在没办法看着我姐妹往火坑里跳。

“那柏铭哲呢，他像个男人？你醒醒吧，纪忆，这是什么？”说完她从皮夹里翻出来一个纸条扔给我，继续说：“这是借条，你老公这个月都和我借了六万了。和你在一起的时候给你买这买那的，他一个人的时候，蹲在街边吃大排档。他车都开不上了，整天和别人挤巴士去上班。这叫男人？这像个男人？”赛凯琳说完把皮夹往包里一塞，转身离开了。

“凯琳，你回来啊，你们好好说，你等我一下，纪忆。”金刚说完朝赛凯琳方向追了出去。

我怔怔地看着赛凯琳和金刚离开的背影，像被拔掉电池的CD机，发不出一点声音。我转身离开了商场，我坐到路口的长凳上，街上人声鼎沸，行人摩肩接踵，每个人脸上都笑容满面，至于他们在开心什么，我也弄不明白，至少，没有一个人的脸是我这样的。

许久后，我的手机响了，是个陌生的来电，我接通手机，放到耳边。

“喂，老婆，是我，我手机忘家里了。我现在下班了，我在人民广场，你过来吧？我们一起吃饭，你下班没？”

“行，你等我！”我蹦起身离开。

“嘿嘿，美人儿，猜猜我给你买了什么。”见面后，柏铭哲神秘地把东西藏在身后。

“化妆品。”因为我家里的乳液用完了，我努力噙着眼泪，不让它掉下来，我知道我只要没有任何东西了，他都会给我买。

“老婆果然是冰雪聪明啊，嘿嘿，给，喜欢吗？”我接过一看，呵呵，光这只眼霜就得四位数了，其他瓶瓶罐罐加一起，如果不上五位数，我可以把自己倒挂在莱佛士大厦的顶上。

“谢谢老公。”我对他说，使劲挤出一个笑容，我想哭。

柏铭哲看到我的笑，立马脸上的笑容层层晕开。

“你的车呢？”我装作什么都不知道地问。

“哦，抛锚了，没开。”

“去修吧，明天早上继续送我去上班，我打车不方便。”我依然抿着嘴对他笑，看着自己心爱的人逞强才是全世界最难受的一件事。

“哦，好啊，呵呵，你开心就好。”他的笑容有点僵硬，柏铭哲一向不擅长这套。

“今天我想去那儿吃，可以吗？”我指了指对面大厦顶楼的旋转餐厅。

“老婆，我想吃火锅，我们下次再去那儿吃吧。”柏铭哲笑容有些尴尬，那家餐厅的最低消费在上海是高的出名的。

“走吧，我就要去那个餐厅。”我拉着柏铭哲的手直往那栋大厦奔。

到了餐厅，一坐下，柏铭哲就开始冒汗，我刚点了几个菜，柏铭哲就尴尬地朝我笑笑，然后说：“老婆，我来之前其实刚吃了挺多的，呵呵，你少点点儿，够你吃就行。”

我没理他，继续点，点到服务员跟我说：“小姐，你们要加椅子吗？你们是公司聚餐吗？”的时候，我才住了手。

“就这些，尽快上。”我说完把菜单往服务员身上一扔，眼前的柏铭哲低着头，浑身冒汗，他眼睛四处游移，除了落在我脸上，一直喝手中的热茶。

气氛越来越诡异，我每盘菜吃了一口后就起身说我饱了。

柏铭哲瞪大眼看着我，他第一次看到这样无理取闹的我，买单时候，柏铭哲尴尬地挠挠头说：“老婆，要不，你，你先买单，我明天给你钱，好吗？我，我今天现金没带够。”

“是吗？怎么办，我皮夹忘赛凯琳那儿了，我现在一分钱都没有。”我依然盯着柏铭哲的眼睛，他还是不敢看我。

“刷卡吧！”我一把把柏铭哲的皮夹抢过来，把卡递给服务员。

“先生请输入密码。”服务员在努力扮演着隐形人。

“对不起，先生，这张卡余额不足。”

“这张！”我把他的卡一张一张地递给服务员，柏铭哲像做错事的小孩儿，低下头，不敢看我。

“对不起，小姐，都不能刷。”服务员这次收起了笑容，眼神开始有些严肃。

“怎么？没钱了？打电话给你朋友啊，看还能跟谁借？哦，对了，你电话费都是别人替你缴的，怎么办呢？这样吧，我借你我手机，给，去打电话。”我把手机递给柏铭哲，眼睛里已经再也噙不住泪水，我心疼。

柏铭哲终于抬起脸看着我，他又变成那只眼眶发红的小白兔，他抿着嘴，把手背在身后。

“什么？你们没钱付款吗？我现在报警，你们站这儿，哪儿都不能去。”服务员极其粗暴地打断了我。

“柏铭哲，看着，你应该像这样付钱，这才是你。”我从包里掏出今天刚接到上次的同传薪酬，我拿出一沓裹好的人民币，重重砸在那个服务员的脸上，然后告诉她：“数钱找个角落去，这沓钱够你数一会儿了，剩下的赏你做小费！”服务员连忙慌张地向我们道歉。

我转身走人，柏铭哲跟在我身后，快到家的时候，柏铭哲从身后走上来，他拉着我的手说：“老婆，我错了，不该瞒着你。”

我甩开他的手，继续往前走。

“对不起！”柏铭哲绕到我前面，他的嘴唇在微微颤抖。

“你从小到大没坐过一次公交车，你没和别人借过一分钱，你从来不会因为吃顿饭而弄到今天这般田地，柏铭哲，我告诉你，我不允许你这样生活，我不允许！”我越说越激动，眼泪一直往外涌。

回到家，柏铭哲一直坐在阳台，我坐在客厅，两个人变成了两台被拔掉电池的*CD*机，发不出一点声音。

很久以后，天黑了，夜幕下的上海华丽至极，霓虹依然那个节拍在闪动，黄浦江上的游轮依然缓缓驶过，我站起身，朝阳台走过去。

“对不起，今天是我不对。”我坐到柏铭哲身边，头朝他肩膀依过去。

“你别道歉，老婆，是我不对，我不应该瞒着你。”他伸手揽着我。

“我知道，男人要的就这点自尊，今天是我过分了。”我亲吻他的嘴唇，接着说，“但是，你知道吗，从我戴上这枚戒指开始，我们就是一体的了，你的幸福才是我的幸福，我很依赖你，但我也是这个世界上最值得你依靠的人，你明白吗？因为我们都是对方的。”

“对不起，老婆，我知道了。”柏铭哲抱紧我说。

“呵呵，是爸爸对吗？把你所有经济来源都给断了？”

他缓缓地点头，柏铭哲身上依然是那股熟悉的沐浴乳的味道，樱桃的味道，他最喜欢的一种沐浴乳，每次我都会从英国给他带很多，从此每次看到可口的樱桃，我都会想起他。

“你放心吧，我公司已经在谈转让了，这几天就好。”他朝我挤出一个疲惫的笑容，眼睛空洞地看着远方。

“还疼吗？又多了个新伤口，看来你爸爸是位武林高手！”我轻轻地摸了摸他额头上的肿块。

“不疼，一点都不疼。”他朝我咧嘴笑了笑。

“我们只想有一个家，只想好好守护彼此，一件对于所有人都稀疏平常的事情，在我们这里却举步维艰。”我擦了擦眼泪，继续说，“两个人明明相爱，想要靠近彼此却这么疼。”

他的肩膀在轻轻地抖动，他哭了，我也眼泪打在他的胸口。

第二天一早，吃完早餐后，我拿出一张自己的银行卡递给柏铭哲，笑容满面地对他说："给，当家的！"

"行，听老婆的，我公司转让成功就把钱还给你！"

"嗯，必须要还，还要外加一辈子苦力来还。"

"嘿嘿，小财迷。"说完他又把我按在他怀里。

到公司上班的路上，我又路过那家玩具店，看到店家新进了公仔熊，我又给致远买了一只。

我带着熊刚走进大厅就碰到了朱敏，她满面红光地冲我笑，一看到我手上的公仔立马脸色一转说："快收起来，带这个来上班，秦姐会再次灭了你。"

"你替我收着，下班给我，女魔头发疯起来真的很恐怖，我看过她动手打人，一个年轻妈妈，就在这部电梯里。"我又想起前段时间在电梯里的秦慧妍打人事件。

"是吧，唉，我听说了，秦姐也挺可怜的，希望她快点走出来。"朱敏表情变得有些沉重，接过我手中的公仔摇了摇头。

"怎么了？这背后有什么故事吗？"她这么一说倒是勾起我的好奇，难不成真是有点*Psycho?*

"你不知道啊？去年，她儿子死了，被一辆黑色奔驰挤死在了幼稚园门口，当时她去接她儿子，经过了现场都没认出来死的是她儿子，后来知道后，她整个人垮了，半年后才回到公司，那天开始她就变得沉默少语的，过来这两个月才好了一些。"朱敏说完我想起了上次在幼稚园门口遇到一个迷路的小女孩的事情，难怪那天秦慧妍那么失控。

"你怎么不告诉我啊？我上次还说她整天穿黑色，和奔丧一样。"我顿时感觉对秦慧妍愧疚万分，也更打心眼里去佩服这个生活如此不一样的女人。

"我以为你是知道的，所以你以后别带这些玩具到公司里来刺激她了，她要是看到了，肯定还是会难受的。"

"我明白了，都明白了，上次在电梯里，在幼稚园门口，唉，我真糊涂！我得和秦姐道歉去。"我叹了口气，把公仔熊抢回来塞进自己包里，还好公仔熊不是很大。

到了办公室，我刚坐下，秦慧妍就走进来了，依然是一身肃穆的黑色，我对她挤出一个笑脸。

“咖啡？谁给我冲的？”秦慧妍指了指桌上的咖啡问。

“是我，秦姐。”我朝她笑笑，接着说，“秦姐，我以前如果有说话说错的地方，请你原谅我，对不起。另外，你今天真的很漂亮。”

“你有说错话吗？我怎么不记得了？把这些资料拿过去准备好，下周是绿地新楼盘发布的同传，周三，你做好准备。”然后她端起咖啡喝了一口说，“下次记得少放一点糖，谢谢你的咖啡。”她对我笑了笑，笑容比那杯咖啡还要温暖。

我抿着嘴朝她笑笑，接过她手上的资料，又开始了忙碌的一天。

晚上回到小区，我没直接上楼，而是在楼下的花园里一直打转，我找了个池塘边的长凳，坐了下来。

在这里看得到赛凯琳和唐皓宇的家亮着温馨的橘色灯光，但谁能想到这灯光下面是黑色暗涌呢，你永远不知道这股黑暗力量什么时候会摧毁一切。

这两天，我一直在想赛凯琳和唐皓宇的事情，再过几个月他们就要结婚了，我依然在想是否应该告诉赛凯琳我在酒店看到的一切。我现在告诉她，我说了，和枪毙赛凯琳没什么区别，我不说，则相当于在赛凯琳的包里塞了一个哑弹，你不知道什么时候会爆炸，但一经爆炸则是带来一场血肉模糊的腥风血雨。

“纪忆？”身后有人叫我。

“嗯？”我回过头，是宁致恒。

“怎么你一个人呢？致远呢？”我问。

“今天玩了一天，睡着了，在楼上呢，我下来抽根烟。你怎么一个人？你男友呢？”他坐在我身边，点燃香烟，身上是舒服的香水味，宁致恒永远是女人们梦寐以求的理想男士。

“不知道，我刚下班，坐会儿再上去。”我对他笑笑。

“吵架了？”他侧过脸，微眯着眼，笑容有些不羁，舔了舔嘴唇看着我。

“是啊，吵架了，不过是和赛凯琳。”

“你俩？唉，没劲，我还以为你和你男友呢，这样我就有机会了，哈哈。”他从口袋掏出一盒糖果递给我。

“宁致恒，有件事，我想听听你意见，假如，我是说假如，假如你看到你最好的朋友的男友和别的女人去开房了，你会告诉你朋友吗？前提是，你朋友真的很爱她男友，你说了的话，可能会毁了他俩的幸福，你不说，又瞒着你朋友，日后可能会带来更大的伤害，你会怎么办？”我接过糖果，侧过脸问宁致恒。

“我就知道，打第一眼看唐皓宇，就觉得那小子不是什么好东西，你应该告诉赛凯琳，如果你真当她是你姐妹。”宁致恒灭掉香烟，朝我吹了口气，然后抬起头，盯着天空大大的满月，五官更加深刻。

“那，人难免会犯错，是不是该我先找我朋友的男友谈谈呢？让他改了不就行了？你觉得呢？”我继续问，含着嘴里橘子味的水果糖。

“纪忆，我现在才发觉原来你和所有女人都一样，你们总是喜欢自欺欺人，我告诉你，男人偷腥只要有一次，他这辈子就绝对再也戒不了了，再说了，这偷腥一次和偷腥一百次，你觉得有区别吗？唐皓宇是混娱乐圈的，迟早玩死赛凯琳。”

身边刮起一阵清风，风里有一些说不上名的花香。

“那我应该告诉赛凯琳？可她现在还在处理她继父那件事，我告诉她会不会太残忍了？”

“你现在的仁慈才是对她日后最大的残忍，我问你，你可以眼睁睁看着你姐妹嫁一混球吗，毁了她一辈子的幸福？”宁致恒转过脸看着我问。

“你看得到星星吗？以前致远问过我，如果人与人之间的距离能够像星星一样不会改变，那多好？现在我也这么想。”我仰起头看着天空。

后来天越来越黑，星星却越来越少，漫天都是不同颜色的霓虹，我从包里拿出小熊递给宁致恒说：“把这个给致远，就说你给他买的，他喜欢你送他的小熊，比如*Aaron*。”他接过小熊冲我笑笑，从口袋里又掏出一盒奶糖递给我说：“这个作为报答吧。”

“你怎么随身带这么多糖啊？”

“致远喜欢呗，快上去吧，天还有些凉。”

接着的周末是秦慧妍的口译协会就职仪式，我和朱敏每人买了一大束鲜花祝贺她，她成功地在众多竞争对手中脱颖而出，拿到了翻译协会主席的位置。

她换上了从来没穿过的白色西装外套，剪了干练的短发，整个人看上去更加神采奕奕，我发自内心地欣赏这个女人，很替她开心，事实上，她绝对有资格胜任这个职位，秦慧妍真心是个厉害的好女人。

离开酒店的时候，在门口我碰到了宁致恒，他一身整洁的装束，西装，皮鞋，简单的条纹衬衫，合体的剪裁西裤，抹了发泥微微上翘的短发，还有模特一样的身形和骨骼。

“纪忆？这么巧？你过来是开会吗？”他看到我也有些惊异。

“嗯，结束了，你呢？”

“过来见那个我和你说过的美国同学，你不是帮我做过投资分析吗？今天带过来给他看看。”他扬起笑容，英俊不凡。

“行，那你忙，我现在回家找致远，他一个人吗？”

“没，赛凯琳和金刚也在，你过去吧，我晚点回来，带你们一起吃饭。”然后他朝朱敏礼貌地点点头离开，然后转过身补了一句，“纪忆，你今天很漂亮！”

“谁啊这是？我的妈呀，这太帅了吧，你认识？”朱敏从眼睛盯在宁致恒脸上那一刻开始就没离开过。

“帅吧？他就是宁致恒，我和你说过的致远的哥哥。”我带着朱敏朝路口方向走，准备打车。

“那，那，那致远帅吗？”朱敏兴奋得像一列疾驰的火车，呜呜地喷着烟。

“帅啊，怎么？我有照片。”说完我从皮夹拿出致远的照片给朱敏看，我在想这厮不会想两兄弟都要吧？不是说不交男友的吗？

“我不行了。”朱敏脱掉上衣，举着手掌给自己快速地扇风。

“我怎么觉得你就一女色狼啊？他们和你那些炮友可不一样啊，你别打歪主意，你怎么走？顺路的话我叫*TAXI*送你。”我扯了她一把。

“哈哈，我的炮友不见得就比他两兄弟差。我今天约了人，就在这个酒店，你懂的，就是上次我和你说的那个厨房用品，威猛先生。”朱敏诡异地朝我挑了挑眉。

“又开？你们干脆同居吧，天天开房的钱够你们付首付了。”我打趣她道。

“那我还上得了班吗，他外号一夜七次郎。”朱敏说完怪笑了两声，拍了我手臂一巴掌，还好不是金刚，不然我现在一定躺在马路对面的医院里了。

“行，周末愉快啊！我先撤了，周一公司见，悠着点啊。”

“行了，你路上注意安全啊。对了，我给凯琳买了个耳机，上次我陪她逛街没货了，你帮我给她。”说完她急匆匆从包里掏出耳机递给我，猴急的。

到了致远家的时候，果然赛凯琳、金刚都在陪致远玩桌游，见我进来，赛凯琳已经完全把我和她上次吵架的事情抛到九霄云外了，一见到我就喊：“你怎么才来啊？快快快，告诉我，我现在该出哪个色的牌啊，我玩不过致远，快过来帮我！”我还没反应过来，她已经把我拖到沙发上坐稳了，我把耳机递给她，她往桌上一扔，指了指牌，继续问：“哪个色啊？问你呢，快啊！”赛凯琳又扭着小蛮腰和我撒娇。

“黄色。”我接过牌和她一起对决致远和金刚，金刚依旧豪迈地爆着粗口：“操，还可以找人玩，放马过来，老娘不怕你，麻痹！”

“我就是找人，怎么了，你咬我？”赛凯琳一边说一边耍着无赖，翻起了白眼，致远也盯着手里的牌琢磨着。

冲突是生活千篇一律的主题，在冲突的缝隙间我们努力地找寻着细微的快乐，这是我们生活下去的主要信仰和目标。

我抓起牌，脱了鞋，蹲在沙发上，杀得金刚和致远片甲不留，赛凯琳在旁边拍手叫好，手舞足蹈，好像我真的就是她这个女王的一个小军师一样，不过我甘愿一辈子做女王的小军师，只要她能一直这样快乐就好。

游戏结束后，我回到家，柏铭哲还没有回来，我躺在沙发上很快就睡着了，最近总是很容易犯困，夏天快来了。

黄昏的时候，我的手机响了，是柏铭哲的电话：“老婆，我现在在医院，我鼻子骨折了。”

“怎么会？出什么事了？又是你爸爸弄的？还是你和别人打架了？摔伤的？行了，你先别说了，我现在就过来，你在哪个医院？”我问了一大堆问题后，自己挂了电话，穿上鞋急匆匆地往小区门口跑。

我刚坐上***Taxi***，手机短信又响了，一看是宁致恒的短信：我在酒店见到了唐皓宇，估计又过来开房的，你要管还是不管？

我没回短信，的士到了医院的时候，我塞了一百块给了司机就匆匆忙忙地跑下的士，朝医院急诊奔。

“纪忆？你给我站住！”我身后传来一个女人的声音，我顺着声音回过头，呵呵，没错，是她，是白傲菲。

Chapter

7

你的爱，宛若天堂

我害怕拥有灵魂， 我害怕拥有肉身

深奥的，危险的财产， 但拥有——并不能选择

——艾米莉·狄金森

“你是来找柏铭哲的吧？柏铭哲现在这样都是被你害的，还有脸过来吗？”

白傲菲移步到我前面，抱着手，眼睛像扫描仪一样地扫描着我，脸上依旧是浓妆艳抹，身上的香水味还是很呛鼻。

“你让开，我没时间和你吵。”

“纪忆，你放弃吧，柏铭哲现在都和他爸闹成这样了，我现在还告诉你了，无论你和他怎么折腾，你们是不会有结果的。两个月后，他还是一样要把我娶进门的。”白傲菲继续像机关枪一样对我进行扫射。

我绕开白傲菲，她又说：“你一定天天都在诅咒我，诅咒去吧，你也只有这样了。”

“我压根儿就没记住过你！你是在我雷达范围之外的异次元生物。”我没回头，不知道她听到是什么表情，我只听到她的高跟鞋像打桩机一样连续不断地敲在水泥地上。

走进病房的时候，柏铭哲躺在病床上，半仰着脸，脸上固定着厚厚的纱布，他看到我，斜着眼朝我傻拉巴几地咧嘴笑，我笑得都流眼泪了，心在一阵阵地紧缩，鼻子发酸。

我坐到他床边，一直亲吻他的手，我其实想亲吻他的脸，但除了额头和下巴，其他地方基本上都裹满了纱布。

“老婆不哭，我没事。”他像机器人一样僵硬地抬起手替我擦眼泪，脸因为绷带的关系，僵硬得像是注射了一吨肉毒素一样。

“你是我见过最帅的木乃伊。”我半开玩笑地对他说。

“不要放弃，答应我，无论发生什么事。”他握紧我的手说。

“不放弃！死也不放弃！”我擦了擦泪，轻轻替他撩起额头的头发，头发上还沾着一些殷红的血迹。

他朝我挤出一个笑，我越看越觉得别扭，我轻轻摸了摸他的脸蛋问他：“这次又是什么砸的？疼吗？”

“玻璃杯，特硬的大号钢化玻璃杯，呵呵，有你在，下油锅都不会疼。嘿嘿。”

“你爸可以去伊拉克打仗了，这身手。”

那天我在病房里陪着他一起睡，当我成功地把隔壁病床推到他床边的时候，我必须要说，爱情的力量真的是无穷的，我甚至觉得为了柏铭哲我可以把那个床给举起来，上面再坐着一个金刚都不是问题，甚至她还可以在怀里抱着一头小黑熊嚼着一根黄瓜。

我躺在他怀里，和在家里睡时没什么区别。半夜护士过来查房的时候，看到我们抱在一起的时候，激动地对我们一边吹哨子，一边喊：“男病人，女病人，请你们分开，请分开！这里是医院，是医院！”

接下来两天，我到公司请了假，守在柏铭哲的床前。我买了好多零食，每天都躺在他怀里又是看电影，又是打游戏的，女护士每次看到我都会翻白眼，我也狠狠朝她翻回去。我就是逮到一个大帅哥了，你也逮一个去啊，再刺激我，我就去买两个沙滩椅来，躺在病床里和柏铭哲拉着手，戴着墨镜，喝着果汁做日光浴。

柏铭哲住院期间，我碰到过白傲菲和柏铭哲爸爸几次，我们之间形成了一种古怪的默契，每次他俩出现的时候，我都会主动让开，我们不打招呼，不说话。

我下楼晃荡个两小时后再回来，他们已经走了，有时候他爸爸好像想开口对我说些什么，但当我停下来望着他的时候，他却只是叹叹气，朝我摇摇头离开。

两周后，柏铭哲已经可以回家疗养了。

出院那天，他爸爸亲自来接他，我把柏铭哲的行李递给他的时候，我对他说：“柏叔叔，请您以后别再动手了，这好好一个人给弄成这样了。”他皱着眉，挠了挠头，接过行李，给柏铭哲把车门打开。其实柏铭哲爸爸是心疼柏铭哲的，前两天有一次，我看到他爸爸在替柏铭哲擦完脸后，一个人躲在走廊里流眼泪，他不想任何人看到，所以我装作什么都不知道。

柏铭哲回家后就没再联系我，每天他的手机都是关机的状态，柏铭哲出院前告诉过我，回家疗养后可能不能随时随地给我电话，但保证每天至少给我一个电话，但到现在，这都已经三天了，依然没有一通电话。我越来越担心，有一天，我一个人徘徊在他家小区门口，我很想敲开门问他到底发生了什么事，他好了一些没，但我怕敲开门后，他爸爸见到我，会对他又是一阵拳打脚踢，因为每次只要提起我，关于我，涉及我，他爸爸都会变得这样失控。

我自己一个人在他家小区绕了一个下午后，我到了隔壁的*Quality Time*喝咖啡，我点了一杯曼特宁，偏苦的咖啡就像我和柏铭哲现在的爱情，我坐在以前和柏铭哲一起坐的位置上，墙上还有我们的合照，我和他带着圣诞帽，他把我揽在怀里，两人脸上是日光一样澄明的笑容，这是很久以前的圣诞节了。

那晚上海下起了雪，咖啡馆搞派对，店长给我们拍了合照，贴到墙上，告诉我们，以后这就是我们的甜蜜专属位。

照片旁边贴着他从前写的字条：“爱在纪忆里找你。”这是一首歌曲的名字，他把“记忆”改成了“纪忆”，这还是他的手机铃声，每次我打电话给他，都会响起这首粤语歌。

除了这个字条还多了几个新的字条：

“老婆大人要回国啦！”

“老婆大人答应我的求婚啦！”

我看到的时候心里就像被人洒了一把盐，当我看到另外一个字条写着“老婆，别放弃！当你看到这个字条，我在想你”的时候，我的眼泪一下就滑了下来。

我依然每天按时上下班，基本拒绝了所有应酬，每天下班就往家里跑，我总在想是不是某一天，我到家打开门后，柏铭哲已经在房间里做好晚餐等我了。即使不能这样，他就算只是像从前一样一个人倚着阳台，面无表情地盯着远处也好，我不知道在柏铭哲身上究竟发生了什么情况，但一定是出事了，因为他从来不会这样，他也知道，他这样会让我发疯。

又一个星期过去了，有一天下班回到家，我累得整个人瘫在沙发上。那天，我给自己买了一束香水百合，因为柏铭哲已经好久没送过我花了，我把花插好，放到桌上，在枕头上套上柏铭哲的衬衫，抱着枕头甜甜地睡着了。那天，我做了个梦，我梦到了柏铭哲，梦到了我和他第一次在浦东机场见面那天，他替我买了一杯咖啡，我追上去问他手机号码。我梦到在英国时每天和他*SKYPE*视频，他在*SKYPE*那边戴着镜框眼镜，穿着格子的睡衣，告诉我："纪忆，我想你快想疯了。"我梦到他生日那天，我从英国赶回上海的酒店陪他过生日，我们整个晚上一直一直接吻，一直一直说话，笑着流着眼泪。

黄昏的时候，门铃响了，我弹起来去开门，我想一定是柏铭哲回来了，我已经分不清楚梦境还是现实了，他这次回来后，我一定再也不放他走了，永远不准他离开了。

我打开门后是宁致恒和致远，宁致恒手上抱着一大束藤条植株，致远手上提着很多圣代，朝我眨了眨大眼睛。

"可以进来吗？"宁致恒朝我笑笑。

"请进。"我收起情绪，朝致远笑了笑。

致远如往常一样坐在地毯上，打开电视，吃着草莓圣代，入神地看着节目。

宁致恒则走到阳台上，拿出工具把藤条种在花坛上。

五月了，多好的天。

"你不是喜欢吗？这个是上次我在花棚预定好的，催生过了，现在全是新鲜的藤条，这两周就会开花。"宁致恒一边说，一边铲泥。

"谢谢。"我站在他身后，倚在墙上抱着手。

"人看到植物心情也会好一些，你男友还是没联系上吗？"

"没。"我不太想讲话。

"纪忆，你别这样，我看你这样我难受。"宁致恒回过头，取下手套。

"我不知道怎么联系他，不知道出什么事了。"我坐到沙发上。

"你俩的事我不方便给你意见，但如果你心情不好，随时下来找我们，或者一个电话，我立马过来看你，好吗？”他坐到我身边，拿出香烟和打火机。

“谢谢。对了，你上次说在酒店碰到了唐皓宇？”

“是啊，我只看到他一个人进客房，但准没什么好事，大白天的不是去开房还能干吗？”宁致恒说完又站起来，走到栏杆边上，把藤条理顺，让藤条纷纷扬扬地缠绕在阳台的栏杆上。

“你觉得我应该告诉赛凯琳吗？”舒服的风吹过耳边，身边的绣球花已经大团大团地在开放。

“当然，如果是我的话，但毕竟是你姐妹，你看着办吧。对了，警局后来打电话过来给赛凯琳，让她提供证据，她好像想找你帮忙，但看你这几天都忙着处理和你男友的事情，她可能也不好意思对你说。”

“啊？这么大的事你怎么不早说？我知道了，我待会儿联系她。你公司怎么样？不是说和你朋友合伙一起开公司吗？”我倒了杯果汁递给宁致恒，致远依然掉在《迷失》的剧情里。

“嗯，差不多谈好了，本金投资有点大，但市场前景很不错，他是上海本地人，他人脉要广一些，没什么大问题。”宁致恒朝我自信地笑笑，依旧很帅。

那晚我和宁致恒聊了很多，我第一次对一个人说了这么多话，就算是赛凯琳、金刚、曾静我都没有这样去倾诉过。我告诉了宁致恒我的所有事情，说过的，没说过的，我都告诉了他，告诉了他我有些偏执的妈妈，我潜逃多年的老爸，我和唐皓宇、赛凯琳、金刚、曾静的成长岁月，我甚至告诉了他我和柏铭哲的相遇、相知，到相爱的过程。他不时地朝我笑笑，或者轻轻拍我肩膀，举手投足间，帅气十足。

宁致恒准备离开的时候，致远已经躺在沙发上睡着了，他抱着那个套上了柏铭哲衬衫的枕头，睡得四仰八叉的，嘴角还有一丝笑，不知道又梦到了什么。

“致远有好好吃药吧？”我小声地问。

“嗯，但这两天又开始有些小别扭，药物副作用吧。”宁致恒看着致远，脸上是幸福的笑，真好。

“早点休息吧，今晚谢谢你，致远晚安哦。”我把他俩送到门口。

“不客气，晚安。”

“纪忆姐晚安，我好困，哥，走吧。”致远眼睛已经睁不开了，第二天，赛凯琳的电话一直是关机的状态，怎么最近都流行关机呢？后来给朱敏电话才知道，原来两人一起逛街去了，最近两人总混一块儿，也不知道在密谋什么，不过我倒是还真希望多一些人陪着赛凯琳，因为除了我们这几个朋友和以前照顾过她的吴哥，赛凯琳这些年基本上都是独来独往。我问赛凯琳有什么需要我帮忙的吗，赛凯琳说一切都处理好了，然后又在电话那边对我说："你最近忙什么呢？都不约我了，你现在在哪儿？待在原地，一步都不许动，我现在过来接你，晚上陪我试结婚蛋糕。"

"是，小姐，我一步都不动，你快过来吧，我在公司门口呢。"

"你动一步试试看，我现在过来啊，不说了。"说完她满意地挂了电话。

十秒钟后，电话又响了，你是千里眼吗？赛凯琳，我不就是迈了几步而已吗，我总要找个地方坐吧？电话里是柏铭哲的声音，他在电话那头万分焦急地告诉我："老婆，你先听我说，我现在是用我表弟手机给你电话，我被我爸禁锢了，我根本出不去，完全联系不上你，我特别想你，你千万别胡思乱想。有什么事，我会让我表弟替我传话给你的，等熬过这几天就好了，公司已经在办转让手续了。我必须挂电话了，你等我消息。"我还来不及问一句，你鼻子好些没，电话那端已经传来了嘟嘟嘟嘟的忙音。

我收起手机，站在马路边上，身后各色的大丽花正生机勃勃地盛开着，铺满了整片花坛，樱花的花季还没结束，以前柏铭哲就对我说过，等樱花开放的时候，我们要在樱花树下拥抱、接吻，在粉红色里刻下回忆，柏铭哲一定还来得及在某个开满樱花的夜晚把我揽入怀中。

五月的天空，风轻云淡。

两天后，下班后我带着秦慧妍到我家做客。我一直有这个计划，但从未实施过，刚好周五一场四十分钟的同传结束后，她送我回家，我就顺势邀请她到我家做客，一进门，秦慧妍就四处张望说："你很懂得享受生活，不错，生活就该这样。"

"请坐，秦姐，想喝点儿什么呢？"

"不用，这个阳台是我在上海看过最漂亮的阳台。"秦慧妍推开玻璃门，走到阳台上，瞬时一阵凉风吹过来，我跟上去，坐在沙发上，阳光照在我们的身上，她对我说："纪忆，好的爱情就不怕经受不住考验，你的事我听朱敏说了，别担心，我相信他是个值得你等待的男孩。"

"我也这么觉得，只是还是有些担心。"我对秦慧妍笑笑说。

"你现在，在这里等着他，这就是你需要做的，明白吗？傻丫头，这婚姻是你们两个人的，他爸爸最后也会妥协的，家长最后都拗不过子女。当时我和孙阳在一起的时候，他父母也看不起我，我当时也是咬着牙陪着他熬，你看，现在我们还不是好好的？"秦慧妍说完拍了拍我的肩膀。

"之前也想过我是不是该放手？他幸福就好。你知道，他爸爸那么极端。"

"纪忆，你如果现在放弃的话，你们之前所有的努力就白费了，知道吗？而且，没有你，你觉得他会幸福吗？你如果现在放弃，受伤害最大的人会是他，所以你必须撑住，一定不能放弃。"

接着门铃响了，我这几天只要听到门铃响，就会条件反射一样地蹦起来，好几次打开门的时候，是对面邻居家的门铃。我打开门，是一个个头同样很高的男生，他递给我一封信说："你好，我是柏铭哲的表弟，你是纪忆，对吗？这是他让我给你的。"

我接过信立马拆开，心情比当年拆开英国录取通知书的时候还要忐忑。

老婆：

原谅我这些日子不能陪在你身边，这些日子可以说是对我们的考验，但也是这个考验，我才发觉，原来我这么爱你，原来你纪忆在我柏铭哲心里的位置是如此的重要。

你放心，我爸爸已经没再动手打我了，现在我和他都在进行心理战，有时候想想还挺有意思的，我是不可能会娶白傲菲的，难不成他还真能在我身上绑个炸药威胁我不成，而且，就算真用炸药炸死我，我也一样只是你纪忆一个人的。

这些日子，老婆肯定吃了很多苦，但我们已经胜利在望了，最多再坚持几天就结束了。

很多方面我可以听我爸爸的，但爱情只是属于我和你两个人，我想爸爸有一天能理解的，我爸爸从前就很喜欢你，接受你也只是一个时间的过程。而且，我打赌，如果我妈妈现在还在这个世界上，那现在的局面一定不会是这样，我妈妈肯定也特别喜欢你，和我一样喜欢你。

老婆，我能不能对你提个小小的请求，就是以后能不能每周一、三、五、日这几天你到我家小区楼下坐会儿，坐到以前我经常带你坐的那个长椅上，我就是想看看你，远远地看看你也好。我真的好想你，如果这个要求很任性，那请你让我任性这么一次吧，我一直都听你的，这次能不能你也听我一次？等我们结婚后，我继续听你的，求你了，老婆。

老婆，以后还会有很多困难和阻挠，但请你保持我最后一次见到你时的笑容，答应我，一定不要放弃。

爱你的老公柏铭哲

第二天就到了星期天，早上醒来，我一如往常地洗澡换衣服，叫上了赛凯琳和金刚陪我逛街，我买了柏铭哲最喜欢看到我穿的纯白衬衫，第一次在机场见面时，我也是穿了一件纯白衬衫，穿了条色差夸张的短裙，然后他给我买了一杯曼特宁。

回到家后，赛凯琳帮我做面膜，金刚给我按摩，我一副总统夫人的架势，当金刚用手掌劈在我肩膀上的时候，我疼得和僵尸复活一样地弹了起来冲她吼："大哥，你以为你这在金家村参加劈柴大会吗？你这根本上就是折磨我啊。"

金刚一把把我按回沙发上说："折磨你？那你该开心啊，弟弟。哼，知道有多少男人是为了受到我的折磨而来到这个世界上吗？"

"请你们不要哥哥弟弟的相互称呼好吗？这里不是泰国芭提雅，没有人妖夜场。另外，纪忆同学，你介不介意躺好不动，这样我可以把你头发上的面膜拉回到你的脸上来。"赛凯琳冷静地说。

然后我就凝固在空气中了，金刚继续把我当一根柴劈。说实话，看完柏铭哲的来信，我一点委屈都没有了，我从未对幸福如此的深信不疑，而我也在这种预感里找到了源源不断的坚强理由。

我决定，天大的阻挠我也不会放弃，就算白傲菲在她的高跟鞋底装上铆钉踹我一万脚，我也要穿上盔甲和柏铭哲结婚。

我把自己收拾得漂漂亮亮的，像初次约会一样的谨慎，我带上了柏铭哲送我的耳环、项链，最主要的是，这次在无名指上我带上了他送我的求婚戒指，以前我只会在家里一边听《最炫民族风》，一边带着戒指绕着沙发跑，并且发出那种梦中精灵般的笑声，我总担心，戒指上那么一个小抓，抓得住这么大的钻石吗？万一我哪天去买瓶茉莉蜜茶或者买个煎饼果子，再或者心情一好，来碗过桥米线什么的，不小心给弄掉了，那我才真的是歇菜了。

去柏铭哲家的时候，我带上了赛凯琳和金刚，当然，我坐在说好的长椅上，盯着柏铭哲房间的窗户，赛凯琳坐在我身边一个天鹅的石雕上，喝着橘子汽水，金刚则站在一个熊形雕塑前面，抱着一盆花，我前面说过她是黑熊精下凡吗？

“你干吗抱一盆花啊？扮演花仙子吗？这里不是芭提雅，我再和你说一次。”赛凯琳又开始涮金刚。

“你懂什么啊，这是情调，这个小区里都是高富帅。”说完金刚不好意思地腾出一只手捂着嘴笑了两声，左右环顾一周后继续说，“他们会不会误以为我是希腊女神啊，蒙娜丽莎？或者七仙女、潘金莲什么的？”

赛凯琳一口汽水从鼻孔喷了出来，然后仿佛被什么东西噎到一样地捶着胸口。

至于我，在坐到长椅上之前特别在周围找了好多盆花围在我椅子的周围，到时候，他拉开窗帘，我立马会虚弱地用手扶着太阳穴，皱起眉。这是不是很像韩剧《拥抱太阳的月亮》呢？

我坐在长椅上，眼前的喷泉在光影间不停变换，我那时候还对柏铭哲要求，以后家里客厅也要给我装一个这样的喷泉，那我就可以听着《伤不起》的时候绕着喷泉，戴着戒指尽情地奔跑，发出梦中精灵一样的笑声：嗯啊，哈哈哈哈哈哈哈哈，追我，追我，你来追我！他当时想也不想就对我说，没问题。然后我那天就在这个长凳上，把头埋进他怀里，觉得他帅得一塌糊涂。

没几分钟，我就看到了窗户口的柏铭哲，他对着我挥手，只有一小块纱布包着他的鼻梁了，看来已经稳固了，他看着我嘴里像是说着什么，我听不到，但我知道，一定是那些我最爱听的话，比如，纪忆，我爱你，我需要你，我要娶你。

然后他伸出手在玻璃上比画出了一个大大的爱心。我也站起身，对着空气给他画了一个大大的爱心，我在想，为什么我的手臂不够长，因为，显然我给他画的爱心还不够大，我对他的爱起码是这个爱心的一百万倍那么大。

我看到柏铭哲好像哭了，因为他不停擦他那双大大的眼睛，我也一直掉眼泪，但我不敢擦我眼泪，我怕他又看到我哭，那样，他会哭得更伤心，毕竟他鼻子还没好呢。但意外还是发生了，因为赛凯琳突然从天鹅雕塑上跳下来，抱起我大哭了起来，她一直重复着："你俩如果以后不幸福，我灭了你俩。妈的，这个鸭子雕塑怎么这么大啊，我想哭！"

金刚则放下了花盆，从包里掏出了墨镜，戴在脸上，举着个望远镜跟个偷窥狂似的，用沉沉的烟嗓带着哭腔在转播着说："柏铭哲哭了，他现在在抽纸，他转身了，他又落泪了。"

"你哪儿来的望远镜啊?"赛凯琳一把把望远镜抢过来递给我。

那几天，天空变得无比的情绪化，时而大雨滂沱，时而碧空如洗，阳台上的紫藤花已经都凋谢了，而楼下的樱花像被施了魔法一样的依然在盛放着，但它们可能等不到我和柏铭哲了，但明年、后年，我们还有一辈子的时间可以去世界各地看无数次的樱花。

我准时地在每周单日出现在柏铭哲家楼下，有时候我会打着伞一个人清凉地坐在长椅上，雨伞外的世界大雨纷纷，他会心疼地朝我挥手示意我快回家；有时候我干脆买个便当坐在长椅上吃，一边吃，一边看着他笑，因为我有时候是直接下班就飞似的跑过去看他，而我也常常还没吃晚饭。

有一天上班，秦慧妍的脸比窗外的天还灰，谁也不敢在她面前多言，好像她是阴曹地府放出来的游魂野鬼一样。朱敏踮着脚走到我身边小声说："今天是秦姐儿子的生日，你自求多福吧。"然后一溜烟就消失了。

今天只有一场简单的会议交替口译，中午秦慧妍把我送到公司合作的酒店就匆匆忙忙离开了，我也没多问，也不知道如何安慰，朱敏也跟着我们一起过来，秦慧妍让她来做我助手，我哪里需要什么助手啊？但朱敏却乐得龇牙咧嘴的，因为她今天刚好约了她的威猛先生到这家酒店开房。

翻译结束的时候，我一回头，朱敏早不在了，我的头开始剧烈地疼痛，我一直都有偏头痛的毛病，我塞了两片阿司匹林到口中，一个人扶着走廊走到大堂，革命尚未成功，我还不能倒下。

刚到大厅休息区，我就看到金刚醒目地屹立在一堆雕塑中间，估计又在装她的蒙娜丽莎或者潘金莲了，她戴着墨镜，一副超模（男模）的架势，她和周围的雕塑一般高大（那些雕塑都是男模）。

"你怎么会在这儿？带个墨镜干吗？"我揉着太阳穴问。

"这不是在等你吗？凯琳不是说她约了你吗？嘘，王二小在附近，这几天他都跟着我，烦死了。"她一边说，一边环顾四周，穿了类似制服的小短裙，给她一把手枪，绝对是一个特务J(金)的架势。

"啊？我都忘了，还好遇到你，不然我都准备离开了。"看来我确实忙昏了。

"王二小？他在放牛呢，不在上海，你又嗑药了吧？"我倒在沙发上继续揉我的太阳穴。

"不是那个王二小，他本人叫王发财，但他很二，而且个头很小，所以我叫他王二小。他是我妈乡下亲戚介绍来店里帮忙的，以前还真就是放牛的，他上星期问我愿不愿意做他的未来太太，说我看着像一头可爱的奶牛，什么玩意儿啊，放牛放多了吧？我才第一次见他呢，我告诉他除非全世界男人死绝了，狒狒也死绝了，猩猩也死绝了，我才会考虑嫁给他。不过话说回来，狒狒和猩猩不是一种吧？都是益虫吧？"金刚一边说，一边像个巨大的雷达一样扫射着酒店范围，我听她说完头更疼了。

我直起身，看到对面一群男士齐刷刷地朝门口看去，不用想，妖孽来了。赛凯琳踩着正步朝我走来，整齐的高跟鞋声，跟行军似的，就她爱来这套。她说这是一种严肃的美，我说我觉得你可以去跳踢踏舞，她一掌拍在我胸前。

我皱着眉看了她一眼，她没说一句话直接把手按在我风池穴上，然后对金刚说了一声："劈柴姑娘，快来劈她肩膀，她头疼又犯了。"

我感激地闭上眼，只有家人才会有这样的默契，赛凯琳一边捏一边唠叨："你又吃了药吧？我让你别吃那药，我上次不是说有认识一个中医吗，你这两天必须跟我去看一次，我就不信，治不好你。"

金刚则继续大力神掌劈在我的肩膀上，我顿时感觉天灵盖一阵充血，她的力道太给力了，不愧是王家村的劈柴姑娘。赛凯琳皱着眉毛，娇滴滴地嘟着小嘴看着我，心疼得好像我是她闺女一样。这样也不错，她是女王，我可以是公主。

在我这根柴快要被劈裂之前，我起身，准备带着俩妖人离开，毕竟这是公司的合作酒店，客户看到金刚估计真以为我祖籍是芭提雅的呢。

我刚迈开一步，赛凯琳就停在我前面变成了酒店里的另外一座雕塑，她表情凝固了，或者说脸上没有一点表情，眼睛空洞像是南极的洞穴一样。我顺着她的目光看过去，在电梯那边，朱敏正看着我们笑得眉飞色舞的呢，她意有所指的朝旁边男士斜了斜眼，我也朝着她诡异地笑了笑，把目光投向旁边她总提起的威猛先生。

男生抬起头的时候，我也变成了一座雕塑，再也笑不出来了，我张大嘴，愣愣的，金刚看了赛凯琳一眼，低下头去。

这位朱敏对我说过和她上过几百次床的威猛先生不是别人，是唐皓宇，是赛凯琳誓死捍卫的唐皓宇，是赛凯琳爱了整整十年的唐皓宇，是赛凯琳将会在秋天嫁给他的唐皓宇，是赛凯琳上次为了他和我差点翻脸的唐皓宇。

朱敏完全是局外人，她根本不知道唐皓宇是谁，因为朱敏依然笑得不可抑止，朝我们做着夸张的表情，然后她小碎步朝我们跑过来，还没来得及说一句话，赛凯琳就一巴掌抽在她脸上，那一巴掌比小时候我妈抽到我耳鸣那巴掌还要响亮，唐皓宇站在远处没过来，真他妈窝囊。我知道，男人只要沾上偷腥这个坏品行，基本上，你一定还能在他身上找到其他的坏品格，比如逃避，像现在这样。

朱敏愣愣地盯着赛凯琳，眼泪一下子就掉了下来，她诧异地看了看我，又回头看了看唐皓宇。她突然都明白了，一下子就蹲在地上哭出声来，如果换作是我，整天听自己最好的姐妹描述自己多爱自己老公，然后有一天我发现，我上的那个男人就是我最好姐妹说的那个老公的话，我也会哭出声来，抽自己百八十耳光，使劲地哭，最好能哭死的那一种。

我把手搭在赛凯琳肩膀上，我想告诉她以前她老对我说那句：“你别哭啊，我他妈看你哭我心疼。”但我还没开口，她已经又一巴掌朝我轻轻地拍了过来，这巴掌一点都不疼，然后她就真的哭出声来了，她捂着嘴，眼泪大滴大滴地掉，还是很漂亮的和一个精致的芭比娃娃一样，太难受了，我倒宁愿她把所有怒气全朝我抽过来，她对我说：“纪忆，你早就知道了，对吧？你俩一个公司的，你能不知道吗？”

我低下头，无力反驳，解释再多，现在来看都很苍白。事实上，我是知道唐皓宇在外面有女人的，我也一直准备告诉赛凯琳这件事，所以我挨这巴掌是活该，宁致恒早就预言过这颗哑弹最后的摧毁力，我只是不知道唐皓宇找的女人就是管他叫“威猛先生”的朱敏。

赛凯琳笑了笑，对我摇摇头，眼神涣散，转过身，抿着嘴，摇摇晃晃地离开，她那一分钟的眼神和多年前她妈妈躺在医院病床上时一样的涣散，她那时候，告诉我，纪忆，不要怕，她已经死了。

朱敏蹲在地上，唐皓宇转身从后门离开，金刚也不说话了，她的眼睛红红的，她白了我和朱敏一大眼后，一句话也没说就离开了。

我缓缓走出酒店，叫车回到了我妈住的小区。我站在楼下抬着头看着家里窗户，妈，我好想回家，我好想你。这个时候，就算我妈能够像柏铭哲那样从窗户口看看我也好，我其实觉得我像柏铭哲一样被禁锢着，只是他走不出来，他禁锢在里面，而我走不进去，我禁锢在外面。

晚上回家的时候，电梯门刚打开我就看到宁致恒站在我家门口，手上提着些吃的，乐得二五八万的，我扑到他肩膀上大哭了起来，我真的已经耗尽了，我把眼泪鼻涕全糊在他肩膀上，他问：“怎么了？谁欺负你了？你说啊，别哭啊，我弄死他。”

我哭了很久都停不下来，我抓着他的肩膀，好像那是我能抓住的最后一根救命稻草一样死抓着不放。

很久以后，我不哭了，我告诉宁致恒：“你让我一个人待着吧，我求你。”他没说太多，只是递给我一袋吃的就离开了。

我打开房门，最后一点残败的夕阳洒在阳台上，藤条已经爬满了整个阳台，白色的栀子花也开出了花骨朵，如果柏铭哲能在我身边多好。花都开好了，可是你在哪儿呢？

我躺在阳台的沙发上，很快我就睡觉了，我做了个梦，梦里，爸爸对我说：“闭上眼，和爸爸玩捉迷藏。”我哭着说：“不要，因为爸爸躲起来就再也找不到了。”然后我爸会亲吻我脸上的眼泪，告诉我就要找到了，不要放弃。

醒来后，我走进阳台隔壁的玻璃卫生间里，躺在中央的浴缸里，不想说话了，不想想了。

第二天，我进公司刚看到朱敏，她就跟上来对我说：“晚上一起吃饭吧。”

“不了，你把时间留给你的威猛先生吧。”

我知道这件事情上，朱敏根本是无辜的，但想到赛凯琳那张脸上的眼泪的时候，我还是忍不住转过背给朱敏，可我的背上现在到处都是刺，因为我这句话一定刺疼了她。

“纪忆，你有意思吗，你别这样阴阳怪气地跟我讲话，我压根儿就不知道那混蛋和凯琳的关系，让你挨了那巴掌是我朱敏欠你的，现在我还给你。”说完她一巴掌抽在自己脸上，比赛凯琳抽她那巴掌还要响，她问我：“这样满意了吗？”

“干吗呢这是？朱敏，这是公司！”孙阳收起了往日的笑容，秦慧妍在他身后看看我，看看朱敏，走到我们面前说：“跟我进办公室。”

我和朱敏跟在秦慧妍后面，进了办公室，门一关，朱敏就委屈地掉下了眼泪，秦慧妍过去给她递纸巾的时候，她一把拉住秦慧妍，趴在她肩膀上哭出了声来，就像我昨天趴到宁致恒肩膀上一样。

她把事情的详细经过全告诉了秦慧妍，详细到，我听到她告诉秦慧妍，她和唐皓宇维持了这样的关系已经好几年，几乎每一周他们都会开房一次。

秦慧妍听完后，当机立断告诉朱敏，现在就立即终止和唐皓宇的所有关系，并且把事情的经过解释清楚给赛凯琳。

第一，以免继续徒增我和赛凯琳之间的误会。

第二，赛凯琳有必要知道事情的真相，正是因为赛凯琳要和唐皓宇结婚了。

朱敏点了点头，转过脸瞄了我一眼，我抽了张面纸递给她，结果，她哭得更凶了，扑到我身上。我轻轻拍着她的背，就像宁致恒哄致远不哭时一样，还真管事儿。

秦慧妍对着我俩摇摇头，无奈地笑笑说：“一群傻丫头。”

下班后，朱敏先给金刚打了电话，和她又一次特别仔细地解释了事情的来龙去脉，然后她托金刚替她约了赛凯琳，她那边刚挂电话，金刚就给我来电话了：“我就说嘛，你不可能是小怪兽啊，你明明是奥特曼啊。”

“那是，我这个奥特曼还等着去逮黑熊精呢。”我调侃她道。

“呀！讨厌，死相，人家不管了啦，我不黑吧？今天单日，不是要去看柏铭哲啊？我陪你吧？”她用烟嗓吼出的那句第二声的“呀”彻底击败了我，当她说她不黑的时候，我想到了北极熊，然后想到了《北极雪》，然后想到了陈慧琳，然后想到了《记事本》，然后去买了一本记事本。

当我抱着记事本把这个神奇的逻辑告诉金刚的时候，她吼了一句：“你是蓝翔技校毕业的吧？这根本是一道化学题啊！”

“哟，还分得清楚化学呢？为什么是化学啊？”

“化学不是生物的一种吗？生物化学嘛！”

我打开她的包，把墨镜放在她阿凡达一样平坦的鼻梁上，找了盆花递给她，“你还是继续扮演你的希腊女生蒙娜丽莎，或者七仙女、潘金莲吧。”

我坐到长椅上，金刚又拿出了望远镜，隔着墨镜盯着柏铭哲家的窗户，在一旁对我实况转播，但我就好奇了，你戴着一副比墨汁还黑的蛤蟆镜，这都快天黑了，怎么看得清楚呢？

今天，我一直没有看到柏铭哲从窗户口探出头来，很久以后，探出头来的是他爸爸，我怔住了，不是被他吓到，而是在想，柏铭哲不会又遭遇什么事情吧？

“老婆，我爸爸让你上去，我们一起吃饭。”我回过头，柏铭哲已经气喘吁吁地站在我身后了。

“出来了，他从窗户出来，咦？”这是金刚发出的声音。

“你好些了吗？让我看看，你爸怎么突然会让我上去啊？”我问他。

“呵呵，他知道了，他让我来叫你上去吃饭，这就表示他开始妥协了，老婆。”柏铭哲乐得比红军结束长征还要喜庆。

他的鼻子已经没有纱布了，只是还有一些瘀青，这两个月过来，他身上到处都是伤痕，终于都结束了。就这样，柏铭哲牵着我的手上楼，金刚取下墨镜回过头后说：“靠！这么快！”

说完，她跟了上来，依然戴着墨镜。

“柏叔叔好。”我问候道。不是紧张，只是发生这么多事后，突然不知道怎么对他开口说话了。

“坐吧，让你朋友也坐吧，我订了一桌菜，马上送过来了，还有几个人，你们稍微坐一下。”说完他把遥控器递给我，起身去了卧室。

菜上齐的时候，餐桌上还只坐着我们几个人，金刚取下墨镜一直盯着柏叔叔，眼神并不友好，她举起旁边的水杯，一口吞了下去，接着漱口，然后吐到玻璃杯里，柏叔叔皱着眉看着她，她更得意了，明显还鼓了两下眼睛，和一只可爱的青蛙或者牛蛙一样。

接着门铃响了，柏叔叔起来去开门，一开门，进来了三个人，白傲菲还有一对中年男女，估计是她父母，她一看到柏叔叔立马亲热地恨不得把脸贴到柏叔叔下巴上去，比干爹还干爹的感觉，然后白傲菲故作端庄地走到我面前，像好莱坞女明星过来和影迷握手一样伸出手，对我说：“初次见面，你好，我叫白傲菲，请多多关照。”

我当时还以为我忘记关电视机遥控了呢，因为这话实在是太不会从这张烈焰红唇里吐出来了吧？小白，我们这都第三次见面了吧，还初次见面呢，你数学是学校小卖铺，卖茉莉蜜茶的奶奶教的吗？不对，人家数学比你好，毕竟当我递给人家五块钱，人家还会找给我两块钱啊，而你这样明显是递给老奶奶一块钱当三块钱用啊。我还真是头一回见，但还是伸出手和她握了握手。

然后她一屁股坐在我和金刚中间，接着椅子发出“吱儿”的一声，金刚看了她一眼，用手捂住了鼻子，皱起眉，我第一次觉得金刚才是黑人高手，比黑熊高深多了。

“这是椅子的声音！讨厌！”白傲菲气得把筷子一摔说。

接着金刚扫了她一眼，隔着她问我：“就这货？跟你比差远了，你这是鼻毛还是痣啊？”金刚嗓音很大，白傲菲脸一阵抽搐，举起手边玻璃杯的水就往自己嘴里浇，接着金刚摇了摇头说：“我漱口水都喝，什么人啊。”

然后白傲菲脸一绿，像颗子弹似的往洗手间飞。

柏叔叔正在和她父母寒暄，完全没意识到桌上此刻已经硝烟四起，战火纷飞了。

接着大家都坐了下来，白傲菲坐到了我身边另外一个方向，不敢再坐到金刚旁边，金刚得意地冲我笑笑，柏铭哲低着头不说话，估计他也没意料到是这出。柏叔叔以前不愧是混官场的，我真是服了。果然，我刚准备夹菜，柏叔叔就对我开口了："纪忆，这位是白傲菲，是柏铭哲的未婚妻，他们下个月就要结婚了，到时候，你要来参加，知道吗？"

"我是不会和白傲菲结婚，你不用来这套。"我还不知道说什么，柏铭哲已经先开口了。

"小孩子，不懂事。"他爸爸尴尬地对白傲菲父母笑笑说。

"我这辈子爱的人只有一个，就是纪忆，除了她我谁也不会娶，弄死我，我也爱她，你们死心吧！"柏铭哲真急了，看来这桌饭是吃不下去了。

"你闭嘴，怎么说话的？给叔叔阿姨道歉。"他爸爸一巴掌拍在桌上。

"道歉？我没说错就不会道歉！纪忆，我们走！"柏铭哲起身走过来拉起我，他爸一巴掌抽在柏铭哲脸上。这鼻梁骨愈合才几天啊，柏叔叔，这是你儿子啊。

"抽吧，抽死我好了，我还是那句话，弄死我，我也只会和纪忆一个人结婚。"柏铭哲不但没后退，反而往前了一步。

"给叔叔阿姨道歉！"说完柏叔叔还真又一巴掌抽了过去。

"对不起，叔叔阿姨，我不爱你们的女儿，你们死心吧！呵呵。"柏铭哲抹了抹嘴角的血。

"干爹，你别打了，我心疼死了！"白傲菲喊出来干爹的时候，我差点也跟着激动地一巴掌抽过去，因为她这么嗲的声音我以为她喊的是干巴爹，当我听清楚是干爹的时候，我就更凌乱了，这到底是哪出啊？

"我就抽到你放弃为止了今天！你还反了你！"说完柏叔叔又是重重一耳光甩过去，柏铭哲的鼻血终于喷了出来，我已经疼得明显感觉到心在紧缩，视线变得很朦胧，糟糕，眼泪出来了，但我一定不要掉下眼泪来，我说过，我死也不要在白傲菲这女人面前掉下来一滴眼泪。他又一巴掌抽过去的时候，我的承受能力真的到了极限，我过去一把挡住柏叔叔的手，对他说："别打了！我放弃！行了吧！我放弃！"

"纪忆！"柏铭哲刚刚那样都没哭，但听到我这句，他终于哭了。我咬着牙，和我一样，他不准自己哭。

"纪忆，叔叔一直都知道你是个说到做到的好女孩，你一直都很懂事，以后，你也都不会再和柏铭哲联系了，对吗？"柏叔叔涨红了脸，对我笑笑，我看到了他眼泪也有一丝泪滑过，一定是错觉。

那一刻，我真的恨了柏叔叔一小会儿，离开柏铭哲，你不就是要我死吗?

“是，不会再联系了。金刚，我们走吧。”说完我拉起金刚转身朝门口走。

“等一下，你手上的戒指?”白傲菲终于声音不那么嗲了，我听到的是她按捺不住的亢奋。

我答应过柏铭哲我就算死也不会再摘掉这枚戒指了，但如果是要柏铭哲死的话，那我没有什么不可以答应的，我走回饭桌，使劲地拔戒指，但偏偏还拔不掉。白傲菲特别“客气”地起身帮我，她用指甲扣着我的手指使劲儿往外抽。我这才发现我错了，力气最大的不是金刚，而是白傲菲，我的指头都快断了，最后她真给我拔掉了一层皮。

戒指抽掉的时候掉进了酸辣汤里，这是生活的喜剧之一，我笑了，笑得特别难看，因为我真特别难受。

我的手在流血，疼成这样，我都没哭出来，但戒指掉进去酸辣汤里的时候，我终于哭出来了，那是柏铭哲送给我的求婚戒指。白傲菲，那是柏铭哲送我的求婚戒指!

我记得我刚回上海时候，天天逼着他向我求婚，他就带我走进*TIFFANY*选的戒指，我当时就这么指了指这枚我一辈子都在梦想的戒指，然后柏铭哲真把它送给了我。

柏铭哲看我这样，心疼地起身拉着我往门外走，金刚彻底怒了，她把整碗酸辣粉端起来倒在了白傲菲的头上，说了句:“婊子。”

走出门后，柏铭哲就抓着我的手一直跑，我们像是越狱成功的囚犯，跑出了小区后，他喘着粗气抱紧我，亢奋地对我笑，鼻子上、嘴上都是血，然后特别帅气地对我说:“老婆，以后对我好点儿，今天起，除了你，我什么都没有了，我连现在打车和你回家的钱都没了，哈哈，但我这一秒已经拥有了全世界，因为你就是我的全世界。”

“德行!”我抱着他又哭又笑的，因为我也赢得了全世界。

“我爱你，老婆。”柏铭哲满脸都是血痕，我把手放在他脸上，手上的血也黏在他脸上，但即使是这样，我依然觉得他那一秒他帅到贝克汉姆见到都要对他顶礼膜拜的程度。

金刚在距离我们仅仅三米的距离外，捂着嘴，胸口发出沉闷的哭声，她说了一句："你们简直爱疯了，写到你新买的记事本去吧，*I LOVE YOU*。"说完她对我们做了我爱你的手势。

我们坐在的士里，一直在热吻，我从来不知道我居然能这样去爱一个人，而这份爱却圆满了我的整个人生，我不知道我和柏铭哲这辈子还有多少岁月能这样相伴，但我以后会抓住和他的分分秒秒，他不在我身边的日子，我才知道，他的一个眼神、一个动作已经在我的生命里刻下了挥之不去的痕迹，然后痕迹已经盘根错节地爬慢了我的整个人生。

在街角的咖啡馆里，赛凯琳依然像雕塑一样地坐在朱敏对面，她侧过脸看着窗外，眼神依然空洞，她掉下来一滴眼泪，仅仅只是一滴，然后她擦掉眼泪，抓起朱敏的手，扬起笑容说了句："谢谢你。"

宁致恒在电脑前戴着镜框眼镜做着详细的投资计划，致远躺在他旁边的地毯上抱着漫画和零食，跷着腿，咯咯地笑。宁致恒拿了两粒药给致远，让致远吃药，致远把药藏在舌头下面，吞水，宁致恒满意地摸摸致远的头对致远说了句："真乖。"

致远走到洗手间，把药吐到马桶里，按下了冲水阀。

唐皓宇回到了他父母那儿，他那天之后就没再见过赛凯琳，他一直给赛凯琳发短信道歉，已经好几天了，赛凯琳都没回复过他一条短信。

他脱了鞋，走上楼，他已经很久没回家了，他几乎都快不记得用哪把钥匙去开门，走到二楼，他听到卧室里传来男女的呻吟声，他父母的卧室门口放着一双高跟鞋，妖娆的桃红色，他坐到客厅抽烟，半小时后，男子走出房间，看到唐皓宇冲他笑了笑，"今天怎么有空回来看爸爸了？"

"回来住段时间，妈又出差了吗？"唐皓宇脚搭在茶几上，冲他爸笑。

"是啊，去南京了，怎么样，找到合适的演出没？"他爸爸打开冰箱拿了两罐啤酒坐到唐皓宇身边。

"没，依然在找。你老这样，不怕妈抓到吗？"唐皓宇喝了口酒，把鞋一脱，往沙发上盘起腿，意有所指地用头指了指卧室。

“她怎么会知道，男人嘛，都这样，呵呵。”

金刚回到家里，取下了墨镜，接着有人敲门，她一开门，王二小站在门口，手上笨拙地捏着一束花，乐呵呵地冲金刚笑，他说：“这是送给你的，这束花很贵。”

金刚一把把王二小脑门按在墙上就破口大骂：“恶心，滚滚滚，我不喜欢你，你别浪费时间了，我要的托•里奇•汉森（*Tall, Rich, Handsome*），你还是回家放你的奶牛去吧。”

然后一甩门，门外的王二小心疼地捡起地上的花，门里的金刚看了看镜子里的自己，开始卸妆，然后她生气地把梳子一甩，心想：谁让你没钱呢。

Chapter

8

爱与恋的素描

一个女人蓦地想到恋人的任何一个小动作

使他显得异常稚气

可爱又可怜

她突然充满了宽容无限制地生长到自身之外去

荫蔽了他的过去与将来

眼睛里就许有这样苍茫的微笑

——张爱玲

窗外的天空浮动着几朵大块的铅色云，铅色云后面是蓝墨水一样的天空，每次太阳穿过云层，都会有阳光透过窗户，洒满整个卧室。

这是我选择落地窗户的很大原因，我能看到窗外的风景像油画一样的流动，仿佛整个世界都在为你表演而忙碌着。

我躺在柏铭哲怀里，微风吹过来，穿过桌上的花束，碰到我们的脸，我侧躺在他肩膀上，看着窗外流动的云层。

“睡醒了？”柏铭哲一边撩动我的头发，一边问。

“嗯，睡得好吗？”我依然看着窗户。

“很久没这样踏实地睡一觉了。”

“嗯，那些栖栖遑遑、六神无主的日子过去了。”

“老婆，经历了这些事情后，我才知道你对我有多重要。”说完他爬起来，亲吻我的额头。

新的一周，生活并没有能像日历一样跟着翻篇，很多问题依然等待着解决，当然，你可以不解决，选择别的方式，比如接受，或者放弃。

柏铭哲重新回到我身边之后，我们的生活又回到了原来的状态，早上，他会给我煮好喝的咖啡，给我做好吃的英式早餐，为了给我煎好吃的培根，他基本跑遍了上海的进口超市。要说生活里现在唯一不同的，那就是他不用再每天回他公司上班了。

我以前曾经以为，爱情和物质欲一定在某种程度上存在着关联，但这次和柏铭哲经历了这一切以后，我是真的相信，爱情和物质欲不一定非得牵扯在一起，所以就算我上一千次非诚勿扰，我也不会像那个谁一样，站在嘉宾台深情款款地望着男嘉宾说："我就是坐在宝马车里捂住我这张大脸哭，也不愿意在自行车上露出龅牙笑。"嫁的是人还是车啊？你这么爱车，找一个汽车4S店结了得了。我甚至想到，只要是你柏铭哲站在台上，朝我微微一笑，我都可以自己准备宝马，轰足油门朝你柏铭哲开过去。

到了公司，朱敏和我打招呼，她递给我一杯她给我冲的热拿铁。她从前就经常给我冲咖啡，但自从发生了唐皓宇这件事情后，我总觉面对她有种不受控制的不自然。

接着，孙阳叫住了我。

"纪忆，到我办公室来一下。"

我虽然来公司这么久了，但和孙阳正面打交道的机会其实很少，平时我都是跟着秦慧妍在完成任务，而新任务也是直接从秦慧妍手中接下来的，所以最多，我就跟人事部的一些人有一些来往。

"孙总，有事吗？"我走进他办公室有些疑惑。

"你坐吧。"说完他起身给我倒了一杯水。

"我这儿有咖啡呢，您说吧。"他这么一客气我还真紧张起来了。

"找你来是有件事儿要拜托你，秦慧妍和我的事情，你也都知道了吧？我们之前有个儿子，后来一场意外之后，就没了。我看秦慧妍最近和你走得挺近的，事实上，这之前，她几乎已经断了所有的社交了。所以，我想最近你能帮我多陪陪她，她在上海无亲无故的，这事儿就拜托你了。"说完他低下头，抿着嘴笑了笑。

"您放心吧，孙总，我会多陪着秦姐的，我以前还真不知道她身上发生了这么多事，还经常顶撞她，现在不会了，您放心吧，还有别的事吗？"我问。

"没事了。嗯，拜托你了，这事儿放谁身上都不好受，你就多多体谅，她也经常和我说，很看好你，好好做，我也看好你，工作去吧。"孙阳接着说。

"行，谢谢孙总，那我先出去了。"

我回到办公室后，酝酿好了很多话想告诉秦慧妍，我甚至都要拿出录音笔先排练几次，我怕待会儿一个气息不稳定，秦慧妍直接对我掀桌子，或者扯着我的头发就往桌上撞，就像几个月前在电梯里收拾那位年轻妈妈一样，我怎么有种在老虎头上拔毛的感觉呢?

接着她进来了，我清了清嗓子，笔直地站着，把手背到身后，和一个刚入伍的新兵一样，还没来得及开口，秦慧妍就一份文件递在半空说："下周三，你准备一下，*A*位置给你，*B*和*C*我找别人协助你，政治翻译，你的强项。"

"嗯，呵呵。"我接过文件应道，看来女魔头果然是钢铁侠一样的坚强，孙阳真的有些多虑了。

"怎么了?"她听到我的笑，倒是好奇地抬起头。

"没事儿，挺好的。"我又朝她粲然一笑，然后回到座位开始紧张的准备工作。有时候看着桌上的文件夹堆得越高，我就越兴奋。我想，我是真的热爱我的工作啊，而用一份自己热爱的工作来养活自己，是一件如此奢侈的事情。

"抓紧一些，晚上一起吃饭吧?你先工作，待会儿叫上朱敏。"秦慧妍又冷不防地来了一句。她的情绪比上海的天气还要多变，我当然不敢拒绝，这不是相当于把从老虎头上拔的毛又种回去吗?

中午的时候，我收到了赛凯琳给我发来的短信：妞，我不是人，对不起，我错怪你了，不会真翻脸了吧?

我给她回过去：放心，这么铁的关系，想翻脸也翻不动啊。凯琳，你还好吗?

她回了一条：晚上我和金刚到你公司楼下等你，一起吃饭，见面说吧，我现在还有事。

下午上班前，我又在茶水间碰到了朱敏，我和她两个人立马表现出了因尴尬而产生的笨拙，这种好友之间的尴尬局面真的比男女关系还要折磨人。我朝她尴尬地笑笑，往咖啡杯里填了一勺奶精，一勺绿茶，然后加了糖，我在想英式奶茶的由来是否和我这样的遭遇如出一辙，比如英国某个贵妇因为自己家的母狗被隔壁大叔家的公猫带着私奔了，两人见面后，贵妇像我今天这样冲出了英式奶茶。

"呃，这是新的喝法吗?呵呵。"朱敏尴尬地朝我笑笑，指了指红茶罐。

"啊?呵呵，弄错了，不好意思。"我也语无伦次。我说了吧，我今天是可以发明出来一种新的茶的，说完我赶紧换了个杯子，给自己泡正宗的奶茶。

“不好意思什么啊？”她也蒙了。

“嗯啊？没事。”我低着头给自己弄喝的。

“你干吗啊？纪忆，你坐过来。”朱敏说完转身坐到椅子上，拉了一把椅子给我。

我坐到她旁边，捏着马克杯。她叹了口气，接着说：“纪忆，你能不要这样吗？我朱敏这次搭上了唐皓宇，是我的错，我瞎了眼，但我已经和你解释过了，和赛凯琳我也解释过了，为什么你现在还是要这样对我呢？我是真把你当姐妹，我也说了，我再也不会去招那人，你还要我怎么样？”

“我不知道，就感觉挺奇怪的，我知道不怪你。”我抿抿嘴，晃动着杯子。

“行！那我辞职，如果你真的那么不愿意看见我。”接着朱敏起来，准备走人。

“你站住！”我也有点儿急了，朱敏事实上真的没做错什么，我生气可能是在气唐皓宇，气受伤害人是我最好的姐妹——赛凯琳，气自己没有能提前发现唐皓宇勾搭的人就是朱敏，所以说白了，我是气我自己。

“还有什么要说的？”朱敏转过脸，眼睛里都是泪水。

“你瞧你，就这点儿出息，怎么做我姐妹啊，哭什么啊？”我也有点撑不住了，眼睛隐隐发酸。

“这人家都说和我相处很奇怪了，我当然要走人啊。我这么好一姐妹，现在弄成这样。”说完她委屈地横了我一眼，然后吸了吸鼻涕。

“那不行，你走了，谁给我冲好喝的咖啡啊？你现在就给我冲一杯咖啡吧，你看我冲的，这什么玩意儿啊？”说完我把杯子递给她，我很少对一个人这样颐指气使，但这时候，对自己姐妹这样，再合适不过了。

“行，给你冲，你这个人精。”她擦了擦眼泪，这次是真的横了我一大眼，像从前一样，她冲好咖啡递给我继续说，“给，那我们说好了啊，你喝完这杯咖啡呢，我们就不计前嫌了，我们依然做好姐妹，要不然，”她皱起眉开始想，然后突然灵光乍现地说，“要不然，我就辞职，我就不干了！”这吓唬人的气势好像她是一公司骨干，然后我是老板一样。

“行，我喝了这杯咖啡咱就彻底翻篇儿了，行了吧？”我接过咖啡，她又凑到我旁边，笑盈盈地和我聊起她最近的新猎物，变脸比转台还快。我在想，这辞职的大戏应该也是酝酿已久的吧。她眯着眼对我笑了笑的时候，我彻底明白了，我勒个去，中计。

下班的时候，秦慧妍对我打了个响指，指了指朱敏，准备一起晚餐。我抬起头对秦慧妍说：“叫过了，再等我五分钟，可以给我杯水吗？我马上做完。”

当秦慧妍把水递给我的时候，我的手抖得和帕金森病患一样，天知道我刚哪儿来的雄心豹子胆敢使唤秦慧妍，她对我笑笑说：“公司请到你真是公司的福气。”

接着我们收拾好东西，打扮好自己，准备出发。

电梯到一楼大厅的时候，门一打开我就听见一句揉捏着低沉和娇嗔的芭提雅口音说：“讨厌死了啦，又害人家等这么久。”

我眼一黑，才想起来，晚上还约了金刚和赛凯琳，于是，我们一行变成了五人。

“你朋友吗？一起吧。”秦慧妍看了看眼前收拾过度的金刚和表情略微尴尬的赛凯琳说。

“你好，萨瓦迪卡，我叫金甘若，你可以称呼我为若若，你们是同事吗？对了，纪忆，你那个女魔头上司下班没？今天能碰到她吗？我很好奇啊。”金刚双手合十，低下头问候秦慧妍。我说过了吧，金刚来自芭提雅。

朱敏和我对看一眼，表情意味十足，我顿时感觉嗓子眼被一坨口水噎住了。我赶紧向赛凯琳寻求帮助，赛凯琳斜着头看着大厅装潢，直接忽略我。

“你已经见到女魔头了，很高兴认识你，我就是她的女魔头上司，我叫秦慧妍。”秦慧妍伸出手和金刚握手，口气倒是非常轻松。

赛凯琳走到我身边，刚才从见到我开始，她的神情就有些细微的复杂，即使她依然是抬头挺胸地踩着细跟在时尚的道路上勇往直前，即使她依然面带笑容，但我总觉得在一些我们看不到的地方，她藏匿着一些无法言表的疼痛，而让她更加疼痛的地方就在于，她知道她在掩饰这种她憎恶的疼痛。

她没说一句话，一直到上了秦慧妍的车她才开口。

“这车够宽敞，舒服。”赛凯琳说了一句，把手搭到我腿上，我坐在她和朱敏中间。

“带你们去一家朋友新开的西餐厅吧，我觉得你们会喜欢。”秦慧妍说完，一个漂亮的幅度转弯。

在密闭的车厢里，诡异的气氛在悄然地发酵着，我和我左边的赛凯琳，我同我右边的朱敏，以及中间隔着她俩之间的我，赛凯琳和朱敏都看着窗外沉默不语，我试图想说点什么缓解一下之间的尴尬，却变成了一直在听前排金刚和秦慧妍之间的对话。

“为什么要封你为女魔头啊？我觉得你长得挺好的啊！”金刚问完这一句，环绕在后座的僵冷气氛终于有了些松动，我听见赛凯琳发出噗的一声笑声。

“呵呵，你真有意思，你就是金刚吧？谢谢你没看出来我是女魔头，但你是金刚，这我倒是看出来了！”秦慧妍把后视镜调到看得到我的角度，朝我挑了挑眉毛，我顿时冷汗阵阵。

“哎呀，我没那么好了啦！波大而已。”金刚继续接，赛凯琳回过头看了我一眼，接着我和她两个人止不住地笑了出来，朱敏也抖动着肩膀。

这是一家很特别的餐厅，叫*D-Space Cafe*，餐厅的装潢有些没落贵族的味道，我甚至觉得在满月的夜晚，关掉灯光后，应该会上演一些让我热血沸腾的元素，比如金属、夜枭、哭号、酒精和汗水，甚至是吸血鬼。

所以一到餐厅，金刚就变得异常兴奋，有种黑熊大战吸血鬼的气息。

“这是酒吧吧？哪儿是餐厅啊，就缺一个*DJ*和镁光了，我喜欢！”金刚说完就开始一边走一边摇头晃脑地摆动起了节拍。

“有眼光！我们吃完晚饭，10点以后，这儿就会变成一个人声鼎沸的*Club*。”秦慧妍带着我们坐到高脚椅上开始点菜，感觉还真挺特别，在吧台吃牛排，这种感觉是一次纯然的新鲜体验。

“小姐，拿酒单给我。”赛凯琳灭了手边的香烟，转头对身后的服务员说。

“凯琳，我给你点果汁吧。”我试图和她说话。

“喝酒吧，没关系，我今天是开心，姐妹们难得聚一块儿。”赛凯琳说完朝我们每个人都笑了笑，笑容里有些牵强。

“你就别管了，纪忆，今天我陪你喝，凯琳。”这是今晚朱敏开口的第一句。

“由她们去吧。”秦慧妍笑笑，拍了拍我的肩膀。

酒上桌的时候，金刚已经离席了，我一回头，她在身后的一个圆桌和一位男士在谈笑风生，不知道聊什么，男士背对着我们，每次他凑到金刚耳边说一句，金刚都会笑得人仰马翻的。我能看出金刚是真的开心，她每次一开心就会笑得人仰马翻的，后来，她笑得没那么夸张了，昏黄灯光下，金刚看着身边的男孩，脸上层层晕开了笑容，呀，爱情来了？

赛凯琳吃了两口牛排，就让服务员把餐盘撤掉了，她抓起一个酒杯，桌上流光溢彩的酒瓶里是焦糖色的烈酒，她满上了一杯，我刚准备伸手阻拦，朱敏就一把按住我的手，然后，她坐到赛凯琳身边，金刚的位置上，给她自己也斟上一杯，不到一分钟她已经扣了三杯，每一杯结束她都对赛凯琳说一句对不起。

我单手支着头，皱着眉闭着眼，另外一只手握紧拳头，我想一拳打下去的地方是唐皓宇的太阳穴，能皮开肉绽的那一种。

秦慧妍继续低着头慢条斯理地嚼着牛排，就像什么都没看到一样，她应该多吃点，这就是一具没血没肉的躯体。

接着朱敏又倒了一杯，赛凯琳一把抢了过来，朱敏一看，干脆举起酒瓶就喝，赛凯琳继而又对餐厅服务员招了招手，诡异地笑了笑，笑容里是红了的一双眼。我看不下去了，不能不管了，我从背后抱住赛凯琳，我的心彻底被绞碎了，在这一分钟我才意识到，这件事对赛凯琳造成的伤害，“别这样，凯琳，我心疼！”

“我没事儿，你哭什么啊，没劲！”赛凯琳拍了拍我手背，似笑非笑地转过脸，对朱敏继续说：“好姐妹，继续陪我喝，我发觉我从来没今天这么开心过。”然后赛凯琳咯咯地笑出了声。

“我懂，我也没他妈这么开心过。你说，这生活他妈的怎么就这么有意思呢？你说是吧，我他妈稀里糊涂地就和我姐妹的老公上床了，而且最有意思的是，我最后才知道，哈哈哈哈。”朱敏脸上倒是没有泪痕，只是笑容极度扭曲，然后变异。

秦慧妍不知道什么时候也起身了，从后面拉了我一把。

我被秦慧妍拽出了餐厅，在街边的长椅上，我捂着脸也抑制不了眼泪往下掉。

“纪忆，你今晚就别管了，让她们疯，让她们闹，这种痛和愤怒如果不发泄出来，以后就会变成自己的一部分，接着，你会丧失更多，她们这样总比缄默着不说话的好。她们之所以这样痛是因为她们和你一样，都活得太认真了。”秦慧妍给我递过纸巾，我侧过脸，看到她脸上是温暖的笑，果然吃了牛排就有血有肉了嘛。

要说痛，任何人都没秦慧妍痛，人家身上这才是挥之不去的伤，也突然明白了她长时间的反常状态来源于生活对她的残忍掠夺，对亲情和寄托的强制掠夺。我急忙使劲咬紧牙，止住哭声，因为我发现，我的难受在她面前太矫情，太微不足道了。

再走进餐厅，或者酒吧的时候，人潮已经开始涌动了，确实如秦慧妍所言，瞬间就变成了一个都市魅影下的地下酒吧，之前的圆桌位已经找不到金刚的踪影，我正准备给金刚电话，接着手机就收到了她的短信：我和他换个地方继续，你看好凯琳，我爱你！

我和秦慧妍穿过拥挤的人潮，走到吧台的时候，赛凯琳依在朱敏的肩膀上，朱敏朝我浅浅地笑笑，我坐到赛凯琳身边，赛凯琳伸出手，握住我的手，侧过脸酒气醺醺地对我说：“还饿吗？我做东？看你也没吃多少。”

“行！我先记下来你这顿，今晚是饱了，下次用。”我用手撩了撩她有些乱了的头发。

“叫上我。”朱敏抬起头说。

“那必须的！”赛凯琳伸了个懒腰，拿出镜子照了照斜过头问我：“怎么样，妆没花吧？”

“没，大美人儿！”我朝她叹了口气，笑了笑。我说了在她的世界里，美丽才是第一位。

“行，今晚的事情圆满解决了，我送你们回去吧。”秦慧妍结完账走到我们身边说。

“谢谢你，秦姐，你真好！下次，我做东啊，说好了！”赛凯琳优雅地起身，一点都不晃悠，不愧是动感白骨精，她终于正眼看了秦慧妍一眼，然后又对着我耳边小声地说：“谁会穿这样来酒吧啊？难怪是个老处女！”

我一把掐在赛凯琳胳膊上，胁迫着她走，我得回家给她洗洗脑。显然，她对秦慧妍的印象还停留在上一次，我和他们几个人把秦慧妍描述的变态老处女的形象里。

秦慧妍先是送我和赛凯琳回的家，下车的时候，朱敏已经倒在后座酣然大睡了，看来今晚真的是喝高了，朱敏这样和赛凯琳拼酒显然是找错了对象，要知道，赛凯琳的*Teenage*年代可是出了名的不良少女，上海这些小帮小派的，谁不是听到赛凯琳这个名字就闻风丧胆了啊?

我先把赛凯琳送回了家，一开门，地板上、沙发上、餐桌上，全是各类男士的衣物，满室狼藉，我甚至在马桶里看到了一只皮鞋，这是唐皓宇生日赛凯琳给他买的。

“饿吗？我给你下碗面去？”我装作没看到，镇定地问赛凯琳。

“不饿，过来陪我坐会儿吧。”赛凯琳捡起沙发上的衣服，随手朝地上一扔，对我说，“坐！”

“对不起！那天是我太冲动了，气糊涂了，你抽我吧，居然连你都不相信，我抽风了，你别和我计较，我现在就只有你、曾静还有金刚了。我不能再失去什么了，我有的仅仅是你们了。”赛凯琳点燃香烟，看着我，瞳孔里是一种对未来的全然恐惧，这种眼神让我更加恐惧，我在宁致远脸上也看到过类似的表情，然后他患上了抑郁症，无法根治。

“说什么呢？这件事，我也有责任，我应该早一些告诉你的，但我怕告诉你后，你会伤心，我本来是准备先找唐皓宇谈谈的，但我发誓，我真不知道那人是朱敏。”然后赛凯琳朝我苦笑两声，低下头，轻轻地摇头。

“哭吧，没事儿！”我轻轻地抚摸她的头发，她微微地颤抖，看了我一眼，又垂下头，接着抬起头说：“听金刚说了你和柏铭哲的事情，真好，你们真的又在一起了。你们一定要好好在一起，你们是我信任爱情的唯一理由了。呵呵，我怎么觉得我这么可悲呢？爹妈是这样，轮到我，又是这样。”

“凯琳。”我心疼地把手搭在她的背上。

“行了，没事儿，你再说就奇怪了，你快回去吧，柏铭哲等着你呢，我也洗个澡，睡觉去了，累了。有事我会随时骚扰你的，你别嫌我烦就行。快去陪你老公去，别让他等太久，他现在很需要你。”赛凯琳说完起身拉着我往门口走。

“你这样我怎么走啊？我今晚陪你吧，我给柏铭哲打个电话。”我刚掏出手机，赛凯琳就把我推出门外说：“行了，洗完澡就给你电话，放心啦！”说完她朝我眨了眨眼，迅速把门一关。

回到家，刚开门我就闻到一股浓郁的鸡汤味儿，半开的窗户拂来了微风。厨房橘色的灯下面摆满了一桌饭菜，客厅的沙发上，躺着柏铭哲，闭着眼，让整个角落都变得很安静，他身上总有这种气质。

我放下包，走到柏铭哲身边，亲吻他的额头。

“嗯？回来了？老婆？”他揉了揉眼睛，立马起来说，“我煲了汤给你，估计都凉了，你等一下，我给你热一热去。”

“老公。”我拉住柏铭哲说，“谢谢你。”

“谢什么啊？饿了吧？”他一脸疑惑地看着我问。

“嗯，好饿，我们吃饭吧。”我又亲吻了柏铭哲，想起了赛凯琳刚刚说的话，然后牵着柏铭哲的手朝餐桌走过去。

夜幕下，街道上，高耸的大楼间，汽车飞速疾驰而行。

赛凯琳送走我后，背靠着门，身体重重地坠落在地面上，她侧着脸贴在冰冷的瓷砖上，她想哭一会儿，哪怕就这么一小会儿，哭出来总是好的，她这样想，然后她想起来她妈那张哭丧的脸，立即起身走到卫生间洗了把脸，她不想变成她妈那样的女人。

她使劲呼吸，愤怒堆积满整个身体，接着手机响了，屏幕上滚动着唐皓宇的短信：

“对不起，我真不能没有你，原谅我一次，我再也不会这样了。你回我一条吧，这已经快两千条短信了。”

赛凯琳那秒钟所有的愤怒被彻底地点燃，她对他爸爸离开她的愤怒，她对她继父侵犯她的愤怒，她对她妈妈在她继父面前言听计从的软弱的愤怒，当然，还有她对唐皓宇出轨的愤怒，最后是她对她自己的愤怒，全部点燃，她抓起手机重重地朝镜子砸过去，从胸口重重地吼出一声后，终于花光了所有的力气。

周末的清早，日光从天空泄满整座城市，醒来的时候，柏铭哲没有在我身边，而是一个人坐在阳台上，新种的植株已经变得异常茂盛，气温也在逐步上升，我走到他身边问。

“还是没接你爸电话吗？”

“嗯，我不想接了。”这几天每天都有好几个他爸爸的来电。

“毕竟是你爸爸，你还是回一个过去吧，万一找你有事儿呢？”

“呵呵，找我有事儿？能有什么事儿？结婚？和白傲菲，你觉得这是事儿吗？”说完他低下头给戴着手套给花施肥。

从昨天下午开始，柏铭哲爸爸就一直给柏铭哲打来电话，但柏铭哲一直拒绝接听，后来干脆屏蔽了他爸爸所有的来电。

“铭哲，我没这意思。”我穿着条纹的睡衣坐在他身后的沙发上，城市笼罩在一盘橙色的光景间。

“对不起，老婆，我不该这样说话，我只是……”他叹了口气，对我说。

“呵呵，我明白，这样吧，今天周末，陪我去逛街，可以吗？”

“嗯。”他抿着嘴朝我笑笑，眼神依然不明朗。

中午的时候，我带他到了长乐路他很喜欢的一家专卖进口模型车的店，想让他开心些。刚进店，老板就兴奋地朝柏铭哲走过来说：“柏先生，还正准备联系你呢，你上次不是让我帮你找一个限量*Amalgam* 法拉利458 的车模吗？我特别托我一熟人在美国给你弄到了一个标准红的，真就是你开口，要不然我真不敢进这么贵的模，过来看一下吧。”

柏铭哲没开口，冷漠地扫了一眼老板然后说：“哦，我下次过来拿，今天我还有事儿。”

“今天没事了，呵呵，看看去呗，今天你是*BOSS*。”说完我拉着柏铭哲跟着老板走。

跟着老板上了二楼，中央的玻璃柜台里摆着一台70*cm*左右长的红色模型车，我以前就整天听柏铭哲提起，家里也有几个一模一样的小模，但无论质感还是色泽确实没法和眼前这台比，如果只用摄像机拍，还真可以以假乱真了。

“怎么样？气派吧？说实话，我这行也算是个玩家了，这么好的模还真得是天时地利与人和才碰得到，这肯定以后还会升值的，全球限量199台，给你包起来吗？”老板说得眉飞色舞，抑制不住地欣喜。

“嗯，嗯，包起来，终于给你买到了，开心吗？”我想也不想就朝老板猛点头，让老板快给我包起来，这应该是目前能让柏铭哲开心起来最好的礼物了。

“不了，我先不要了，你卖给别人吧。”柏铭哲双手插在口袋里，他甚至都没认真抬起头正眼看车模一眼。

“啊？我没听错吧？柏先生，这是你千叮咛万嘱咐一定要给你订到的模型车啊，这品质你不要怀疑，我有证书的，*Amalgam*的，我给你去取。”老板说完就转身下楼。

“你怎么了？这别人都帮你订好了。”我轻言轻语地询问，眼前的柏铭哲我第一次看到。

“你知道这模型多贵吗？”

“能多贵？不就是四万多块钱吗？我两场同传就挣到了，一天的事儿。”我看了看标签说。

“我是个男人，请你尊重一下我。”柏铭哲说这话的时候皱起了眉头，我看到他这样比用刀刮我还难受。

我愣在车模旁边，一时间不知道如何应对眼前的窘境，接着柏铭哲伸过手牵起我的手对我微微笑说：“走吧，给老婆买东西去。虽然我钱不多了，但给老婆买套衣服还是不成问题的，今天以前的朋友联系我，还了我几千块钱。”

我立马把眼泪往肚子里吞，扬起笑容对他说：“走，我和你说啊，我看中一双鞋，再不去估计都卖完了，我们现在就去，快快快。”

“遵命！现在出发。”然后柏铭哲带着我离开商店，我偷偷记住了店门口的联系电话。

我们又买了很多东西，我依然像从前那样选自己喜欢的衣服鞋子，并没有刻意选打折的商品，甚至我会偶尔刻意绕开打折商品，我怕自己又一个所谓善意的体谅再一次刺痛柏铭哲敏感的自尊心。

晚上回到家的时候，我去看了赛凯琳。敲开门的时候，宁致恒、致远都在，气氛完全出乎我的意料，房间已经变得很整洁，完全找不到我以为的诸如狼藉不堪、焦头烂额此类场景的端倪。

“来了，你老公呢？”眼前的赛凯琳又满面春光地朝我笑。

“他，他，他先回家了，你没事儿吧？凯琳。”她的反应确实让我很吃惊。

“能有什么事儿，进来坐，致远，纪忆来了。”赛凯琳说完就拉着我的手朝客厅走。

“纪忆姐，我哥说明天去游乐场，你和我们一起去吧？赛凯琳和金刚也会去。”致远脱了鞋袜坐在沙发上，依着他哥哥的腿对我说。

“什么赛凯琳啊？叫姐姐，说了你几次了。”赛凯琳说完很销魂地横了宁致远一眼，看来赛狐狸应该基本恢复元气了，所以我一直怀疑赛凯琳身上一定有个恢复出厂设置的钮，一按能扫除所有不愉快，无论是对她妈，还是现在的唐皓宇，我真希望她真有这样的开关。

“你们一起去吧，我就不去了，我明天还有事，大不了我给你买公仔熊作为补偿，限量的，够意思了吧？”我对致远说，宁致恒放下手中的报纸，瞅了我一眼，面容有些僵硬，然后说：

“人家要陪老公，哪有时间顾得上我们？我们自己去吧。”

赛凯琳眼珠又一次中邪一样地在我和宁致恒身上来回扫动，就像密集收集信息的电脑，疯狂地在闪屏。

“对了，曾静给你说了吗，她下周五回来，到时候一起吃饭吧。”我对赛凯琳说。

“嗯，早说了，你再通知一遍吧，那天有惊喜哦，你做好准备吧！”赛凯琳神秘地对我眨眨眼。

“什么惊喜啊？你先说。”我真的不是那种喜欢惊喜的人，在无数次惊喜变成惊吓之后。

“说了还能是惊喜吗？保准是好事儿，你就等着吧。对了，到时候一块儿去啊，致恒，致远。”赛凯琳扭头说。

“嗯，当然要去，曾静姐回来了，她说给我带了很多好吃的。”致远说。

“我说，你对我有什么意见吗？喊她俩就姐姐，姐姐的，姐姐我对你也不差啊，我哪点不如曾静啊？不就是上次你回国，她带你去旅游了一趟吗？你现在吃的雪糕都是姐姐我给你买的，你这个小没良心的。”赛凯琳说完抢过致远手上那桶雪糕，又销魂地横了致远一眼，她一定纳闷儿这摄魂大法怎么就是对致远没效果呢。

“我只是觉得你不像姐姐，感觉你像我妹妹，如果只看长相。”致远说完摊了摊手，我肯定致远今天吃的雪糕一定是蜂蜜味的。

“是吗？是吗？还有呢？唉，你也真是的，你早说嘛，那你还是叫我赛凯琳吧，来，多吃点儿，吃完冰箱还有。”赛凯琳立马匍匐到致远跟前，只差给人按摩了。我顿时觉得，她妖艳的躯壳里住的是草履虫一类的单细胞生物，或者说他俩太明白彼此那点水仙花般的自恋情结啦。

宁致恒整晚都没看我一眼，放下报纸后，拿着遥控一直对着电视机换台，换了一整晚，连一支广告都没看完就换了下一台。

曾静回来那天，秦慧妍中午约我去买晚上穿的衣服，我这才想起来秦慧妍、朱敏、孙阳也都在受邀请行列，大家都是同僚和上下属兼朋友关系。赛凯琳陪着我们一起去，但一直一副心不在焉的样子，事情还没过去。

我特别给金刚打了电话，告诉金刚到时候别说不该说的，因为我并不清楚曾静是否邀请了唐皓宇，赛凯琳这件事只有赛凯琳有资格告诉任何人，到时候万一碰了面，尽量处之泰然，我很在乎赛凯琳，但也因为太在乎，这件事情上我给不了任何意见，只有陪着她，支持她。

金刚的态度则截然相反，一副要把唐皓宇大卸八块、置之死地的架势，电话里一直传来“老娘也算行走江湖这么多年了，唐皓宇，敢在凯琳身上犯贱，非弄死他不可”，“最好就别让我再碰到他，碰到了我真保证不了我会做出什么事情来”，“你别和我提‘唐皓宇’这仨字儿，我恶心”。

我在电话里感觉得到金刚的激动和略微的失控，显然，唐皓宇伤害的人远远不止赛凯琳。

晚上到酒店包厢的时候，只有秦慧妍和孙阳两口子在包厢。我和柏铭哲走进去的时候，秦慧妍朝我们笑了笑，柏铭哲走上去和秦慧妍、孙阳打招呼，我看了看仨人的装扮，别人一定以为这是商务会议包厢呢，正举行公司年会之类的活动，因为仨人打扮都太正式了吧，哪像是给朋友接风的？算了，我去喝瓶茉莉蜜茶吧。

“纪忆，*Sorry*, 今天外面风有点*big*, 所以*come*晚了。”金刚到场了。

我当时眼前一黑，估计金刚是看到孙阳了，有任何陌生男子在场，她都会发病，我甚至都不用回头，就知道金刚今天的打扮肯定又是在模仿某种牛鬼蛇神，因为几乎每次我和金刚参加聚会的时候，我都要腾出时间来对周围的人解释，我们刚刚从化装舞会上过来。

她有一次参加赛凯琳生日派对的时候，染了白发，戴着个红色面纱，穿了身红衣，赛凯琳一看就说："你是在模仿白发魔女吗？不可能啊，白发魔女是女的啊，你是什么物体啊？"

金刚立马一个大跺脚说："讨厌，什么叫物体？人家是*Gaga*，血肉模糊装，不像吗？"

然后赛凯琳抓了把瓜子说："去演鬼片吧，你能超越所有的演员，让中国的恐怖片上升一个台阶。"

"你是说王祖贤吗？"金刚捧着脸问。

"午马！"赛凯琳说完咔嚓嗑了一颗瓜子。

"讨厌！你才是马呢！"金刚说完害羞地挤到了我的腋下。

所以今天不用想，金刚一定又是各种奇异造型出场，这已经是我们生活中的娱乐元素之一。

金刚进来后，在我身边的柏铭哲睁大眼看着我身后的方向，我顺着他眼光一回头，我想我知道赛凯琳说的惊喜是什么意思了，金刚穿着黑色礼服，露出香肩，头发端庄地盘了起来，轻薄的淡妆下，我第一次觉得金甘若还真有超模范儿，但这还不是最大的惊喜，最大的惊喜是她挽着一个衣冠楚楚的男生，三十左右的年纪，头发酷酷地立着，举手投足间透着一种让人舒服的儒雅气质。

"你们好，我叫李浩瀚。第一次见面，请多关照。"他伸出手和我们握手，我还在想今天该不会是化装舞会吧？为什么金刚认真打扮后，我反而觉得这是化装舞会呢，接着，金刚一把把我扯出了包厢。

"怎么样，不错吧？我爱死他了！"金刚说这句话的时候，又开始半蹲着腿依偎在我身上，一副小鸵鸟依人的样子。

"什么意思？他是男友？啊？哇哦？靠！"我尽量压住讶异问，金刚已经单身侠独闯江湖太多年，说实话，惊喜来得太突然。

"讨厌！这不明显的嘛！死鬼，你好烦，我和他是认真的，他美国回来的，保时捷，卡地亚，你说，我怎么好意思拒绝嘛！”金刚说这段话时候已经在捶打我的肩部，说明她已经兴奋到快爆血管的程度了。

大一那年，赛凯琳和唐皓宇吵架的时候，金刚为了替赛凯琳出头，一个人独闯男生寝室，当时正值夏日炎炎的季节，很多男生都是穿着短裤在宿舍里晃，金刚当时从男生寝室冲出来的时候就是这样捶打我的肩部说：“那些男孩们怎么可以这样，他们都不穿的吗？乱晃！”

她那天不停地描述着她所谓的不幸，当然，遭殃的是我手臂，所以为了止住她的兴奋，我冷不防地问了句：“为什么你进男生宿舍，宿管就不阻拦你呢？”

接着后来，她终于镇静了。

“什么时候开始的？我怎么觉得他有点儿面熟呢？”我用手肘戳了一下金刚问。

“就是那一晚啊，女魔头带我们去的那个地下酒吧，西餐，记得吗？”金刚朝我挑挑眉，又抱起我的胳膊狂啃，依然沉寂在幸福的围城里。

“哦，他啊。”我顿时恍然大悟，但那天我们只看到他背影，但我真觉得我在哪儿看到过这个男生的脸蛋啊。

“宝贝们，呀！”我听到这声音就像打了兴奋剂一样，不用想，是曾静来了。

我和金刚立马扑到她怀里，只是我只站着的，金刚是半蹲。致远更夸张，直接听到声音就飞也似的从包厢里跑出来，我都没反应过来，他什么时候到的？他和我们拥抱在一起，一副《千里寻母记》的戏码，曾静真有几下子，致远见到宁致恒都没这么兴奋。

“快，让姐姐看看，哟，又帅了，我好想你啊，致远！”接着曾静推开我们，一头扎进宁致远怀里，他俩的关系显然比起我们还要瓷实，我真后悔上一次把致远介绍给曾静，我有一种被好友背叛了的感觉。我和金刚对望一眼，心照不宣地撇了撇嘴。

曾静看我们表情不对，立马又过来抱着我和金刚揉、吻、捏了个遍，有时候还真不适应她不这样，就这样，我们这伙人这次算是凑齐了。

我们走进包厢的时候，宁致恒也到了，几个人已经聊得昏天暗地的，柏铭哲干脆都撸起了袖口，聊得面红耳赤的，《中国到底要不要设立虐童法》的辩论都没这么激烈。

“哟，曾静，这陕北回来后，整个人怎么更水灵了呢？是吧？我看我下次坐月子得到西安去才行，快坐，都等着你呢。”秦慧妍和曾静寒暄了起来，我又一次有一种被上司和同僚背叛的感觉，因为我进公司这么久，我都没见秦慧妍这样夸过谁漂亮，或者水灵。

“那必须的，我陪姐姐你去，孙总，要不，一块儿？”曾静朝孙阳打趣道，我算是对曾静这社交能力佩服得五体投地，当时进公司时候，孙阳说那句“你是曾静介绍过来的，我相信她的眼光”的时候，我就知道，她的道行一定是我们几个人里最高的，赛凯琳在她面前最多就一只小妖，曾静才是黑山老妖呢，或者说赛凯琳的狡猾只是一团小虚火，而曾静的圆滑和精明才是纯青的炉火。

“铭哲，怎么都不等等姐姐我过来就开喝了啊，来，姐姐先敬上一杯，我这妹妹不懂事，一定没少给你添堵，你就担待着点儿，姐知道你们一块儿不容易，先干这杯。各位帅哥美女们稍后，我就满上啊。”说完曾静爽快地一杯下肚。酒桌上，曾静永远是主角，大家都不自然地被她吸引过去，所以，就只为她回到上海，我们都得好好干上一杯。

她是我们几个人里面家境最一般的，从初中开始，她就已经偷偷去帮店家洗盘子了，思维也是我们几个人里最成熟的，所以很多事情，都是她替我们出面解决的。

柏铭哲也爽快地一杯下肚，接着，宁致远跳起来举着酒杯嚷嚷道：“到我了，到我了。”

“小孩子家喝什么酒，再说了，这酒挺烈的，小王子，姐姐带你去喝下家，满上果汁，听话。”曾静说完，宁致远开开心心地给自己倒了一杯苹果汁。

“呵呵，有意思。”宁致恒抱着手笑。

“但这位帅哥，咱就得干一杯了，久仰大名，就您这气场，我一猜就知道，您应该就是大名鼎鼎的宁致恒大公子是吧？咱得干一杯啊，你真的帅到我睁不开眼。”曾静这话唠开了就收不住。

“我也久仰你大名了，今儿总算让我碰到你了，曾静是吧，我先干为敬，你这豪爽劲儿！我喜欢！”宁致恒也跟着双手毕恭毕敬地和曾静碰杯，金刚一把抓着我大腿说：“我觉得他俩最后得在一块儿，你看曾静看宁致恒的眼神，这就像高中那会儿，她看唐皓宇的眼神啊。”

“那我也得敬你一杯才行，我这老同学都这么夸你了，他还真不太夸人，另外，我女朋友一定也给你添过不少麻烦，真谢谢你，曾小姐。”李浩瀚特虔诚地举着杯子应和道。

我和金刚、曾静的眼珠在彼此身上疯狂打转，我就离开包厢一会儿的工夫，两人怎么都老同学了？

“是啊，这就是我和你们说过我准备一起投资合作的美国同学，世界还真小，这都能凑一块儿，那我得再和你们干一杯，就为这缘分都得干一杯。”宁致恒说着又给自己满了一杯。

“加上我，那我也得喝，浩瀚是我老公，而曾静是我姐妹嘛！”金刚也跟着瞎起哄，你怎么不因为上海世博干一杯呢？

最后干脆整桌的人都起来了，按金刚的逻辑，因为我是曾静的姐妹，而柏铭哲是我老公，然后宁致远是致恒的弟弟，秦慧妍和孙阳又是我和曾静上司，我第一次觉得金刚的逻辑思维真不赖，正准备碰杯的时候，赛凯琳到了。

“我说，我们这还没到呢，你们就干杯了，这是庆祝我和唐皓宇没到是吗？”赛凯琳今晚打扮得一如往常的妖娆，但确实又是惊艳四座的美丽。

全场安静了，因为赛凯琳的手挽着的男人是唐皓宇，那个几年前开始背着赛凯琳在外面偷吃无数次的，我可以说那个字吗？——“贱”男人。

“妖孽，快过来，姐姐亲一口，怎么才到啊？你俩坐，这菜单都放你座位上了，就等你来点菜呢。”曾静先打破了沉静，拉着赛凯琳往身边的座位上座。

“曾静，你别，我烦你，你算算，你不在上海多少日子了？你主动给我打过多少电话？我主动给你打过多少电话？”看来赛凯琳就是要和曾静在酒桌上把道行一比高下，唐皓宇坐在旁边，嘴角微微上翘，眼睛不敢看任何人，盯着眼前的茶杯，他根本也无力去看今晚的任何一双眼睛。

“你这张小嘴还是这样伶牙俐齿呀，呵呵，行，姐姐全错，所以特别给你买了化妆品啊，待会儿给你，来，皓宇，看看菜单，你最后一个到，你点菜。”曾静把菜单塞给唐皓宇，看来曾静并不知道赛凯琳和唐皓宇之间发生的事。

“哦，你们想吃点儿什么口味的呢？”

“来一盘儿红烧负心汉、油煎陈世美、水煮禽兽之类的，都可以。”金刚坐在唐皓宇正对面，她虎视眈眈地盯着唐皓宇，一副审讯犯人的女检察官的架势，她这么一弄全场气氛就真的很尴尬了。

唐皓宇朝我讪讪地笑笑，想我替他解解围，我转过头朝秦慧妍笑笑，装没看到。

说实话，他这眼神我接不住，想到他对赛凯琳做的种种，我除了恶心还是恶心，但也由衷地觉得他真的很适合表演这个行业，这演无辜的演技真是一流，难怪娱乐圈里二奶一抓一大把。

“先点几个荤的吧，有鱼吗？”秦慧妍接道。柏铭哲抓起我的手。

我看了看赛凯琳，她红着脸，低着头玩着手机，抿着嘴笑。我当时恨不得掐死我自己，赛凯琳你身上几根毛我都数得清楚，你有必要在我面前装吗？你那张面具一样僵硬的笑容下面是什么我会不清楚？如果我早点儿把事儿告诉赛凯琳，也不至于弄成这样，然后我低下头，再也不敢看赛凯琳，一看到我就心疼，特别疼。

整个晚上大家基本上都是在相互敬酒，中途柏铭哲手机响了几次，他一直挂断对方电话，我没问，但他看出来了我的担心，小声告诉我：“没事儿，我表弟，估计又是我爸那堆事儿，放心吧，我哪儿也不去。”

接着啤酒就一箱一箱地上，红酒一瓶一瓶地开，觥筹交错间，有的人笑容满面，有的人笑不可抑，比如金刚、曾静。有的人眉头微锁，心猿意马，比如柏铭哲，他看到他表弟一条短信：你爸爸病危了，真没骗你，他要见你。但我没看到。有的人面红耳赤，有些无地自容，比如唐皓宇。有的人兴奋过度，笑容里却红了眼睛，比如，我亲爱的赛凯琳。

后半场的时候，金刚一直给唐皓宇敬酒，敬辞从“祝贺你成功代言丁字内裤”到“祝贺你爸升迁成功”，最后甚至都到了“祝贺你拿到酒店贵宾卡，酒店安全套免费无限用”的敬酒词。

曾静看出来了气氛紧张，来了一句：“今儿差不多了啊，姐姐我预算差不多到了，要喝，我下星期再开一桌，成吗？”

“你不懂就闭嘴，曾静，我算是看透你了，你就这么当姐姐的，你知道唐皓宇这混蛋怎么欺负凯琳的吗？”金刚确实火了，她有话是一定得非说出来才舒服，看来我提前在电话里跟她说的都白说了。

“行了，金刚，你喝高了，曾静才回来，她知道什么啊。”秦慧妍道。

“行，我是畜生，我知道我让你们都失望了，但我唐皓宇对赛凯琳是认真的，你们信也好，不信也罢，我就是犯贱，我没辙了，我离不开赛凯琳，你们要怎么损，怎么骂，要我喝死我也认了，我就一混蛋，但我不能没有赛凯琳。”说完，唐皓宇干脆举起瓶子吹。

现场安静了，只有赛凯琳的抽泣声。很久以后，赛凯琳起身对大家宣布了一件事，我才算知道了今晚的惊喜到底是什么了。

“对不起，让大家见笑了，我废话就不多说了，相信我和唐皓宇最近这事儿大家都知道了，还请大家多担待一下，别为我们这屁事儿添堵，我下星期三会和唐皓宇结婚，请帖我这两天就会补上，赏脸的届时光临。这是今晚最后一杯，致他妈天长地久的爱情！”说完赛凯琳一口吞了整杯酒，我刚准备起身，秦慧妍就一把拉住我小声对我说：“你这样就不合适了，纪忆。”

我以为金刚会起身阻拦，但她也没动静，正趴在桌上抽泣呢，曾静抱着手，安静地看着赛凯琳，眼神很复杂。

晚上回到家的时候，我一个人坐在阳台上，霓虹与灯光沿着黄浦江畔流淌开来，我想起今天酒桌上曾静对唐皓宇的维护，给曾静发了条短信：“你是真不知道，还是假不知道？”

柏铭哲回到家，一个人跑回了卧室，打开手机，拨他爸爸电话，但没人再接听他的电话，他一拳捶在墙壁上，接着电话响了，是白傲菲的号码，他挂了电话，倒在床上。看完晚上他表弟的那条短信后，他开始担心他爸爸。他妈妈走了之后，他一直和他爸爸两个人相依为命地生活，他父子俩感情一直很好。

赛凯琳从唐皓宇车里蹦下来，对唐皓宇说：“今晚的表演结束了，你别以为我已经原谅你了，唐皓宇，我没原谅过，也永远不会原谅，婚礼之前，我不想再见到你。”

宁致恒没带着致远直接回家，而是在小区里找了片草地，夏天到了。

他点了支烟，想起了今晚看到的纪忆和柏铭哲，他心情很复杂，因为他一直在想着纪忆，致远靠在他哥哥的肩膀上看着星空，疏星寥落，草地旁边的水池一晃倾城。

“哥哥，我们回英国吧，我不喜欢上海。”致远说。

“想英国吗？哥哥这几天抽个时间带你去旅游吧？”宁致恒灭掉香烟。

“哥哥，如果人与人之间的关系就像星星之间的距离，斗转星移，永远不会改变，那多好？”宁致远躺到他哥哥的腿上，盯着他哥哥的眼睛问。

“那多没意思，离得那么远。”宁致恒说。

“哥哥，你是不是喜欢纪忆姐？”宁致远笑了笑问，笑容里有说不清楚的东西，比如隐忍，忧伤，或者邪恶。

Chapter

9

美狄亚的罪与罚

万能的女神们

请假我一个夏季，一个秋季，让我的诗歌成熟

那么，我的心，在满足于这甘美的游戏后，就乐愿死去

这颗心灵，在生时不能获得它那高贵的权利，死后也不会安宁

可是，有一天，这神圣的事业——深藏在我心中的诗歌，将会得以完成

那么，冥府的沉寂，欢迎你的到来

——荷尔德林

我叫赛凯琳，今天是我的婚礼，我从前就设想过无数次的今天应该是喜悦的，感恩的，宛若童话般梦幻的，凡尔赛玫瑰般的，法国南部海滩线一般的，罗马冰淇淋一般的。

我能幻想出整个我和唐皓宇相爱的过程，我也幻想过今天的无数可能，但如今这样沉甸甸的，沉入深海的，暗火狂烧的，钝刀割肉的心绪是我未曾预料过的。

不过确实，我们还是要结婚了。

现在是早上九点，我一个人坐在落地窗前，桌上透明的玻璃杯里装着激荡着微粒的矿物质水。婚礼仪式将会下午三点在教堂里举行，我并不是睡到现在才醒，而是我基本上就没睡，整晚我都躺在床上，想着的都是从前和唐皓宇那些如烟火一样的往事，我在拼命找寻一些相爱的依据，或者待会儿走入婚礼现场的勇气，这让我发现自己越发可悲。我也想起了这些年的颠沛流离，时过境迁与支离破碎。

我的学历没纪忆和曾静的高，连金刚好歹都是波大毕业的，而我就一个高中文凭，或者你可以直接理解为，我就没有文凭，但我一直觉得我比她们任何一个人都要聪明得多。

从前，我觉得我对未来有着极其清晰的规划和安排，我一直觉得命运这回事是一直能在我的预测和掌握之中的，我预测到了我妈那样的女人最终会孤寡终老，我父亲则会活在一辈子都补偿不了的内疚之中，而我继父最后将会在铁窗里度过他的余生，但我没预测到，有一天，唐皓宇，会背叛我赛凯琳，而这件事确实是切切实实发生在我身上的一件事。

从那天在酒店里碰到唐皓宇和朱敏开始，我就陷入极度的颓丧和厌世的情绪里，离开酒店后，我一次一次冲到路面，我真想路面上能向我驶过来一辆疾驰而过的汽车，把我撞裂，把我压扁，让我腐烂，然后随着浊浪滔天的汽车尾气消失殆尽。一大团挥之不去的恐惧笼罩着我，我知道，让我恐惧的不光是事情本身，不光是我产生了如此荒诞的轻生念头，而是唐皓宇的背叛让我想起了那些藏在心里的、隐蔽了多年的、一直避而不谈的丑陋地带的往事，他的背叛让我想起了多年前那个如疽附骨的深夜。

那一年，我已经高三了，我妈整日在写她自己的电影剧本，而我爸爸在那时候已经和另外一个阿姨生了新的小孩儿，他对我和我妈早就已经不闻不管不问，一开始我对他充满了责备和愤怒，但迅速地，在他离开后，我的愤怒马上转嫁到了我妈的身上。

因为在他离开的第二天，就有一个陌生的男人住到我家里来了，他叫钱程美，大不了我几岁，大学影视表演专业刚刚毕业，我妈是导演，还不成年的我就知道了利用和算计这些勾当，它们还发生在我至亲的母亲身上，后来大家管这些勾当叫潜规则。

那些日子，妈妈开始经常对着镜子描眉抹唇涂腮红，然后她会坐在钱程美的大腿上看一些卡通动画，然后对钱程美说："美美，你如果是大头儿子，我就是小头爸爸，我们要永远手拉手在一起。"我听到这句话后哭着笑了一整晚，一种扭曲的、变态的情节在他们之间展开。

我妈知道我是不可能喊钱程美"爸爸"的，为此，钱程美经常冲我妈发脾气，拳打脚踢是家常便饭。我每次都会找一些东西往他身上砸，或者扯掉他一大块头发，我知道，单纯的拳脚相向的话，我根本不是这个肌肉男人的对手。

我恨她，但她毕竟是我妈，谁也不能打我妈！

钱程美很少对我还手，最多他就是钳制住我，然后发出夜枭一样的笑声，他确实不需要对我动手，因为每当这个时候接着我妈会立刻朝我冲过来，几巴掌抽在我脸上。我特别不理解，你这么大力气，干吗不抽眼前这个混蛋呢？那些日子，我成天往曾静家里躲，带着纪忆，曾静的父母总是像待亲生闺女一样地待我们。

有时候我一个人在家里的时候，钱程美会赤裸着上身在家里，或者我在餐桌上做作业的时候，只穿着一条内裤坐在我对面吃着雪糕看着我笑，最后他变得变本加厉，干脆赤裸着身体在我面前晃荡。我把这些告诉我妈的时候，她又气急败坏地一耳光甩在我脸上对我说："不可能！"我知道，她那句"不可能"是她对自己说的，就像她这记耳光是想抽在钱程美脸上的。

那段时间我已经和唐皓宇在交往了，但家里这些事我却不能告诉他，我也不打算告诉任何人。

后来我妈和钱程美之间有了越来越多的争吵，钱程美离开了我家，我妈则去了成都导演她自己的新电影，家里只有我一个人了，这是我最喜欢的一段时光，只要他们都不在我身边，我告诉自己，赛凯琳，再忍耐几个月就高考了，都会结束的，就要结束了。

那些天，我一个人在家，高三的时间所有人都是在按秒计算的。有一天我醒来就感觉浑身发冷，我病了，我其实特别想打个电话给唐皓宇，可能是因为突然的疾病让我产生了一种强烈的依赖感，我真的好想他，但我最后还是没有拨出去，我知道，听到他的声音我一定会哭，而我哭一定会扰乱他下午将要进行的上戏表演专业的最后复试。

金刚倒给我打了个电话，她告诉我，她看到了钱程美带着一个年纪相当的女孩在看电影，对于这个消息，我一点都不诧异，每次妈妈出差他总是在外面住，我知道他背着我妈有很多女人，为这个事儿，我也曾告诉过我妈，当然，每次我告诉我妈，我妈都会和他闹，而每次收场的最后，就是我妈和我都被打得血肉模糊，一样的模式，他打我妈，我打他，我妈打我。

我妈妈总是忙着她各种另类的艺术，我总觉得那是一种伪装的酷，至少，我真的看不明白，也不想明白，那些围绕着各种古怪情结展开的所谓艺术包装，甚至我对这些玩意儿是憎恶的，因为我妈曾经问过我一个问题："如果你被你继父强奸了，你会什么感受？和妈妈说说，妈妈准备写一个这样的剧本。"那天开始，我第一次知道了恐惧是什么感受，因为我恐惧的人不光是我继父，还有我妈。

生病的那天，我醒来开始就觉得浑身乏力，骨头是锥心的疼。起床后我到处找药，心想这就是一次普通的伤风感冒而已，但怎么找也找不到平时吃的那几瓶，估计都吃完了或者过期后妈妈给扔了，最后在抽屉里我翻出一瓶白色药丸的玻璃瓶，我心想，这样的药片不是安乃近就是阿司匹林，就随手抓了几片吞进肚里，然后回到床上，想大睡一觉后，这病也该好得八九不离十了。

我再醒来的时候，已经是半夜了，我感觉到有片潮湿的东西在舔舐我的脖子，吃力地睁开眼，我看到了一个黑影趴在我身上，我想大叫出来，但我只听见自己发出几声病怏怏的呻吟声，我连伸手去开灯的力气都没有，后来我才知道，我吃的那瓶药是我妈妈抗焦虑时候的安眠药，当时我连只是眨眼这个动作都无比的缓慢，我感觉整个人都变得非常麻木，因为在我想把“他妈的”这些平日里说得最恶俗的话破口大骂出来的时候，我只是从胸口发出一声声沉闷的呻吟，眼泪止不住地流，我尽全力唯一喊出口的一句是“妈”。后来，当我看清楚在我身上和蛆一样蠕动的人是钱程美的时候，我连最后一句“妈”都喊不出来了，因为我想起我妈问过我的那个问题，“如果你被你继父强奸了，你会是什么感受？”

徒劳的挣扎后，我没有了一点力气，最后我只有闭上眼，我甚至想咬咬牙就过去了，当我发现自己连咬牙的力气都没有的时候，我庆幸自己还能流眼泪，这居然成为了我唯一的宣泄口。我尽量让自己想着其他事，我想起来，今天还约好唐皓宇一起去庆祝他的复试，我想起来，曾静爸爸还说这两天包饺子给我们吃，我还和纪忆说好了，她以后到了英国就会给我寄来漂亮的明信片，那儿一定漂亮得和油画一样，雪花漫天飞扬，千里冰封，万里飘雪。

后来我就没了知觉，再醒来的时候，依然是黑夜，身体依然很乏力，酸痛侵蚀着每一个细胞。我终于醒了，我很想把憋屈到了极度的愤怒喊出来，但我只是踮着脚，颤颤巍巍地打开房门，从门缝里看看客厅有没有人，看到没有人后，我又打开所有房间看了一遍，然后我把家里的门反锁好，慌忙抓了几把椅子堵在门上，即使这些都是徒劳，我已经没有更多力气去搬更多的东西了，最后，我放了个花瓶在椅子上，我想只要听到动静，我就从我家窗户跳出去，爬窗户的力气还是有的，我只是需要一点点时间，真的只是一点点，我只想带走那些唐皓宇给我写过的信，然后带几套衣服，最后，带上外婆和奶奶的照片，她们是这个世界上最疼我的人了，虽然也都离世了。

我该离开了。

收拾好东西后，我发现我能带走的东西只有一个中号塑料袋这么多，我连个像样的包都没有。天灰灰亮的时候，我离开了家。走在路上的时候，我尽量让自己故作镇定，我告诉自己，赛凯琳，没什么大不了，马上就到警察局了，只要还能走到那儿就能得到救赎。

一走出小区开始，我便开始走得越来越快，最后，我跑了起来，一边跑一边哭，披头散发，逃亡一样地向前奔跑，提着一个快要破了的塑料袋，我走在行车道上，汽车对我疯狂地按喇叭，我那时候感觉自己游走在一种精神分裂的边缘。快跑到警局的时候，我感觉自己的脚异常温暖，我低下头一看，我的双脚已经全是血了，呵呵，我居然忘记穿鞋了。

最后，看到警局的时候，我哭了，这里应该是唯一一个可以替我伸张正义的地方了。当我一瘸一拐走到警局门口时，我看到了唐皓宇的爸爸，这才想起来，他爸是警察，于是我赶忙躲到了墙角，我不知道还能怎么办，我从来不打算让警察以外的任何人知道我赛凯琳身上发生了一件这么龌龊的事情，特别是唐皓宇，而现在如果我把这件事报警，不说唐皓宇，就是他爸爸也不能接受。我坐在台阶上，烈日炎炎的夏天空气让我有种浮在空中的错觉，右脚的血已经渐渐止住了。我掏了掏口袋，没有一分钱，我手上只有一个手机。

把手机卖掉的时候，我感觉到内心剧烈地疼痛着，那是唐皓宇在我们交往第一年的时候，用存了半年的钱送给我的。老板只肯给我三百块钱，我最后求老板多给我一百块，现在是我急着用钱的时候，老板却说："你们这行的谁都说缺钱，下次再偷到好的送过来，我再给你加钱。"

我当时恨不得把那几张钞票撕碎砸到他脸上，但我只是唯唯诺诺地接过钱离开。从那天开始，我知道，我已经不是赛凯琳了，我已经脏了，烂了，臭了。

接着我没有再联系任何人，我买了双十五块钱的拖鞋，到医院包扎好了脚上的伤口，打了一针消炎针就花了我快两百元，给钱的时候我居然在医院的结账窗口问护士："请问，你们可以给个优惠吗？"

这个举动让那些平日里我看不惯的乡下人都对我投来了鄙夷的目光，我带着伤离开，想先找一家小旅馆住上一晚，但附近都是商业区，最便宜也得两百块钱左右，我已经负担不起了，最后我找了一家网吧，在一个充斥着烟臭味的包厢里，我倚在沙发上，想闭上眼休息的时候，我却发现自己不敢闭上眼了，我很怕再发生任何事情，除了死亡和世界末日。

后来我到网吧柜台买了一包香烟，一个打火机，一听啤酒，我打开电脑开始给曾静、纪忆、金刚留了一样的留言：

我妈给我打来电话，说成都那边的拍摄会很长时间，非得要我去成都陪她几天，你们这群妖孽得照顾好自己，我回来再和你们细说，高考不用替我担心，不说年级第一吧，但班级第一还是没问题的，你们要加油超过我才行。

然后我给唐皓宇留言：

皓宇，对不起，今天你复试没陪着你，因为今天我出门买衣服去了，我要去成都找我妈。你知道你老婆我有多爱漂亮的，我妈不是去那儿拍电影去了吗，她非得要我去陪她，我走得很匆忙，马上就要登机了，所以，现在我在机场贵宾厅里给你留言呢，这儿还挺气派！下次带你来兜一圈儿。

听着，唐皓宇，我不在的日子里，给我照顾好自己，我会让纪忆监督你有没有逃课，就算现在你已经十拿九稳地进上戏了，但你还是得用心学知道吗？我托我妈问过上戏的老师，你这次复试行不行都早进了，之前没告诉你是怕你不用心准备，现在你只差文化分了，所以你一定要花心思学，另外，我的手机暂时不用了，我到成都弄个新号会打给你。高考之前我会赶回来，还有，最后，最重要的一点，我相信你唐皓宇是对我一心一意的，但是，学校那群吃人不吐骨头的小妖精可是整天都在打你的主意，你要是敢多看她们一眼，我回来会剥了你的皮，然后再给你涮上一层小肥羊的火锅料。

最后，我只说一次，你知道我这人不喜欢把那些话挂嘴边，但已经快三年了，这句话我憋了也快三年了：我爱你，唐皓宇！

那天我整晚都没睡，整晚地抽烟和喝酒，那是我第一次抽烟和喝那么多酒。清早的时候，我走出网吧，街边的人看到我都潜意识地给我让路，我看了看橱窗玻璃上自己的倒影，嘴边叼着烟，抱着手，蓬头垢面，穿着拖鞋，那时候，我发觉我和我平日里唾弃的那些边缘女孩儿再也没有什么两样了，真的，只差一个人走到我面前来问我一句“小姐，多少钱一晚”了。

我回不去了。

那天，我开始找工作，我没有任何工作经验，我找到的第一份工作是在一个小酒馆门口做迎宾。烈日当空下，我穿着旗袍，毕恭毕敬地对进门的客人点头哈腰，大多数客人甚至都不会正眼瞧我一眼，我也依然得像条狗一样地服侍得客人开开心心的才行，但后来我觉得我连狗都不如，因为有一次，一个客人的狗咬了我之后，我还得强忍着微笑。

后来我没再做迎宾，开始做服务员。有一次在酒店包厢里，我遇到了吴哥，他看到我第一眼就对我说：“小姑娘长得真好，给你一份工作，月薪起步三万，你在这儿太屈才了，做吗？”

我当时真想直接把桌上那锅热汤浇到他头上，还真以为我是卖的吗？接着吴哥立马补充说：“不是你想的那些不正当职业，就我们KTV的领班。”

后来他给了我名片，我一看是全上海宰人没商量的、最贵的那家KTV，我打电话到KTV询问了有没有名片上这个人，电话对面的小姐说：“这是我们老板。”迟疑了一晚后，第二天，我就直接去面试了，我需要钱。

去之前，我用赚到的那一点钱全买了化妆品，一支口红都要好几百，我第一次抹那么红的口红，镜子里的自己像极了电视里那些妖艳的明星，而且我比她们还要漂亮许多倍。

到了KTV我直接给吴哥打了电话，我说我是过来面试的，没想到吴哥说面试在餐厅就通过了，让我晚上直接过来上班就可以。上班的时候，我问吴哥，可不可以给我分个宿舍，我现在身上没有钱再去租房子了，或者先给我预支点儿钱?

吴哥上下打量了我一番，给我塞了张卡说：“不够再找我！”我后来一查，卡里有六位数的余额，我取了钱，花了几千块钱，租了简单的单身公寓，然后我把卡还给了吴哥。

他说：“看不出来啊，现在还有你这样的女孩，你挺傻的，但哥哥我喜欢。”

我对他说：“我如果收了你这钱，我才是傻。”

然后他笑得特别开心地说：“没看出来，小姑娘还挺精的。”

那时候开始，吴哥对我就像对他亲妹妹一样，在KTV里没人敢得罪我。

有一次，碰到一个小明星过来我们KTV搞签售，那天，过来参加他签名活动的歌迷很少，他本来就是个不温不火选秀出来的小明星。他怪罪我们KTV没有宣传好，我当时就纳闷儿了，这宣传什么时候落我们头上了？我们已经友情赞助全天给他了，我还没来得及开口，他就呲了我一顿。

我硬是咬着牙忍，保持微笑，虚心受教，谁知道这货变本加厉，当他说出那句：“一个坐台的还在我面前装清纯，你喝了甲醇（假纯）啊？多少人骑过你啊，敢在我面前装清高。”我真想一巴掌抡过去，没事儿上我们KTV来装大爷来了。如果不是今天这么多记者，这地儿是吴哥的，我准这么做。

后来活动刚结束，媒体刚走，吴哥就到了，不知道是谁把这事儿给吴哥说了，那晚几个大汉把那小明星拖进包厢里，我赶忙追上去让吴哥别较劲，毕竟这么多媒体在关注这个活动。

但吴哥还是踹开包厢门，对他破口骂道：“你这欺负我妹妹，不是找死吗？给我往死里打。”我当时特感动，这世界上，除了我几个姐妹和唐皓宇，真没人还会这么疼我了。那天我就决定，以后无论发生什么事儿，我都跟定吴哥了，高考我也不参加了，我只想赚钱，我这一年最少能赚个四五十万，每天工作都很卖命。

我倒是觉得，比起大学里，那些为选个学生部长整日里钩心斗角的学生，那些整天躲宿舍夜夜笙歌的学生，我赛凯琳不知道上进多少倍。

高考前一晚，我按照约定回到了我的学校。学校已经停课了，大家在考前最后一次聚会，我见到纪忆、曾静、金刚的时候，她们几个人眼泪止不住地流，我以为她们对我应该是一肚子埋怨的，我消失这么久也不联系她们，但她们只是着抱着我又笑又哭的。

唐皓宇则在旁边暗自地笑，眼睛在风中隐隐发胀，他还是那样的朝气蓬勃，干净得像一只白色的和平鸽。

后来我骗了他们，包括唐皓宇。我告诉他们，我妈找了关系帮我要到了保送名额，所以不用高考了，几个人都激动地欢呼起来，没有半点怀疑，因为我的成绩确实一直是年级第一。那晚后，我们的关系又回到了从前，我上班的时间只是晚上，白天的时候，几个人经常四仰八叉地躺在我新租的公寓里，金刚整天呻吟：“你妈怎么突然对你这么好，给你租了套这么好的房子？”纪忆朝我投来艳羡的目光，我走过去把纪忆揽在怀里对她说：“看吧，我和我妈关系都能改善，你和你妈也一定可以的，妈妈最心疼的就是自己的子女了。”纪忆若有所思地看着我，她抿着嘴对我笑，捏了捏我的脸蛋说：“无论发生什么事情，你还有我们呢！”

其实几个人里面，我最不放心的就是纪忆，她不像曾静那样圆滑世故。纪忆太过正义，她身上有太多原则的棱角，这其实并不是好事，在社会上，她肯定会吃亏的。金刚则是我们几个人里面烦恼最少的一个，这不是装出来的，她看事情太表面，不深入，给她一把糖果她能乐上好几天，即使糖果里装的是砒霜，她一样能够笑着嚼着糖果安乐死，这是典型幸福家庭里成长起来的小孩儿，我和纪忆都羡慕不来，所以我们经常聚在曾静家里，曾静爸妈对我们和亲爸妈没什么区别，我们也确实是打心眼里的感激。

吴哥的事业越做越大，我也跟着分到了越来越多的钱，有时候，我能看到吴哥跟一些卖药的地下组织接头，我知道他的财富除了白，还有很大一部分来自不见光的黑，后来也有一些小地头来KTV卖药，每个行业都有自己的潜规则，我装作没看到。

这样一来，每个月他们除了给吴哥一些钱外，也都会给我塞上几封信，很薄的信封，里面不是现金，除了一张卡，还有一张写了密码的字条，因为这个信封显然塞不下这么多现金，吴哥有时候还怕我钱不够，再给我塞一些钱，就这样，我一年在KTV的收入已经到了七位数。后来，我经常陪吴哥出去吃饭，饭局上认识了越来越多的人。

有一次，进包厢前，我居然看到了唐皓宇的爸爸，他抱着两个小姐在乌烟瘴气的包厢里纸醉金迷，我看清楚是他后，立马扭头走了人。这件事我一直没告诉唐皓宇，虽然他经常和我说他父亲那些风流韵事。

我知道吴哥给我介绍的这些人里面，很多人我都得罪不起，所以有时候我也会陪他们出去吃个饭，唱个歌什么的，他们也不敢对我太过分，因为他们都以为吴哥确实是我哥。

而为了掩人耳目，我撒了个谎骗了我身边的朋友们，我告诉他们，我大学已经申请了肄业，因为我找了个特别赚钱的职位——房屋销售管理，因为我越来越高的消费水平，早就超出了能力范围。

对了，我离开家两个月后，我妈才回到上海，她回来的时候，我和钱程美都已经不在家里了，这之前，我给她发了个很多条连续的短信，我告诉她的大概意思是，我不想念书了，我认识了一班朋友，他们在带着我赚钱。我一直都特别憎恨她，从小就是，她是我生命里最大的灾难，现在我已经能够养活我自己了，我决定永远离开这个整日拉着窗帘的家，勿念！

我并没有告诉她钱程美对我做的一切，她如果知道了这件事，那只会导致两个结果：

第一，她气绝身亡，一命呜呼，当然，这之前，她可能找到我捅上我几刀，然后我和她会被带到西宝兴路833号——上海市宝兴殡仪馆。

第二，她兴奋至极，用一种怪力乱神的口吻对我说："那你快告诉妈妈，你被你继父强奸到底是什么感受呢？哈哈哈哈哈哈。"然后她会被带到宛平南路600号——上海市精神卫生中心。

我妈给我回的短信的大概意思是，首先我是她的耻辱，接着，她还是希望我能去参加高考，我自幼起早贪黑地学了这么多年，等了十八年，为的不就是最后在考场上振翅高飞吗？如果我不去参加高考，这相当于我拿了她的命。

然后我回了她："如果是这样，你就当我拿了你的命吧！你欠我的远不止这样！"

回完短信的时候，我已经泪流满面了，嘴角却扭曲着微微上翘，这种扭曲是这么多年变态的成长环境造就的，而今，终于结束了。给她发完短信的当天，我辞掉了小酒馆服务员的职位，拿着不多的薪水，走到了商场里，买了最鲜艳的口红，我拿着吴哥的名片找到了他，生死早就置之度外了。

有一次，我去曾静家的路上，碰到了我妈，她又和一个比她小得多的小演员在一起，我看了看那个男孩的脸，甚至比我还要小，我好像在一个小报上见过他，又是铺天盖地的选秀节目包装出来的过剩产物。小演员揽着她的腰，幻想着憋足劲儿，潜一次规则后，带来的大红大紫的坦荡荡星途。

我妈则戴着墨镜，我知道她看到我了，因为当时她的脸瞬间就垮了，那一秒，玻尿酸、肉毒素、微晶瓷都拯救不了她的恐惧，她拿下墨镜，眼神有点错愕，因为我那天准备去曾静家吃完饭就直接去KTV上班的，所以化了个浓妆。

她身边的小演员邪气地笑着，上下打量着我，我把已经很短的短裙再往上拉了拉，抱着手，媚眼如丝般地从他身边经过，对他轻描淡写地笑了笑，我妈眼睁睁地看着她的小男友对我吞了口大大的口水，僵在风中，那一刻的她有种中风的可能，我一直很擅长这一套，之前我也不知道。

这种像异形般变异的、鬼娃娃般幽怨的、艳鬼一样鬼魅的报复让我在她的面前露出了憋屈的笑容，所有人都看到了。

转身后，我在风中掉下了泪滴，谁也没看到，但依然，我一点都不觉得我过分。

之后，我们很少联系了。

最后，不联系了。

吴哥的事业越做越大，再后来他开始炒房，带着我一起。我当时也有了几百万的积蓄，但这根本赚不了什么大钱，我说过，吴哥一直都是在像帮自己妹妹一样地帮我，他知道无缘无故直接给我钱，我是不会收的，因为我已经收了他很多钱了，所以他干脆把他手里几张卡都给我，让我替他去炒，他说他也顾不上那么多，他给我收益的十个点作为回报。

查了各张卡的余额后，我吓坏了，我这辈子第一次见到银行卡里的数字可以有这么多位数，为了帮吴哥专心炒楼赚钱，我辞掉了KTV的工作，后来干脆收购了一家房产中介，专门用作炒楼，我根本不懂楼市，就又高薪挖了几个上海最顶尖的投资分析师给我指点买房。我们大多买的都是地段最好的、最贵的、刚开的，群众则往往先被地产商们安排认购最不好卖的楼房，这又是房地产的潜规则之一，那年我才二十岁。

炒楼炒了三年后，我自己已经在陆家嘴有了两套顶级的楼盘，我对朋友都说这楼是我妈投资的，我很喜欢这两套房，所以没再舍得把它们卖出去，其中一套我准备留给我妈，无论我多恨她，我依旧想让她过得好，算是报答她对我十八年的养育之恩吧。

事实上，在后来的几年里，她总是试图联系我，每年生日，她也拜托曾静给我带她给我准备的生日礼物，只是我一件都没有收过。

另外一套房子，我则打算留给我和唐皓宇结婚用。

后来国家出台了很多对我们炒房有限制的规定，但这时候，我们所有人的钱也赚得差不多了，炒完最后一笔的时候，除了两套房我卡里还结余七位数，再多个几万块就可以突破八位数了，有了积蓄，我决定暂时休息一段时间。

一年前，我找到了吴哥，正式地拜了把子，算是认了这个哥哥。另外，我把我一半的积蓄交给了吴哥，入股他的*KTV*，我对吴哥喊出那声“哥”的时候，我当时哭得那叫一个惨烈，一点儿都不夸张。我说，吴哥，你就是我赛凯琳这辈子最贵的贵人，我的再生父母，我的亲哥哥，如果没你吴哥，我赛凯琳不知道都已经死了多少回了。

吴哥也没憋住，眼泪唰唰地流，但现场还有他几个弟兄在，他就又笑又哭地说：“凯琳，你看你，把哥哥弄哭了，当着这么多人面，多没面子啊。”

那是我第一次见他哭，我立马冲上去抱着吴哥龇牙咧嘴笑嘻嘻地大哭了起来，无比畅快。

我的这些事一直没有告诉过唐皓宇，我想在结婚那天再全部告诉他，跳过我继父那段，毕竟那确实不是什么好事。但后面发生的这些事则不一定不是好事，而且到那时候，就算你唐皓宇想反悔，这婚都结了，就算你想反悔也来不及了。

这之后，我就在家里天天翘首期盼纪忆从英国回来，因为我们说好了一起举行婚礼，而我人生最主要的任务就是和唐皓宇结婚，那样我就有一个家了，我真的好想有一个家，其他的，都没那么重要了，我真就这么一个念想。

我幻想过无数次我和唐皓宇的婚礼，我们的家，我甚至幻想过以后的小孩儿也一定是漂亮的男孩儿或是女孩儿，他，或者她会指着电视上的演员说，那是爸爸。

我现在开始对这些幻想产生了抵触，这是我的恐惧来源之一，我知道，我快完了，彻头彻尾的。

以前吴哥告诉过我，人开始学着总结的时候，一定是已经看破了一些事情了，开始学会给现实生活让道了，而到了这些时候，这个人基本已经被驯服了。

婚礼还有不到五个小时的时候，纪忆给我打来了电话：“赛凯琳，你玩什么呢？这都几点了，我们都到造型师这儿了，你快过来，我还以为你早到了，你别告诉我你还没出门，再过几小时，就婚礼了。”

“放心，我现在过来，妆我自己已经化好了。你告诉那造型师，直接帮我准备婚纱就可以了。”说完我挂了电话，照了照镜子，并没有不漂亮，纪忆总是说我太过关注外表，那是因为我知道外表确实给我带来过难以想象的财富和安全感，所以我甚至觉得漂亮的外表比起太多东西都实在得多，甚至亲情。

我到纪忆那儿的时候，造型师一脸埋怨地看着我，曾静则忙活着找鞋和取婚纱，她捏拳跺脚地冲我喊：“祖宗，你可算来了，快过来，我看看，还有什么需要弄的？急死我了。”比出嫁她自己的女儿还要着急，金刚则穿着梦幻的粉红色的礼服，对着镜子傻乎乎地乐，我说过了，一些小事儿就能让金刚发自内心地开心，因为她确实是个好女孩儿。

婚礼开始前几分钟，姐妹们都围到了我的身边，曾静把手搭在我肩膀上，对着镜子里的我微微笑说：“你是我见过最漂亮的新娘。”我把手搭在她手臂上，感激地对她点点头，似乎每个婚礼上的新娘都会听到这一句话，也需要听到这句话，这甚至已经是婚礼礼节的一部分。

纪忆则蹲在我椅子旁边，拉着我的手，仰着头看着我，她紧紧地皱着眉，我知道她的焦虑和恐惧，她似乎想对我说些什么，但总是一副欲言又止的表情，最后我对她说：“我会幸福的，好吗？”她冲我使劲点头的时候，眼睛一下就红了。

金刚则绕着圈地蹦跳在地毯上，用一种铅球运动员的力道，配合着她怪力乱神的幅度疯狂地摆动着粉红色的裙尾，欢快地和一只粉红色的牛蛙一样。

婚礼进行曲响起的时候，空气静止得像是深海里的死水，走道那端已经不是天堂，每走一步都变得异常吃力，我带着笑容，拿着花束，走向那端一样笑容满面的唐皓宇，我尽量不让自己带上任何其他情绪，往往能伤害一个深爱着你的人的武器其实不是憎恨，而是不在意了，无所谓了，因此在恋人面前，沉默能变做一种威慑力。

他越笑越甜，最后开始抽筋、变异，最后变成了梦里那些异次元世界里存在的妖魔鬼怪，没有心脏，没有血液，没有体温。

我则只是尽量保持着脸上微笑的幅度纹丝不动，和一具恐怖蜡像馆运来的蜡像一样朝他移过去，带着定时炸弹，准备同归于尽。

唐皓宇看到我这样的笑容是说不出来的复杂，恍惚间，我觉得这次受伤的可能也有他，这是生活的喜剧之一，仅仅只有我能伤害眼前这个我深爱的男人，然后我毅然决绝地把仇恨这把匕首插入眼前这个深爱的男人的心脏里，或者说即将插入，行动才刚刚开始，我只有毁了他才能重生，无从选择，所以才有了这场所有人都不理解的婚礼。

他拉起我的手的时候，我们的耳边是唱诗班的吟唱的《让我轻轻地告诉你》，听到那一句“不要问我太阳有多高，我会告诉你我有多真，不要问我星星有几颗，我会告诉你，很多，很多，很多，很多，很多，很多”的时候，我感觉到脑回路附近的肾上腺素在狂飙，这什么跟什么啊？不会待会儿婚礼主持还要和粉红色牛蛙——金刚来一段群口相声吧？

我深深地吸了口气，看着眼前整个现场布满了白色蜡烛，空气里闻得到香草的气味，这是我唯一感恩戴德对婚庆公司表示感激的一点，除此之外，空气里还有很多其他气味混合着，比如酒精、唾液、眼泪、汗滴、毛发、愧疚或者他那晚下跪求我原谅时候的气味，我统统都闻得到，我们转过身，对着宾客微笑，我不愿意再多看他一眼，我怕下一秒，我会把他的嘴唇外翻，把他的整颗头包裹住，一脚把他朝东江湾路444号——虹口足球场飞踢过去。

台下坐满了穿戴整齐的礼宾，如果新郎不是唐皓宇，我此刻一定是含着泪扶着胸地和纪忆她们互动。

对了，有个插曲分享一下，婚礼中间唐皓宇掏出戒指准备给我戴上的时候，纪忆哗一声就哭出来了。我朝台下一看，粉红色牛蛙立马对我竖起大拇指，特别知书达礼地对我做了个“收到”的指令的手势后，就一整只从隔壁桌扑向了纪忆，就这样，纪忆那桌立马人仰马翻，扭作一团。我叹了口气，不耐烦地一把抢过来唐皓宇手上的戒指自己带上，礼成！

纪忆永远是这样，太容易被感动，曾静、金刚俩人那天也是轮番扮演阿娇和阿*SA*，我每次看到她俩的眼睛，眼前立马浮现出《眼红红》的场景。

我则真的完全哭不出来，对唐皓宇的报复，我是认真的，所以对他不能有弱点可言，因此，从那晚开始，我就收起了对他所有的感情，即使比强收覆水还要不明事理，我也要这样做。

全程我都面带微笑，这个微笑由始至终没有任何破绽，在宾客席里，我还看到了其他一些我特别想见到的人，比如吴哥，他身边站着一位孕妇，挺着肚子朝我使劲儿地鼓掌，笑容可掬，真不够意思，找了个嫂子都没对我说。

我也看到了一些我特别不想见到的人，比如我妈，她身边又多了一位新男孩儿，他年纪和我们相当，带着一个斗大的墨镜，一想，这不是那个超级男声吗，前阵子才惹出事来，果然不是什么好鸟！这又是一本潜规则下面潜不死的三流小明星生存范本。

我有些刻薄地微眯着眼朝我妈微笑，上下打量了她一眼。她却立马收起了笑，抹了抹泪，难为情地低下了头，我不知道是谁邀请她来参加我的婚礼。我对唐皓宇之前是说过的，不准邀请她，有她没我，有我没她，可是今天看到她，我却没那么反感了，可能她已经不重要了，或者我也不想追究了。

她又一次和我目光碰在一起的时候，她的肩膀和下巴都在微微发颤，今天她把头发盘了起来，典雅得像一位善心的老妇人，皱纹也已经爬上了她的眼角眉梢，她甚至开始有些驼背。我顿时心脏紧缩了一下，呵呵，赛凯琳，这都过去多少年了。

婚礼结束后，在另外一个酒店还有一个派对，回酒店的车上，唐皓宇把手伸向我，我看到他满脸都是奉承的笑，顿时觉得胃部一阵翻江倒海，打开窗户就吐了，他急忙给我拍背，我推开他的手，侧过脸，看着窗外不说话，我用水漱完口后也发不出一点声音，感觉我们身上都有一个*MUTE*按钮，从我知道他出轨那天开始就被按了静音键了。

晚上派对开始的时候，所有人都换上了便装，大家就图个开心，真没必要男的非得穿个燕尾服、女的非要穿上晚礼服才能出席，那样的话，会搞得跟国内蹩脚的电影节一样，而且，我可能还得来个现场演讲，一一答谢和致辞，所以，能免则免吧，《让我轻轻地告诉你》就《让我轻轻地告诉你》吧，因为除了我自己，我实在想不出来，我这些年，还要感谢谁。

我进入现场后就自顾自地找到了曾静那一桌，桌上还有宁致远、宁致恒、秦慧妍、孙阳，我坐过去问："纪忆呢？"

曾静诡异地笑了笑，指了指舞池，只见纪忆穿着短裙，趴在柏铭哲身上，灯光变幻间，两个人随着音乐悠悠地晃动着舞步，漂亮得像公主王子，总算今天还是有风景可言。那一分钟，我又重新相信了爱情，它没有发生在我身上不代表它不存在，我打赌，他们一定能把这曲华尔兹跳到天荒地老。在他们身后还有一对在接吻的恋人，如胶似漆，粉红色牛蛙正在吻着她的青蛙王子。

“唐皓宇呢？”曾静问。

“不知道。”我抓了抓头皮，扯开发带，头发散了，宁致恒朝我叹了口气笑笑。

“不知道？今儿可是你俩婚礼啊，怎么能连新郎在哪儿都不知道呢？”曾静问完后，我拿起桌上的香烟，宁致恒把打火机扔给我，我点燃了香烟，并不准备回答曾静的这些问题，我确实不知道他去哪儿了，回到酒店，他就消失了。

曾静看我脸色不对，立马转移话题说：“发现没，金刚变漂亮了。”

我吐了口烟，指着远处粉红色的一团问：“你是说那一坨吗？”

刚说完，就看到有两个人坐到了我隔壁桌，我一回头，呀，是吴哥和他女友，我立马拿起酒杯朝他走过去。

“哥哥，你这也太不够意思了吧，这结婚都不通知一声，还当我是你妹妹吗？”

“哪儿能啊，这还没结呢，这是她前男友的孩子，刚怀上，我们在一起两年了。”我一听感觉自己已经喝醉了。

但吴哥的表情确实介于一种娇羞和为难之间，还泛起红霞，看来确实小日子过得挺幸福的。算了，他开心就行。

“凯琳，你哥整天都说你，今儿算是见到真人了，确实挺漂亮的。我和你哥都比较忙，这婚礼一直没计划呢，怎么解释呢？我是他表妹，他要结婚的对象不是我，你别误会，我虽然和我前男友分手了，但孩子我准备自己带，你吴哥要娶的是另外一位交往了两年的女孩，不是我，我是没结婚，但这是我第二胎了，我第一个男友上周和我求婚了，但我第一胎不是他的，他可能还会介怀吧，可是现在第二胎也不是他的，他却不在意了，世事无常啊。总之，祝你新婚愉快。”她说完后所有人脸上都开始风云变幻，看来，听不懂的人不光是我一个，我当年怎么不争点气去牛津大学念高级数学呢？

我尴尬地笑了两声，赶忙同吴哥表妹握手，我真心喜欢这女人，虽然有一种另类的气质，起码她的笑容特别真诚。

然后我把他俩招呼到了曾静这一桌，后来，纪忆、柏铭哲、金刚、李浩瀚、曾静、宁致恒、宁致远都到齐了，桌上摆放着各类洋酒、红酒、白酒，看来唐皓宇还真花了心思。大家都把酒杯全部翻起来，曾静立马起来给大家倒酒，我则给吴哥表妹单独点了一堆软饮料，今晚非喝个不醉无归。

刚开酒，唐皓宇就进来了，满头是汗，气喘吁吁。

“对不起，我有点事儿，去准备了点东西，呵呵。”唐皓宇自顾自地解释，然后曾静从我身边的椅子让开说：“快快快，新郎官儿坐这儿，这还准备让人找你去呢。”

唐皓宇坐到了我身边，就这样，今晚的酒会算是开始了。我第一个敬酒的人是纪忆，我觉得特别对不起纪忆，我答应过纪忆，我们要在金秋时节一起做全上海最漂亮的新娘的，这最后的三个月我却等不了了。

“纪忆，姐对不住你，答应了秋天同你一起举行婚礼的，自己先给办了，我自己先罚三杯。”说完我就一杯一杯往嘴里扣。

“你别，干吗呢？今儿是个好日子，我们不兴这套啊。”纪忆赶忙起来准备劝我，但还没拉住，我已经喝了三杯了，听到“好日子”三个字的时候，我浑身一阵尖锐的瘙痒，怎么听怎么不舒服，我哈哈哈地笑了几声。

她瞬间就明白过来了，立马也给她自己满了三杯灌下去，我没阻止，什么事儿都瞒不过她，所以我从来不打算，也从没对她隐瞒过任何事情。

接着吴哥起来了，举着酒杯，他表妹则举着一杯橙汁儿。吴哥说：“妹子啊，哥呢没什么大的表示，刚送了张卡给你，里面给你存了点儿钱，这儿呢，还有一把车钥匙，你以前不就和哥说过，你喜欢这车吗？今天呢，哥哥给你买了辆车，你呢，从小也没什么人照顾啊，哥哥是看着你过来的，我就是你亲人，小姑娘不容易，说实话，哥今天看你出嫁了，还真有点儿不好受，和嫁自己闺女似的。呵呵。”说到这儿，他哽咽了一下，用戴着几个大金戒指的手揉了揉鼻头，我赶忙起身，一杯干了，我抹了抹眼泪说：“哈哈，干吗啊？哥，你这么一弄，搞得气氛都僵了。”

“行，不多说，给，钥匙。”说完他把钥匙塞给唐皓宇，又接着说，“还有，小唐啊，今天你们办了这婚礼，以后呢，也就一家人了，我这妹妹啊，什么都好，就这脾气你得多包容，咱都是大老爷们儿，也应该照顾好自己的老婆，你如果不对我妹妹好，哥哥我可真会废了你，这对我不是什么难事儿。"

唐皓宇接过钥匙，贼眉鼠眼地看着我，给我递过来纸巾，我朝他笑笑，他吓得把接过的钥匙掉在了地上，又赶紧捡了起来，我越来越不喜欢这个男人了。

"我和你吴哥在一起长大，第一次见他这样，呵呵，他是真疼你。"他表妹补充说，说完我心疼地又拿了纸巾擦了擦吴哥的眼角，我都明白。

柏铭哲站了起来，"不多说，凯琳，这么多年了，一切尽在不言中，来，我干了这一杯，你随意。"柏铭哲爽快地给自己倒了杯纯烈的白酒。

"行，铭哲，谢谢你，真的，也麻烦你替我好好照顾我这妹妹。"我意有所指地看了纪忆一眼，柏铭哲一个劲儿地点头说："应该的，凯琳。"

以前纪忆总说我和唐皓宇是真的般配，她的原话是俊男美女，气质涵养都是如出一辙，天造地设的一对。但其实我打心眼里真觉得纪忆和柏铭哲才是天生一对，两人都是典型正义派代表，对待爱情同样至死不渝，身上则都保留有在上海这座纸醉金迷的城市里不再多见的干净气质。

接着曾静说祝词才说了一半就哭了出来，曾静一直都在很用心地保护我们中的所有人，在我和唐皓宇这件事情上，她是唯一一个表现出理解的人，事实上，她确实是我们几个人里面最成熟的一位，在事情发生当天我就给曾静打了电话，电话里她一直安慰我，告诉我，她不能给我任何意见，只能支持我的所有决定。

而也因为这件事，纪忆和金刚都表现出了对她、对我的不理解，她们确实还太单纯。

就这样，后来，我们中的所有人几乎都哭了。

中途的时候，侍应生告诉我有人找我，我走到走廊里看到了一脸腼腆的朱敏，她递给我了一个红色礼盒，然后迅速给了我一个拥抱和一句对不起，就消失在走廊尽头里了，我打开礼盒一看，是那两支价格不菲的*Cartier LOVE*系列手镯，一支给我，一支给唐皓宇。

第一次见到朱敏，和她一起在餐厅翻看杂志的时候，我告诉过她我喜欢这两支手镯，她那时候打趣道："让纪忆送你啊，你们可是最好的闺密啊。"那时候，她和我还都不知道，我们中间除了纪忆，还有着唐皓宇的联系。

我其实只有一点点恨朱敏，真的，这件事情上，我们都是受害者。

我抱着礼盒，眼泪滴落在手镯上，开始放声大哭，走廊里没有一个人，玫瑰金的光芒穿过泪滴，折射在我的眼睛里，璀璨而耀眼。

岁月就这样安静地滑过我们的肌肤，变迁是永恒的主题。

我们总是一次次抵御着我们难以想象的绝望时刻，然后一次次发现困难面前自己竟然如此强大，支离破碎只发生在别人看不见的时候，这个过程，无比漫长，这便是成长。

后来，我回到了酒桌，真的喝蒙了，四周也安静了很多，金刚干脆钻到了李浩瀚怀里，粉红粉红的。

宁致恒也喝得挺多，他双眼死愣愣地盯着纪忆，纪忆却神情恍惚地看着在窗口打电话的柏铭哲。落在宁致恒身上的眼睛除了曾静，还有他弟弟宁致远我理解不了的眼神。

宁致恒对纪忆的那份感情叫暗恋，他对我第一次说起这件事的时候，我一点都不吃惊，我告诉他，所有人都看得出来，包括纪忆她自己，所以我早就告诉过宁致恒，他留在上海的理由不该是因为纪忆，因为纪忆和柏铭哲分开的理由除了有一天因为地球被劈成两半而分开，其他的任何事情在他俩面前都不是事儿，什么精卫填海、大禹治水、金刚瘦身在他们面前都是小儿科，但宁致恒留下的理由里还是包括了纪忆了，所以这件事注定要变得复杂了。

而曾静这几天对宁致恒这些过分关注的举动其实我也都看在眼里，曾静在初中时期喜欢过唐皓宇，这事儿还是后来大学后，她释怀了才告诉了我。

曾静是一位绝对百分百的好女孩，所以，在某种程度上，我还真希望曾静最后和宁致恒走一块儿，这样，我们这群人就真是双双对对了。

午夜的时候，我们这一桌已经躺得横七竖八了，这就是我的洞房夜吗？吴哥和他表妹则已经离开了，金刚和李浩瀚干脆脱了鞋袜抱在沙发上酣然大睡，粉红粉红的。

宁致恒则打开了窗户，在窗口抽烟，柏铭哲一直反反复复地在发短信，纪忆披着柏铭哲的西装外套，有些心神不宁地望着窗外，我坐到她身边，把她揽入怀里。她靠在我肩膀上，叹了口气，对我挤出一个笑容，我撩动她的头发，亲吻她的额头。

宁致远坐在落地窗前的地毯上，背靠着玻璃，垂着头，似乎在想些什么事情，因为他开始眉头紧锁，甚至我隐约看到他在喃喃自语，他不是不喝酒的吗，怎么比我还醉？呵呵。

天亮的时候，我收到了柏铭哲的短信：

凯琳，我爸爸这边出事儿了，我现在去医院，你先不要告诉纪忆，那边情况稳定了，我就回来，我不想再让纪忆担心了，对不起，你今天大喜之日，还要你替我们操这心，麻烦你了。

我收起手机，看了看怀里的纪忆，她已经闭上眼沉沉地睡去了，安静得像一只天鹅湖里的小天鹅一样的美好，那一分钟，我真想她就这么一直沉沉睡去，等柏铭哲事情都解决了，再醒来，我不信第六感，但看到那条短信开始，我就开始怀疑纪忆接下来可能会承受更多她难以承载的伤害，而且，深信不疑。

不一会儿，纪忆就醒了，她很安静地起身，把柏铭哲的西装外套脱下来，披到我身上，然后说："柏铭哲呢？他出去了吗？他可能有些事儿要处理，我去找他，你不用担心，我处理好后给你电话。"

"你都知道了？他还让我先别告诉你呢，纪忆，没事儿的，我陪你去医院，柏铭哲去医院了，他爸爸出事儿了。"我站起来告诉纪忆。

她表情极其平静，就像死刑犯最后被宣判死刑一样，已经是预料之中的事情。

她看着我，不说话，双目无神，我那一分钟想出成千上万句的对白来安慰她，但最后只说了一句："对不起，你等我，我回房间拿一下衣服就和你过去。"

她抿着嘴，轻轻地摇了摇头说："没事儿。他爸爸一定会没事儿的！我在大厅等你，你去拿衣服吧。"

我开始向神祷告，我不信神，但依然祷告，请不要让任何灾难降临在纪忆身上。

我刚进酒店房间，唐皓宇就跟在后面走了进来，酒店的床上、地毯上、浴室里，全是玫瑰花瓣。

“这是从保加利亚空运过来的，我今天离开那会儿就是去准备这个礼物给你，凯琳，这是你最喜欢的玫瑰，你以前对我说过，你的婚礼要铺满保加利亚玫瑰，你还记得吗？对不起，我发誓，我真的永远不会再做任何对不起你的事情，请你给我这个机会，用我一生去弥补。”他在我身后说。

我打开衣柜，取了件外套，走到门口的时候，我回过头对唐皓宇说：“唐皓宇，你没对不起我，真的，不用道歉，你不就是和别的女人上床而已吗？因为我也一样，和别的男人上过床，对了，那个人是我的继父。我爱你，新婚愉快！”

唐皓宇的眼睛刮起了飓风，黑洞洞的，接着他的眼睛开始迅速充血，我满意地朝他笑笑，关上门离开。

我一直计划着婚礼当天告诉唐皓宇我其实有一大笔存款，然后把我继父这事儿由这天开始彻底翻篇儿，不告诉任何人，结果，我却把我最恶心最忌讳的秘密告诉了全世界我最怕他知道的那个人，然后把我本来准备告诉唐皓宇存款的事情给彻底隐藏起来了。

到大厅的时候，纪忆坐在沙发上，对面还坐着一个人，驼着背哆嗦着，有些老态龙钟的味道，我走过去一看，果然是她，是我妈。小演员已经不在她身边了，她眼神里满是慈爱和愧疚。

“琳琳，这是妈这几年存的一点儿钱，刚你们几个朋友在里面玩，我也不好去打扰你们，你收下吧！”她颤颤巍巍地把一个很大的红包递给我。

纪忆站起来走到我身后，意有所指地推了推我，我侧过脸不愿意看到这样的她。我看到酒店门口有个衣衫褴褛的乞丐在翻垃圾桶，我接过钱，朝她笑笑，对她说了句陌生的字眼：“谢谢！”

然后我转身带着纪忆离开，走到酒店门口垃圾桶的时候，在回过头看到我妈在准确无误地看着我笑的时候，我把红包撕开，把一沓沓粉红色的钞票扔进了垃圾桶里，乞丐立马像发疯一样整个人钻进了垃圾桶里。纪忆愣住了，然后我笑了，因为我看到玻璃窗里我妈哭了，她哭可能不是因为这些钱，而是因为她在这些年后终于看到我的笑容了，在蓄意伤害她之后。

我拉着纪忆离开，把纪忆塞进的士后座里，嘭地一声关上了车门，就像高三离开家那次一样决绝地关上门。那天，我继父强奸了我，再之前一些天，我妈问我："如果你被你继父强奸了，你会怎么反应？"

若干年后，我会这样反应。

Chapter

10

安宁之邦 黑暗之光

那双黑色的眼睛，当它对我凝视时
充满了一种神秘难解的悲伤
正如同你的钢锋摇曳在灯光前
时而昏暗，时而又发射出闪闪寒光
你是我的伴侣，爱情无言的保证
流浪人将要把你看作他很好的榜样
是的，正如你一样，我钢铁一样的朋友
我也永远不变，我的心也将永远坚强

——弗吉尼亚·伍尔芙

我和赛凯琳坐在去医院的路上，我的喉咙像是被一双巨大的手给攫住了，赛凯琳伸出手握紧我的手，我看着窗外，密集的铅色云层掠过天空，继而开始星星点点地飘下雨点，落在窗户上，一丝丝，划过车窗玻璃。

我从来没有觉得上海这么安静过，街上人很少，回荡在这个城市里的是一种挥之不去的死寂。我觉得我们正乘坐着一列通往宇宙黑洞的列车飞驰在上海的上空，赛凯琳和我身上都有一种失重或者假死的倾向。我问赛凯琳："你觉得我肿吗？"

"我们都挺肿的，你看上去像一条垂死的老虎鱼，我则像一条缺氧的美人鱼，嘿嘿。"赛凯琳说完挑了挑眉毛，又恢复了往日里的盛气凌人，她和她母亲刚发生的一切，我不会主动问她，到她想说的时候，她会和我说起的，这是我们之间最好的默契。

前些天，柏铭哲开始收到了他父亲的来电，他一直拒绝接听电话，这是因为他觉得这电话背后一定又是他父亲让他离开我的各种威逼利诱的阴谋。后来他父亲看他不接电话，就让柏铭哲的表弟继续给柏铭哲电话，但他依然不接听。

在有些事情上，对于柏铭哲而言，是没有商量余地的，比如离开我这件事。

昨天下午，去赛凯琳婚礼之前，他看完一条短信后整个人就变得很不自在，我正准备问他出什么事儿了，他只对我说了一句："什么事儿都没发生，你也别问了。"他很少那样对我说话，我知道肯定出事儿了。

我特别不喜欢三流小说里那些装伟大的女人，比如为了让男主角顺利继承遗产，女主角在和男主角最后一起吃了一顿小笼包后，决绝地离开了男主角，此类剧情蹩脚无比，在柏铭哲重新回到我身边那天开始，我就对自己说："就算下辈子让我变成金刚，我也不要和柏铭哲分开。"

但最近每次看到柏铭哲那张布满愁云的脸，我的价值观都一次次地受到了审判，我们会不会确实有些太任性了？难道只有这个办法才能解决问题吗？

举手投足间，柏铭哲已经不再是从前那个快乐王子，从前那些他眼神里明媚着透明阳光的日子已经在不经意间渐行渐远，笼罩着我们两个人的不是乌云密布，就是阴雨连绵。

昨晚在赛凯琳婚礼上，我主动邀请柏铭哲和我跳了一曲华尔兹。在舞池中央，我依在他肩膀上，我不知道他还能在我身边多久，灯光流淌在他的发肤之间，和他几年的回忆像默片一样地在我脑子里放映，恐惧吞噬了整个夜晚，我甚至到后来把现场想象成了我自己的婚礼现场。

今天早上当赛凯琳告诉我他爸爸在医院的时候，我并没有太过惊异，我只是觉得，一直担心、一直觉得可能会发生的事情，会运转的厄运之轮最终还是开始启动了。

到了医院，刚下车，天空就打起了雷，淅淅沥沥的小雨霎时变成了滂沱大雨，重重砸在我的脸上，我们快步跑到值班室，问清楚柏叔叔的病房后就又朝病房跑去，我甚至都没有敲门就直接破门而入。只要柏叔叔没事儿，这次他提任何要求，我都能答应，我告诉我自己。

赛凯琳拉着我的手，告诉我："没事儿，有我呢！"

推开房门后，我们看到了病房里已经很多人了，这不是好的预兆，人群里除了柏铭哲和白傲菲，其他人我都没见过，白傲菲看到我就先开口了："纪大小姐，真有你的，你把我爸都给气成这样了。"

我当时眼前一黑，这柏叔叔什么时候变你爸了？她这么一说，全场其他人对我投来极其不友善的目光，吹胡子瞪眼的，弄得我跟一个推销切糕的似的。柏铭哲看了我一眼，对白傲菲说："能消停会儿吗？"

"怎么，还不能说了？如果不是这个贱人扣着你不让你回来，你爸至于变成这样吗？她呀，就一祸水！"白傲菲一边说，一边捶胸顿足地狂跺脚，和吃了一顿速效救心丸、无法释放能量的最佳女配角是一样的。

当然，我无暇理会眼前的白傲菲，她一直就是活在我雷达范围之外的异形生物。我盯着床上的柏叔叔，他鼻子和嘴还扣着氧气罩，眼珠在四处激烈地颤抖。我的心里顿时翻滚起厚厚一层黑雾，笼罩满我的全身，这次真的玩大了，纪忆。虽然我到现在才知道是怎么一回事儿，但我知道，我这次真闯祸了。

“你就是白傲菲吧，出来，和姐姐说说这都怎么一回事儿。”赛凯琳接了一句，就重重一把扯着白傲菲就往外面拽。白傲菲还没来得及反应，就嗖一声被带出去了。

“小哲，这位是你朋友吧？你们先出去聊聊吧，这儿有我们看着呢，你乖，让你爸安静会儿。”一个阿姨对柏铭哲说，她都没正眼看我一眼，我是谁对这儿的每个人其实一点儿都不重要。

柏铭哲带着我走出病房的时候，眼睛红红的，我们走到了医院走廊尽头的一排长椅边上，他一大脚朝椅子上踢过去，接着我听到了他胸口传来一阵低沉的哭声，看到他这样我也跟着哭了出来，旁边的护士医生在我们身边安静地穿梭着，泪水、死亡、血液、腐烂这些东西对于他们来说都已经习以为常。

“柏铭哲，对不起，我真不知道事情最后会这样，都怪我。”我哭着嘟囔着，想伸手拥抱他，却只是抱到自己的双手，他现在一定恨透我了。

“纪忆，你别什么事儿都往你身上揽，这事儿别说是你，连我也是昨天半夜才知道的。”他说着一把把我重重地抱在怀里，然后继续对我说，“但回到你身边这件事儿，我没觉得我做错了什么，相反，这依然是我这辈子做得最正确的一件事儿，我爸爸一定会好起来的，一定会的，然后我爸爸也会理解我们的，我们只是需要多一些时间。”说完，柏铭哲又像从前那样抚摸我的头发。

听他这么一说，我就更难过了，我知道，柏铭哲和他爸爸关系一直很好，他很小的时候，妈妈就去世了，他妈妈去世后，他爸爸就没再找过。这些年，柏铭哲是爸爸把他拉扯大的，所以，柏叔叔除了是父亲，在某种程度上，也是柏铭哲的妈妈，柏叔叔给了他全部。

我们刚在一起的那两年，我和他看到任何好东西都会给他爸爸买一份，每天无论再晚，他都会给他爸爸一个电话。有一次，他爸爸感冒发烧，柏铭哲一个人在医院守了三天，护士小姐们都说做护士这么多年，第一次见到这么孝顺的儿子。柏叔叔也是说柏铭哲太小题大做了，护士小姐也跟着起哄，说柏铭哲太会卖乖。那时候，我的身份还只是柏铭哲的好朋友，这些美好的时光依然恍如昨日。

我们刚刚止住哭，护士小姐就把柏铭哲叫过去签字了，说得马上准备手术，柏铭哲抿着嘴对我点点头，然后离开了，他的眼神异常坚定。

我一个人蹲在病房长廊里，最后把头埋进了膝盖。

许久后，有人拍了拍我的肩膀，我一回头，是柏铭哲的表弟，他的笑容很友善，和病房里的每一个人都不一样，接着他递给我一杯咖啡说："纪姐，先喝点东西吧，没这么快。"

我起身擦了擦眼泪问："你告诉我，到底发生了什么事儿？"

他坐到椅子上，把咖啡放在旁边的椅子上，然后对我说："大概是一周前，我姨父开始给我表哥打电话，那时候他不是已经去你那儿了吗？我表哥不接他电话，我姨父的脾气变得很暴躁，他血压一直就很高。他很着急，也不知道该上哪儿找我表哥，然后他让我给我表哥电话，没想到我表哥连我的电话也不接，我以为也就闹一阵就会消停，没想到最后弄成这样，昨天下午我姨父突然因为高血压脑溢血，送到医院的时候就开始口吐白沫，现在左边身体好像已经没有知觉了，本来准备下病危通知书了，但刚刚我表哥过来和医生交谈过后，准备再做一次脑穿刺手术试试看，现在就看手术情况了。纪忆姐，你得挺住，我表哥现在就靠你撑着了。"

听完他表弟的话，我整个人突然陷入一种无重力、无感、无情绪的状态，我像是轰然倒塌的积木，瘫在地上，堆成一堆，发不出一点声音。

"纪忆姐，快起来，你别这样，现在事情已经这样，我们好好解决。"他表弟把我扶起来，坐在椅子上。

他坐到我身边继续说："说实话，我姨父反对你们的婚姻有他自己的原因，他毕竟是一位父亲，希望纪忆姐你也明白这一点。我得先进去了，有事儿你直接找我啊。"

我走到医院的花园里，雨越下越大，我浑身都湿透了。我抽了自己重重的一耳光，纪忆，真有你的，你把柏叔叔都快给逼死了，白傲菲说得没错，你还真就是一祸水，你所谓至死不渝的狗屁爱情真这么重要吗？第一次，我像是受审的重刑犯，抬起头来变得无比吃力。

我重新回到病房门口的时候，白傲菲、赛凯琳都坐在病房门口。白傲菲一见到我立马起立给我让座，自己则站在一边低着头，捂着隐隐发胀的脸，我看了看赛凯琳，她意有所指地朝我眨了眨眼，拍了拍椅子，示意我坐过去，不知道赛凯琳对白傲菲做了什么，没关系了。

接着赛凯琳不知道哪儿找来两条毛巾给我擦干了头发，然后她又伸出手，握紧我的手，她知道我需要她这样。

中午柏铭哲回来的时候，只是看了我一眼就又跟着几个医生急急忙忙地进病房了，我刚准备起身跟进去，赛凯琳就一把拖住我，我紧紧攥着赛凯琳的手，很多东西却变得虚无缥缈起来。

病房门再打开的时候又将近一小时过去了，柏叔叔在移动病床上被几个护工推了出来，柏铭哲紧锁着眉头跟在后面，我很想跟上去，但却觉得无能为力，也第一次觉得眼前几米外的柏铭哲已经变得无比遥远，我只能眼睁睁看着柏铭哲随着移动病床慢慢朝手术室方向走去。

深夜的时候，柏铭哲从走廊远处走过来，他把我揽入怀里对我说："对不起，今天吓到你了，手术结束了。"

手术后一周是至关重要也是无比煎熬的一周，我向秦慧妍请假的时候，她直接给我放一个月的假，她在电话那边告诉我："纪忆，你的事儿我都知道了，好好处理你的事儿，你目前有太多东西需要整理好，公司的事儿就先别管了，另外，需要帮什么忙尽管和我说。"

那些日子，每一天我都守在柏铭哲身边，他总是尽全力地在抑制他的担心和沮丧。我也想尽一切办法去开解他，但每次话到嘴边就说不出来了，因为这种感觉就像一个凶手去宽慰一个受害人的家属，这是活生生的讽刺和侮辱。

柏铭哲看出我心思后，总是变成他想办法来开解我，未免让他更担心，我尽量让我的状态平衡在一种关切之中，而非自责，如果这样能让他更放心些的话。

我甚至对神祷告，只要能让柏叔叔醒过来，就算要我纪忆拿这条命去填都可以，我欠柏铭哲的不能更多了，因为我早就偿还不起了。

柏铭哲二十四小时不间断地守在他父亲的病床边，每一次他都是趴在床沿边上就睡着了，赛凯琳、曾静、金刚、宁致恒、致远、秦慧妍都会隔三差五就过来看我们。

有一天早上，柏铭哲睡着了，我出门给他买早点的时候，在医院门口碰到了赛凯琳和宁致恒，赛凯琳看到我蓬头垢面，眼眶立马就红了，她哭着说：“纪忆，你又没睡觉是吧，你他妈玩命呢，是吗？柏铭哲那混蛋不管你吗？我第一次见你把自己弄成这样，我太心疼了。”我这才想起来自己已经两天没睡了。

一周后，柏叔叔依旧没醒来，我亲自去问了医生柏叔叔的具体情况，医生只是告诉我还是要有个心理准备，听到这句话以后，我这些天慢慢累积的一些希望又轰然倒塌了。

有一天晚上，柏铭哲又带我来到了医院侧面的小花园里，他让我坐到长椅上，神神秘秘地拿出一只涂改液对我说：“我们来签字吧？纪忆，我知道现在发生了很多事情，我确实很怕再失去什么，因为我拥有的东西已经很少了，今天我们在这儿签个字，就签在这个墙壁上，签名之后就永远不能反悔了，你看看内容吧。”

我抬头看了看长椅旁边的墙面，上面写着：

无论发生什么事，纪忆和柏铭哲发誓这辈子都永远不分开，生死相随。签名：小熊熊柏铭哲；小兔兔纪忆。

我想都没想地接过他手上的涂改液，工工整整地签上了我的名字：纪忆。

然后我看到了这些天以来他的第一个笑容，他兴奋地亲吻我，对我说：“无论发生什么事情，请保持今天的笑容，请一定不要放弃！”

我对他说：“放弃什么啊，我们前几天不是还约好了去做手工蛋糕的吗？做我们婚礼的蛋糕，做上一只小熊和小兔，像我们之前说好的。等你爸爸康复了，我们就去做蛋糕吧？”

“好啊，那直接做结婚蛋糕吧！”他抱紧我说。

深夜的时候，几个护士冲进病房来把柏叔叔推走了，柏铭哲急急忙忙地跟了上去，我一个人在黑漆漆的病房里哭了起来，我的承受力真的到了极限，我躲在卫生间里打了电话给赛凯琳，她立马午夜杀到医院来看我。她给我带了很多补品，好像生病住院的人是我一样，我把情况告诉了赛凯琳，我觉得自己这次真的闯了一个大祸，昔日里伶牙俐齿的赛凯琳也变得缄默无声起来，她一直心疼地抚摸着我的头发，然后告诉我："哭吧，想哭就哭出来吧，别憋坏了，看你这样我真难受！你为什么要遭这罪啊，纪忆？"

听她这么一说，我就放开声地哭了出来，我用尽所有力气地哭，我太需要宣泄了。几个护士走过来刚准备劝慰，不知道赛凯琳在我背后对她们比了个什么手势，她们又离开了。

整个医院走道都是我的哭声，后来，我就不记得发生了什么事情了。我再醒来的时候，我已经躺在我家里的床上了，赛凯琳睡在我身边，张着嘴，鼻息很重，估计也累坏了。

我坐起身，赛凯琳睁开眼看了我一眼，又一把把我按在床上说："继续睡，乖！"

"我怎么会回来了？我应该在医院啊，柏叔叔呢，他醒了没，柏铭哲呢？"我一边问，一边推开她的手，随手抓了件衣服往自己身上套，像个上了发条的机器人，准备去医院。

"你休息吧，纪忆，他爸爸今天早上已经醒了，你已经是连续第四天没有睡觉了，昨晚你整个人血糖过低，都晕过去了，是我带你回来休息的，别担心了，你别把自己给累垮了，柏铭哲现在在医院陪他爸呢。你如果不休息，我真跟你急啊！"赛凯琳说完急忙跳起来一把扯住我说。

"真的吗？你不要骗我啊，赛凯琳，这事儿不能开玩笑的。"我抓着赛凯琳的手，就像抓到了最后一根救命稻草一样欣喜若狂。

"是真的，没事儿了，真没事儿了，你继续睡吧，我给你去倒杯水。我求你了，祖宗！"赛凯琳说这话的时候拍了拍我的头，眼睛里都是母性的慈爱，那一秒，我又想我妈了。真好，柏叔叔终于醒了。

我躺下去几分钟后，赛凯琳又睡得七荤八素的了。我悄悄穿上鞋袜，又找了几件柏铭哲的衣服，他已经好几天没洗澡了。然后我就往门外奔，赛凯琳还没发现，我已经关上门进了电梯了，电梯从三十多楼嗖的一声降落到一楼，这几天悬着的心也算是跟着着了地。

我重新走进病房的时候，没见到柏铭哲，却见到了上次那位阿姨，后来我知道了，这位阿姨是柏铭哲的姨妈。

我走过去床边看着柏叔叔，他缓缓睁开眼，虚弱地看了我一眼后，又闭上了眼睛。我赶紧绕开他的眼神，愧疚至极，他一定特别不想见到我。

接着柏铭哲的姨妈走过来对我说："孩子，你就是纪忆吧？我是柏铭哲姨妈，你出来一下吧，阿姨有些话想和你说说。"

我点了点头，跟着柏铭哲姨妈到了医院的花园，烈日下，高温灼烧着我的每一个细胞。

"纪忆，这是阿姨第一次和你好好地聊天，我之前也听说过你和小哲一些事儿，你们的感情阿姨我都了解，也很理解你们。但现在情况你也都看到了，小哲的妈妈，也就是我妹妹在小哲很小的时候就去世了，现在我们小哲只有这个爸爸了，他的情况并不乐观，现在虽然醒过来了，但医生这边的病危通知还没有撤掉，我怎么想也没想到事情最后会闹到这份儿上。"

他姨妈说完抓着我的手，眼眶在风中隐隐发胀。

"阿姨，对不起，是我们太不懂事了。"我使劲抑制着自己的呼吸，我怕一不留神自己哭出声来。

"纪忆，你这么好的女孩儿可以找更好的男孩儿的，我们小哲可能真没那福气娶到你了，小哲爸爸的意思是想在走之前看到小哲和白傲菲的婚礼。你说人都已经这样了，我们也确确实实是真没办法了，算阿姨求你，刚刚亲属们商量了一下，就把这事儿给这么订下来了，这两天我们就赶紧把这婚礼给办了。你和柏铭哲以后还可以做朋友啊，没人说要你们分开。但这婚他必须得结啊，你别看柏铭哲这么大个人了，其实他还是很不懂事的，刚和他就这么一说，你看，接受不了，跑出去了，估计找你去了。纪忆，你如果真的爱我们小哲，你一定要帮他这一次，知道吗？不然，他这辈子就算和你在一起了，他也过不了他自己那一关啊。"她对我说这些话的时候，一直握着我的手，后来变成了我很用力地捏着她的手。我明显感觉到我的肩膀、下巴、胸口、双腿都在失控地发抖，我没哭出声来，眼泪却大滴大滴地滴落在手背上。

我当时心里面一遍一遍地说，阿姨，你要我和柏铭哲分开，你不是要我的命吗？我以前曾经对柏铭哲说过，就算和你柏铭哲在一起要流一辈子的眼泪，我也都准备好了，刀山火海，油锅剑树，我都不怕。可是现在我明白了，这世界上确实有些事情，它们真的在爱之外，并非我和他两个人能够决定的。

我的胸口是尖锐的，一阵一阵抽搐的、扭曲的、变异的疼痛，真的很疼，因为我想现在的柏铭哲一定在一个地方偷偷地哭，哭得和小白兔一样，红红的眼睛。他总是这样，只会在我看不到他的地方流眼泪，然后总是神采奕奕地带着笑容出现在我面前，一遍遍地告诉我："没事儿，宝贝。"

我竭尽全力地抑制住眼泪，我真的真的不想再哭出来了，我觉得够了，然后他姨妈也掉下眼泪来握着我的手说："傻丫头，这人还没死呢，哭成这样，你妈妈看到得多伤心啊。阿姨知道，这次真难为你了，但真没办法了，求你答应阿姨这次吧？阿姨也是没有别的办法了。"

我把我的手从她的手上缩回来，推开她的另外一只手，我想我还是有一些力气的，因为最后我感觉到自己对她点了点头，然后，真的就没力气了。

后来，我又回到了病房里，最后一次看了看柏叔叔，他睁开眼看着我，虚弱的眼神里有种强硬的威慑力，我没再绕开他的目光。我想刚刚听完他姨妈说的一切时我已经死了成千上万次了，已经无所畏惧了，然后柏铭哲的姨妈走了进来，他眼珠晃到了她身上，嘴角微微抽了一下，又闭上了眼睡了，柏铭哲依然没回来。

我把手上的那袋衣服递给他姨妈，"阿姨，这是柏铭哲的衣服，麻烦你替我交给他，他好几天没换衣服了，我等不了了，我先走了。"

"嗯，我一定亲自替你给他，回去好好歇着吧，你也累了。"她姨妈接过衣服时对我说。

我回到家的时候，赛凯琳还在我床上，她刚张开嘴准备呲我一顿的时候，可能是看到我异常平静的脸，突然间，她好像全明白了，她走过来，把我抱在怀里，我们都没再说一句话，我当时脸上确实没有任何表情，这不是说我板着脸，而是我的所有力气真的在我点头答应离开柏铭哲的时候用光了。

赛凯琳一直抱着我，很长时间的拥抱，我靠在她肩膀上，呆滞地看着窗户外面，以前我妈打我的时候，我跑到赛凯琳家的时候，她也是这样抱着安抚我，那时候，我一定声嘶力竭地各种哭闹和抱怨，然后她就这样抱着我，然后哭着哭着我就不闹了，不哭了，然后好了。可是今天赛凯琳再这样抱着我的时候，我却哭不出来，我想，这可能是因为我病了，或者我就快要死了。

炎热的空气从打开的窗户口涌进来，纱帘有韵律地摆动着。这个炎夏，所有的花都开好了，空气里依旧有眼泪的味道。

将近中午的时候，赛凯琳下楼给我做午餐。我从隔壁房间拿出几个大纸箱，把柏铭哲的衣服一件一件地折好，偶尔我会抚摸一下他贴身的衬衫和*T-SHIRT,*恍惚间，好像我又碰到了柏铭哲的发肤。

赛凯琳上楼看到我在收拾东西的时候，只是回过头下楼冲了杯咖啡给我，她递给我的咖啡装在*Venti*号超大咖啡杯里，她对我说："今天估计得忙活一天，没事儿，我帮你收拾，我刚已经给曾静和金刚打了电话，姐们儿都陪着你呢。"

我接过咖啡，像喝一扎果汁那样一口气吞了那一整杯的咖啡，我真心渴了。

柏铭哲的衣服鞋袜整理完也就只有两个纸箱这么多，收拾好以后，整个家的布置依然井然有序，但不知道为什么，我却感觉这个家活生生地被掏空了。

金刚和曾静赶到的时候，两个人变着戏法逗我开心，估计赛凯琳已经把所有事情经过都告诉俩人了，因为我刚打开门，就看到金刚把眼皮用手一翻，舌头顶住上唇，一只手握着拳疯狂地殴打自己的胸部，另外一只手翘着兰花指，她这是装成了一只发情的母猩猩，她知道每次我看到她这个鬼脸都会止不住地笑，最后一次看她做这个鬼脸是高三那年，那时候，赛凯琳告诉我她去成都看她妈，结果就消失得无影无踪。那段时间，我每次难过的时候，都再也找不到赛凯琳，曾静则每天玩命地学习，我也不好意思去打扰曾静，所以每次不开心，我就改成了去找金刚这个情绪垃圾桶。高三那个中午我刚放学回到家，曾静就给我电话告诉我在校门口看到我爸爸了，我当时激动地破门而出，飞也似的往学校门口跑，到了校门口没看到我爸爸，我就整个下午都站在校门口等，晚上放学的时候我也没回家。我想爸爸可能回来了，他可能不是太方便露面，所以我想可能到了晚上深夜，没人了，爸爸就会出现，就算只是摸摸我的脸，让我叫他一声"爸爸"都好，可是，天不遂人愿，我等到天亮了，大家都来上课了，都没等到我爸爸。

在我灰心丧气的时候，我听见了有朝我走过来的脚步声，我刚一抬头，我妈就一巴掌甩在我脸上，"你怎么这么不让人省心？这高考还有几天了？你还翘课？没爹管你还有妈啊！你昨天中午开始都干吗去了？”

这每次一说到我爸，我妈就会变得失控，而我妈又总习惯性地把所有我的问题都归结到我没有父亲管教这件事情上，我这哪还敢告诉她我在这儿是等我爸呢？于是我没做声，转脸朝学校方向走。我刚进校门，金刚就冲过来了，她看我不说话，就一直挡在我前面说：“不许动！”我停了下来，白了金刚一眼，结果看到了她装成猩猩逗我开心，我被逗得立马笑出了声来，因为我必须说，私底下，赛凯琳整天和曾静在讨论，金刚长得像一种野生动物，但就是想不起来是哪一种，所以，当金刚装成猩猩的时候，我如梦方醒般找到了答案。

当时，我笑得就快撒手人寰了，你想想看，如果你看到一只魁梧的母猩猩对着你搔首弄姿，你也会这样。但悲剧这时候发生了，除了我，还有一个人在我身后发出“哇靠！有你的！真有你的！哈哈哈哈哈哈”的大笑，我回头一看，是金刚暗恋了三年的学生会主席。我再一回头看金刚，金刚的脸依旧在唰唰唰地变换着不同频道，她的嘴角在微微抽搐，庞大的信息量让她单核系统的大脑结构几乎死机。

从那以后，她就再也没装成猩猩来逗我开心，所以今天她把看家本领都拿出来，说明她确实想逗我开心，而且今天还不光是她，曾静也跟着她疯，也在那儿挠着痒的装疯卖傻，接着身后传来一阵赛凯琳的尖叫：“擦！吓死人了，金刚你今天干吗不模仿啊？还有，曾静你倒是开始模仿了，没猜错的话你模仿的是宋祖德吧，你看你的那张嘴是外翻的。”

曾静和金刚两个人听完赛凯琳的点评后两个人僵在门口突然不能动弹，金刚把眼皮放下来对我说：“我在模仿啊，你们看不出来吗？”

曾静则反应过来后对赛凯琳说：“那请问小姐你模仿的是什么牛鬼蛇神呢?是白骨精，水蛇精，还是模仿金甘若啊？”

“模仿我干吗啊！讨厌！你们说什么呢！”金刚扯着头发娇嗔地笑着。

“你怎么不去死？你才模仿金刚若呢，我是美人鱼！”赛凯琳说完朝我微笑着眨了眨眼。

“美人鱼？下水道的吧？”曾静贱贱地笑着，不甘示弱。

“《下水道的美人鱼》？哇靠！我的天啊！你好恶心啊，我要吐了！赛凯琳！”金刚的智商也只限于帮着起哄。

四个人凑齐后，我指了指身后两个大纸箱说："帮我送走它们，我要重新活。"大家就不说话了，我们四个人把两个纸箱搬到地下一层的车里，然后我给柏铭哲打了个电话，他一直拒绝接听。我想他现在肯定还在想着怎么去说服他爸爸呢，等处理好事情再告诉我好的结果。他一直是这样，一个人承受惯了。

我对赛凯琳、曾静、金刚打趣道："行了，剩下的事情交给我自己处理，别担心，我没还把我爸爸给我妈找回来呢，我不会自杀的。"

赛凯琳拉开我车门说："什么话，你一辆车，我们的车尾随其后，你去处理完，你要怎么发泄姐们儿都陪着你，还有，你上次托我替你给柏铭哲买的那车模型还在我车的后备箱里呢，你把那玩意儿也带上给他吧。"

接着金刚立马心直口快地补充说："就当是分手礼物嘛！"

"你*PM*2.5吸多了吗？"赛凯琳立马恶狠狠地横了金刚一眼，曾静忍不住苦笑了出来。

就这样，出发前，我给柏铭哲发了条短信："我半小时后到你家小区门口，我有话对你说。"十分钟后，他回了我一条短信："老婆，你都知道了？没关系，这一次我们一定能再闯过去，我现在去接你。"我看完短信，把手机朝车后座一扔，我不敢再看了，我怕我最后会后悔，说不出我准备好的台词。

车开到柏铭哲家小区门口的时候，柏铭哲已经在那儿候着我了，我刚下车，他就朝我苦苦地笑了笑问："呵呵，今天开我的车过来？吃饭了吗？我们去*QUALITY TIME*吧。"

*QUALITY TIME*是柏铭哲和我经常去的他家小区的咖啡馆，我咬了咬牙对他说："好啊，那就快点，我还有事儿呢。"

走进咖啡馆，我就后悔了，因为我们还是被热情的老板安排到了我们经常坐的拐角的位置，老板说："哟，回国啦？好久没来了，你一点儿都没变，你看看墙上你们以前的照片，真一点儿都没变，喝点儿什么？今天我请，还是老样子吗？"

"嗯，老样子，谢谢你，我老婆依然是曼特宁，我要黑咖啡。"柏铭哲对老板礼貌地笑笑。

我看着墙上我和他的照片，照片里，我们头上戴着圣诞帽，紧紧地抱在一起，那一年上海的圣诞飘起了雪，整个上海变得银装素裹，我们甚至看到了大雪后，天空里闪亮的星辰，我们和很多对恋人在黄浦江畔度过了平安夜，那晚特别冷，柏铭哲先是极其严厉地要求我穿上他的羽绒大衣，我哪儿能让柏铭哲冻到呢，于是我干脆直接钻进他的大衣里，他有些难为情地笑了笑，我说：“得了吧，你巴不得吧？”

他的难为情在那一秒变得很可爱，我们整晚就这样裹在一起，最后回到他家小区门口的时候，他带我来这家咖啡馆，那天咖啡馆搞派对，恋人可以拍两张立拍得，我们也就顺势拍了两张，一张贴在了如今咖啡馆的墙壁上，另外一张在柏铭哲的皮夹里。那天以后，我就经常和柏铭哲在这家咖啡馆约会，这样的咖啡馆上海挺多的，整个墙壁都是不同恋人或是单人的独照，我们照片不同的地方就在于我和柏铭哲合照周围还有很多便利贴字条，每次我们有一些约定，或者我又任性不懂事，柏铭哲又哄我道歉的时候，他都会到这儿来贴上一个字条，我看到照片周围醒目地贴着好几个新的便利条，上面写着：

“老婆大人就要回国啦！”

“老婆大人嫁给我好吗？”

“老婆大人答应我的求婚啦！”

“老婆，对不起，让你委屈了，我好想你！”

我赶忙把目光从墙壁上收回来，越是这样，我越是要柏铭哲幸福。

“咖啡我不喝了，我长话短说吧。”我把柏铭哲的车钥匙往桌上一扔，然后把目光转向窗外。

“嗯，你说，宝贝儿，对不起，让你受委屈了。”柏铭哲在这时候对我依然还是很有耐心。

“说真的，我很累，和你在一起特别累，你想想看，从我回国开始，我们就没顺过，我现在不能不工作，没有物质，爱情是个狗屁，现在你公司也没了，我前几天就想和你说分手的事儿，但偏偏这时候你爸又弄这样一出，现在你爸不是醒了吗？那我就先说清楚，现在开始你爸要是死了可不关我事儿了，我是真怕了你这一家了，你爱听不爱听，我说的都是实话，这是你的车钥匙，你的东西都放你车里了，不要联系了，你放过我吧！”我自己听到我说完这一连串的屁话都想扇我自己一耳光，我想象得到这种感觉对柏铭哲而言，就像在他最敏感的心尖上，我倒上了一瓶浓盐酸，一瓶浓硝酸，配成王水后，烧烂了最心疼、最敏感的地方。

我学着赛凯琳平时翻白眼的样子，翻了一个大白眼，然后眼泪就自己掉出来了，我真的不擅长这一套。我看了柏铭哲一眼，他先是怔怔地看着我，然后鼻头微微颤抖，最后眼睛变成两个巨大的、无底的黑色的湖，伤痛的涟漪一圈一圈地荡漾开来，回荡在眼眶周围，直至泛起了红。

我没有打算再给他任何回头的余地，他甚至还没来得及为自己辩驳一句，我又火上浇油地说：“柏铭哲，你是个男人，该长大了，别整天就情情爱爱的，我不是紫薇，你也不是尔康，所以，好好生活吧！”

然后我起身离开，刚走两步，身后就传来一阵玻璃突然破碎的声音，我回过头，柏铭哲握紧拳头瞪着我，颈部血管暴起，拳头上都是血，他只是问了一句：“你是不是爱上别人了？”就轻而易举地反败为胜，我当时真想过去抽他两耳光，我还真好奇，除了你柏铭哲，我纪忆这辈子还能爱上谁，我把愤怒化成了比扇他两耳光还费力的东西——对他点头默认，然后微微笑说了句：“对不起。”

这次我转过脸后我就跟自己说，纪忆，这辈子再也不准回头了，身后又一阵摔桌子凳子的声音，我一点儿都不怕了，因为我知道，今天已经是世界末日了。

我走出咖啡馆，赛凯琳的车已经停在门口了，我拉开车门的时候，仨人都跟看韩剧似的捂着嘴地哭，我把车门摔上说：“哭什么啊，至于吗，小事儿！”

金刚用比平日烟嗓还要低个八度的声音说：“如果是小事儿，那你哭什么？”

我摸了摸脸颊，湿漉漉的，然后我说：“呵呵，我还以为我没哭呢。”赛凯琳一把把我揽入怀里，我现在只祈祷这车隔音效果好一些，我不想等会儿柏铭哲出来经过的时候，再找到任何关于我的线索。

柏铭哲从咖啡馆出来的时候，脸上是世界末日般的阴霾，他依然握着拳，手上都是血，他从我们眼前缓慢地走过，我闭上眼，哭着数数：“1、2、3、4、5，熊熊离开小兔兔。”

这是我和柏铭哲玩了好几年的游戏，每次我们恋恋不舍回不了家的时候，我们就一起数数，每数一下，就往后退一步，退到第五步再彼此转头回家。而这次，数完数后，我不知道还能回哪儿？我没家了，因为已经没有柏铭哲了。

赛凯琳看我情绪失控了，赶紧调头，开车离开。车刚调头，我就看到柏铭哲打开车门，把我送他的车模型重重地扔进了旁边的垃圾桶。真好，柏铭哲！

赛凯琳一脚朝油门猛踩下去，车像飞箭一样飞了出去。

记得我刚回上海时还是冬天，我们熬着寒冷终于等到了春天，而今，春天都已经过去了，约好一起去看的樱花已经颓败在很久以前了。

这些天，云层被压得很低，一阵大风之后，云层就会疾驰掠过天空，但乌云密布成了永恒的主题，也许永远不会放晴了。天空传来轰隆隆的雷声，上海经常冷不防地来一阵滂沱大雨，潮湿是永远挥之不去的生活基调。

“今天你是老大，你说了算，纪忆，你想去哪儿，姐们儿们都听你的！”赛凯琳止住了哭声问我。

“我只想回家，一个人待在家里。”我告诉赛凯琳，演完这一出我是真的累了。

在停车场和几人告别后，坐上电梯的那一刻，我突然开始对家产生了一种极度的厌倦和恐惧感。

回到家，每一个角落都在提醒着我，柏铭哲和我曾经相爱的所有线索。我可能需要搬家了，我以为我会累得直接瘫倒在地板上，或者好一些，瘫倒在床上，但回到家，我却只是反复地打开不同位置灯具的开关，我在找一种刚刚好的光线，我想像唯美电影里那些女主角一样大哭一场，或者我在故意找些事情做。

后来，我拉开玻璃门，走到阳台，藤条植物已经爬得满地都是。我已经很久没过来了，阳台旁边还有一个推拉门，直接推开是另外一间卫生间，或者说只是一间浴室，因为这儿推开只有一个浴缸，然后四周全是玻璃，没有马桶，致远疯狂地迷恋这间浴室，他说：“有种黑暗逼仄的异类美，谁躺在里面都能美得和异次元世界来的幽灵一样。”所以致远每次过来都会把所有灯关了以后，一个人躺在空荡荡的浴缸里，浴缸在卫生间中央，睁开眼就能看到满天云朵掠过天空，有一天，或者能躺在水中央，看到满天繁星。宁致远还这样告诉过我，那是对死亡最好的布景。

所以，那一晚，我第一次使用了那个浴缸，我在浴缸里装满热水，把一整罐的浴汤药倒进去，我甚至还把没拆封的烛台全部都摆上了，最后我干脆还搬来几个香薰盏。

我静静坐在浴缸里，即使我只是稍微动荡都能看到水面涟漪起浅浅的一层的水花，玻璃上迅速凝聚起水蒸气，然后很快的，凝聚成水滴，瞬间滑落。

在露天玻璃屋里的浴缸里，我尝试沉到水面下痛哭一场。我看过一部绝望的电影，女主角在男主角车祸离开后，自己沉到浴缸底下哭泣，我当时觉得这画面真是凄美绝了，所以昨晚，我效仿着女主角屏住呼吸，往浴缸底下沉下去，糟糕的是，沉下去后我没掌握好呼吸，呛了一大口水，立马又重新起来调整呼吸再尝试。

主，我只是想像那些浪漫电影一样处理一下情绪，不是要自杀，好吗？谢谢！

我深呼吸一口气，慢慢顺着水往下沉，再慢慢地吐气，缓慢地睁开眼睛，对，电影里就是这样，接下来在水里哭就好，但眼睛是一阵一阵的麻木感，我根本无法哭出来，我严重质疑电影的科学性。

我又一次浮出水面，眼睛发胀的酸痛，我才意识到泪水的成分是无机盐、蛋白质、溶菌酶等等物质，所以在水里直接睁开眼睛，不但对眼球不健康，还会招惹上寄生虫，那种寄生到你大脑里的寄生虫。

半开的窗户吹进来午夜的风，我闻到的植株花朵里一种恬淡的清香，就像柏铭哲的爱。

这是那天我遇到的最好的治愈。

顺着我的房间垂直向下二十层，赛凯琳刚刚从酒吧回来，她已经很久没去酒吧，回到家后，她躲在卫生间里，手里还捏着两个验孕棒，不太寻常的生理周期让她不自然往这方向想，她的脸上没有半点喜悦。

接着，唐皓宇也回来了，他浑身酒臭地躺在客厅的沙发上，赛凯琳打开灯，看了看眼前这个男人，她的丈夫，心里是说不出的滋味儿，她很想伸出手去摸摸唐皓宇，接着她伸出手，触摸的是客厅的灯开关，啪嗒一声，整个客厅恢复了死寂。

她反锁好房门，拆开验孕棒，一段时间后，她紧锁着眉，对神祷告，千万不要是两条线。然后，她睁开眼，眼前的验孕棒是她曾经朝思暮想的结果——两条腥红色的线提醒她很快她就可以做妈妈了。

她打开窗户，把验孕棒从窗户口，用尽最大力气扔了出去，关上灯，躺在床上，手放在肚子上，一整夜无法入眠。

曾静则在和她爸妈看完剪不断理还乱的韩剧后，蹦上床给宁致恒拨通了电话："大帅哥，睡了没？聊会儿天吧，我无聊。"

"正准备找你呢，纪忆没事儿吧？"电话那端传来的是她不喜欢的内容。

"能有什么事儿，不是，我们能不聊纪忆吗？每次你都聊我姐妹，弄得我跟一间谍似的。"曾静不耐烦地接了句，又讪讪地笑出了声。

宁致恒在电话那边也笑了笑，倒不是因为曾静，而是宁致远在床上瞎闹了一整晚后，终于乖乖地穿着格子睡衣抱着小熊钻进被子里，在宁致恒身边，安静睡觉了。

其实宁致远并没有睡着，他只是趴在他哥哥身边，在听着听筒里面传来的是谁的声音，对他哥哥的依赖已经渐渐朝不明确方向偏离，抑郁症、交流障碍、躁狂在他身上都找得到痕迹，他琢磨的事情已经在他承受范围之外，他在想他只有哥哥一个亲人了，要怎么样才不会失去他哥哥，他需求的关爱驶向了极端方向。

然后他很生气地把他哥哥送他的*Aaron*熊重重地捏了一把，转过身，背对着宁致恒，睁大眼，黑暗里，继续琢磨。

宁致恒挂了电话，从身后给宁致远盖上被子，宁致远转过身，又钻进了哥哥的怀里，黑暗里，他看不到他哥哥的脸，温暖异常仅仅只是熟悉的触摸和自幼形成的气味依赖，如此简单。

他从来要得就不多。

黄浦江的游船上，金刚裹着头巾，戴着墨镜，夜里，她指着东方明珠对李浩瀚说："你看，你看，真的好长好长的*feel*。我好*like it. Sorry,* 我平时*say*英文*say*习惯了。哈哈哈哈，讨厌！"

李浩瀚则从身后抱紧金刚，把下巴搁在她肩膀上，不说话，微微上扬嘴角，金刚在他眼里只是个单纯的、好高好高的、好大好大的、巨型芭比女孩儿。

金刚用结实的肌肉幸福地支撑着身后的男人，然后手机传来一声振铃，她看了一眼，又是王二小给她发来的短信："等会儿就会下雨了，我给你送雨伞吧，若若？"金刚翻了个大白眼，手机一关，往包里一扔，转过身，半下蹲，吻在李浩瀚的嘴唇上。

江风黏腻在她的眉头发梢上，投射灯在低气压云层间迅速穿梭，夜幕下的恋人们双双对对，拉长了更浓的思念。

午夜的医院里，死亡的气息安静地穿梭着，今天格外安静。病房里，柏铭哲握着他爸爸的手，红了眼睛，他刚刚和他姨妈通了电话，他姨妈在电话里通知了他两天后举行婚礼的消息，他看着病床上发出微弱呼吸的父亲，想起了多年前妈妈离开他的那个夜晚。

那个夜晚，他还没放学，爸爸就把他接到医院，要他和妈妈多说说话，他睡在妈妈身边，半夜醒过来的时候，他发现妈妈变得很冰凉，他使劲推了推妈妈，妈妈也没再醒过来，他没哭，也没闹，只是躲在妈妈的病床下面，捂着耳朵，再也不想说话。他想去苏格兰，妈妈告诉他，她去世后会变成苏格兰的大海和海滩，每年大洋环流的时候，她会回到上海滩来看望柏铭哲，而等柏铭哲二十岁的时候，就可以到苏格兰去找寻她了，一个美丽的谎言让柏铭哲安分地度过了童年。

中午纪忆对他说的每一句话就像暗火一样，依然在悠悠地烧着他的心，他不知道这股暗火还能促使他做出什么事情来，暗火点燃开始，他就气得把纪忆送他的车模型重重地扔进垃圾桶，即使后来他又心疼地找回了车模型，抱着哭到泣不成声。

暗火一直烧，一直烧，天亮的时候，柏铭哲眼睛红肿得更厉害了，他做了一个决定。

早晨十点的时候，天色依然灰蒙蒙的，漫天依然是乌云密布，又一场大雨要来临。

柏铭哲跑到婚庆商店里，只买了一张喜帖，他重新跑回*QUALITY TIME*咖啡店里，拿出纪忆送他的*MONTBLANC*钢笔，这是纪忆送他的第一份生日礼物，他一直舍不得用，讽刺的地方就在于，第一次用这支笔的时候，是他给纪忆写自己婚礼的喜帖。

婚期是未来二十四小时之后，酒店是纪忆前些日子和柏铭哲一起住的酒店，受邀人：纪忆，邀请人：柏铭哲 白傲菲

接着，柏铭哲跑到纪忆家门口，按响门铃的一瞬间，他把红色信封塞进门缝里，转过身的霎时，眼泪夺眶而出。

大雨将至。